강명운 판타지 장편 소설

사립 사프란
마법 여학교였던 학교

사립 사프란
마법 역학교였던 학교 1

강명운 판타지 장편 소설

초판 1쇄 찍은 날 § 2006년 5월 11일
초판 2쇄 펴낸 날 § 2008년 10월 7일

지은이 § 강명운
펴낸이 § 서경석

편집장 § 문혜영
편집책임 § 최하나
편집 § 문정흠

펴낸곳 § 도서출판 청어람
등록번호 § 제1081-1-89호
등록일자 § 1999. 5. 31
어람번호 § 제1-0705호

주소 § 경기도 부천시 원미구 심곡동 163-2 서경B/D 3F (우) 420-010
전화 § 032-656-4452 팩스 § 032-656-4453
http://www.chungeoram.com
E-mail § eoram99@chollian.net

ⓒ 강명운, 2006

ISBN 89-251-0119-X 04810
ISBN 89-251-0118-1 (세트)

강명운 판타지 장편 소설

사립 사프란
마법 여학교였던 학교 1

SAFFRON

도서출판 청어람

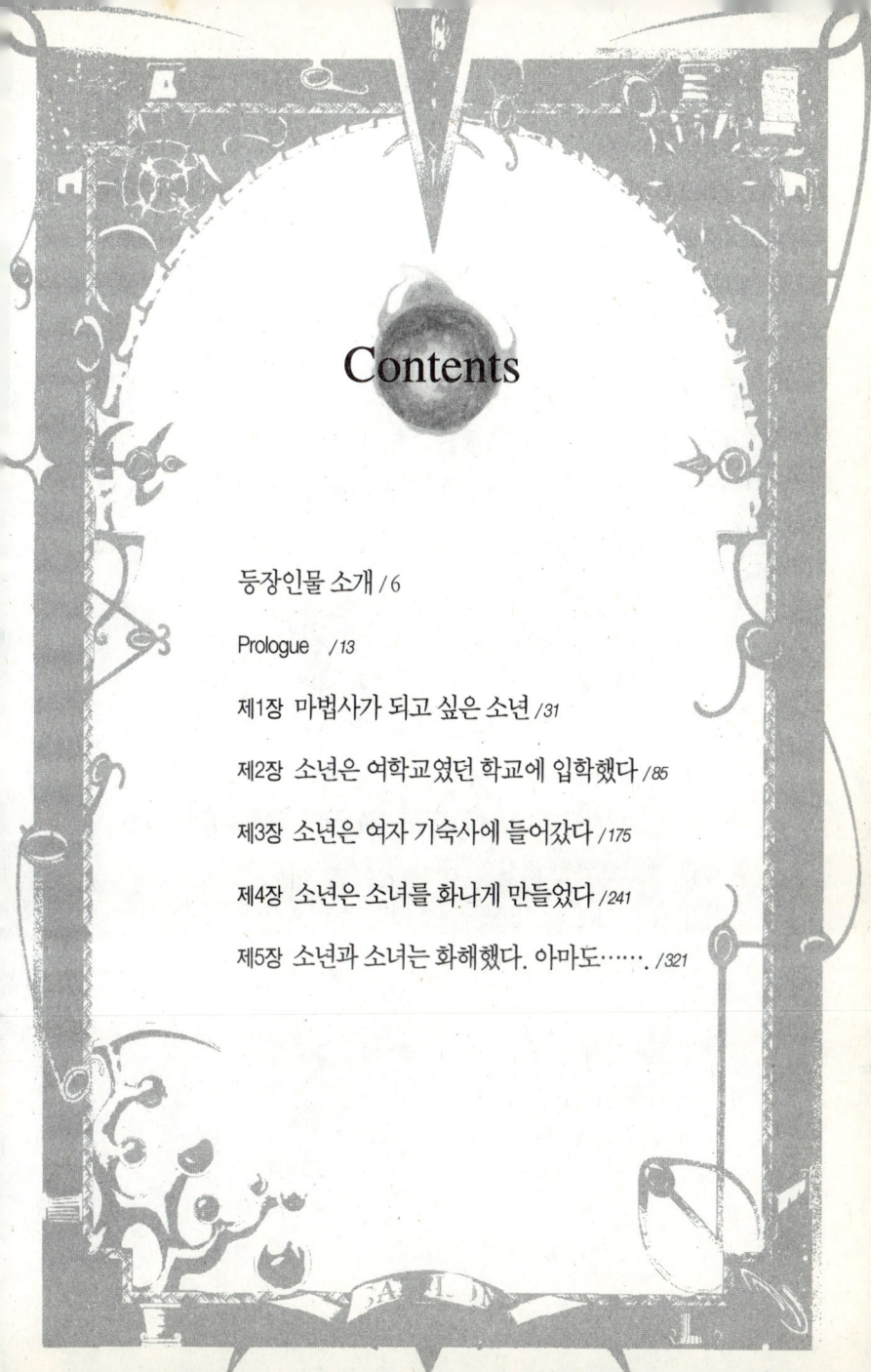

Contents

마로니에 루드베키아. 16세. 남자.

"반드시 되겠어! 무상으로 사람들을 도와주는 정말로 착한 마법사가!!".

사립 사프란 마법 여학교였던 학교의 마법 특수반 신입생. 본인은 잘 모르고 있지만 천재적인 마법 실력을 갖췄다. 이미 웬만한 마법사 정도의 실력은 뛰어넘고 있다.

몰락 귀족가의 자제로 어릴 적 한 명의 마법사를 만나게 되고, 그때의 일을 계기로 착한 마법사가 되겠다는 꿈을 키우며 공부에 열중했다. 그 때문에 공부만 하느라 세상 물정에 어두워 종종 제라늄의 놀림감이 된다.

여자 같은 자신의 이름을 싫어해서 스스로 지은 애칭인 마론으로 불러주기를 원한다.

리아트리스 에르미야라스. 16세. 여자.

"승부하자, 마론!"

애칭은 리아.

마론과 같은 사립 사프란 마법 여학교였던 학교의 마법 특수반 신입생이다. 입학식 날 본인에게는 재난과도 같은 사건으로 마론과 만나게 된다.

그 후 마론과는 자칭 앙숙 사이로 사사건건 부딪치며 싸우게 된다.

에르미야라스라는 아나나스 왕국의 가장 큰 영향력을 지닌 공작가의 영애로 모든 면에서 믿음직한 여장부 타입이지만 연애 경험은 제로. 그래서인지 연애에서는 친구인 바이올렛에게 자주 놀림을 당한다.

자주색 긴 머리카락을 가진, 한 번 보면 잊을 수 없는 아름다운 소녀이다.

제라늄 카이란스. 16세. 남자.

"그때는 참 힘들었지. 뭐, 결국 함락시켰지만……."

마론과 같은 세 명밖에 없는 남자 신입생 중 한 명이다.

잘생겼다.

그를 가리키는 단어로는 이 한마디 이외에 필요없을 정도로 잘생겼다. 그리고 그 미모를 이용해 항상 헌팅에 몰두한다. 겉모습과 하는 행동만 본다면 책임감이 없어 보이지만 의외로 친구를 잘 챙겨준다.

아마도.

온시디옴 다이가드. 16세. 남자.

"음, 역시 위험하겠지? 여러 가지로……."

역시 마론과 같은 세 명밖에 없는 남자 신입생 중 한 명이다. 애칭은 디옴.

특기는 연금술 계열로, 그에게는 어떤 비밀이 있는지 사람들은 디옴을 약간 꺼려한다.

그러나 타고난 약한 인상 덕분에 사람들 눈에 잘 띄지 않아 큰 문제 없이 생활한다.

바이올렛 크레아필드. 16세. 여자.

"이렇게 귀여운 리아는 처음 봐. 콱 껴안고 싶어졌어."

사프란 마법 여학교였던 학교의 마법 특수반 신입생.

리아의 친한 친구로 얼굴은 얌전해 보이지만 의외로 활발한 타입이다. 위로 세 명의 오빠가 있어서인지 남자에 대한 면역이 없는 리아와는 달리 별 어려움 없이 마론들과 친해지고, 마론과 리아 사이의 다리 역할을 하기도 한다.

항상 제라늄을 달래는 역할을 떠맡게 되는데 본인은 별로 싫지 않은 듯이 보인다.

샤스타데이지 레들라인. ?세. 여자.

"그래서 유언은 그걸로 끝?"

젊어 보이는 외모인데 사프란 마법 여학교였던 학교의 교감을 맡고 있는, 나이를 예측할 수 없는 수수께끼의 여성.

세계 최고의 마법사라 불리고 왕국 마법사의 제의를 받은 적도 있지만 왜인지 사프란 마법 학교의 교감이 된다. 교장인 올리브와는 친분이 있어 보이는데 자세한 사항은 알려지지 않았다.

풀네임으로 불리는 걸 무척이나 싫어한다.

올리브 프러스주의. 50세. 남자.

"그래서 나는 만들었지. 교복이 사랑스럽게 예쁜 이 사프란 마법 여학교를!!"

아나나스 왕국에서 열 손가락 안에 꼽히는 부자로, 단지 예쁜 교복을 위해서 사프란 마법 여학교를 만든다. 이사 겸 교장으로 끊임없이 말도 안 되는 개인 취향적 정책을 세우고 실행시키려 한다. 하지만 번번이 샤스타의 방해를 받아 실패하지만 간혹 성공하는 경우도 있다.

페튜니아 나이트슈마허. 18세. 여자.

"음, 남자 후배가 생겼다고 생각하니 뭔가 신선하고 멋진 느낌이 들어서요."

사프란 마법 여학교였던 학교의 3학년.

학생회장으로 누구에게나 경어를 쓰는 버릇이 있다. 성격은 마이 페이스 형으로 얼굴은 늘 미소를 짓고 있지만 의외로 차가운 일면도 있다.

홍차를 맛있게 끓이는 특기를 가지고 있고, 여러 가지 비주류 마법들을 쓸 줄 안다.

류베로우즈 에르카. 18세. 여자.

"후후후, 페튜니아는 가끔 가다 참을 수 없게 귀여운 말을 한다니까."

사프란 마법 여학교였던 학교의 3학년.

짧은 커트 머리의 보이쉬한 매력을 지닌 여자로 페튜니아의 연인(?)으로 추정되는 인물이다.

요즘 대세(?)에 따른 백합 커플인 것이다. 이 사실은 대부분의 사람들이 눈치 채고 있지만 마론과 리아만은 모르고 있다.

데이지 레들라인. ?세. 여자.

"메이드이니까요."

겉모습만을 보자면 20대 중반으로 보이지만 샤스타와 자매라는 점에서 역시 나이를 예측할 수 없는 인물. 사프란 마법 여학교의 여자 기숙사였던 기숙사의 관리를 맡고 있는 메이드다. 성격은 마이페이스 형에 느긋함까지 갖추고 있지만 일 처리 면에서는 똑 부러지는 처리 능력을 자랑한다.

누구에게나 경어를 쓰는 버릇은 없지만 메이드이기 때문

에라는 이유를 들며 기숙사생들에게 경어를 쓴다.

아네모네 레인가라스. 16세. 여자.

"꺄아악! 우리 둘 문제래~ 나도 꼭 한번 그런 말 써보고 싶었는데."

사프란 마법 여학교였던 학교의 마법 특수반 신입생.

분홍색 머리를 양쪽으로 묶은 트윈테일 스타일에 150센티가 될까 말까 한 키에 동안의 얼굴. 얼핏 보면 중학생으로 착각할 것 같은 모습이지만 가슴의 크기만큼은 발군으로 마법 특수반에서 세 손가락 안에 드는 크기를 자랑한다.

성격은 활발하고 붙임성이 좋다.

Prologue

아나나스 왕국은 마법사라는 직업을 천대하는 나라였다. 다른 나라에 다 있는 궁정 마법사조차 없는 곳이다.

아나나스 왕국에서 한때 마법사는 용병이나 그 이하로 취급받기도 했다. 덕분에 수많은 마법사 인재들은 다른 나라로 빠져나갔고, 결국 아나나스 왕국은 마법이 낙후된 왕국이 됐다.

그러나 이웃 나라들이 마법의 힘으로 잘살거나 국력이 강해지는 것을 보고 조금씩 생각이 바뀌어갔다.

결정적으로 마족과의 전쟁이 터지면서 인간들은 연합을 만들어 반격한 오랜 마족과의 전쟁은 간신히 정전 협정을 맺게 됐지만 마법사가 없는 아나나스 왕국은 상당한 타격을 입었다.

결국 강한 기사단으로 이름 높았던 대국 아나나스 왕국이라는 명함은 옛것이 됐다.

그제야 마법의 중요성을 인식한 아나나스 왕국은 뒤늦게나마 마법사 육성에 힘을 쏟았지만 뿌리 깊게 박힌 마법사는 천한 직업이라는 의식은 쉽게 바꾸지 못했다.

그런데도 아나나스 왕국에는 최근 세계적으로 유명세를 떨치는 마법 학교가 두 곳이나 생겼다.

그중 하나는 사립 사프란 마법 여학교다.

예의범절이 우수한 귀족 영애와 마법 능력이 뛰어난 인재를 배출해 낸다는 다소 언밸런스한 목표를 가진 학교다.

그러나 이 학교에서 가르치는 마법은 어디까지나 부록, 즉 보통 아가씨 학교와는 다른 점을 강조하기 위해서 마법이라는 부록을 넣은 것이다.

실제로 이 학교 졸업생의 절반은 마법을 못 쓰는 아가씨이고, 나머지 절반은 써도 한두 가지가 고작이거나 별 도움 안 되는 마법을 재미 삼아 배워서 졸업하는 수준이다.

물론 그렇다고 해서 전부 그런 것은 아니다. 대륙에 이름을 널리 알리고 있는 예의 바르고 아름다운 아가씨 마법사 베고니아가 이 학교의 졸업생이기도 하다.

그리고 사프란 마법 여학교는 이 베고니아를 모델로 사용해서 '베고니아님같이 되고 싶어' 라는 꿈을 가진 여학생들이 매년 입학하고 있다.

그래도 베고니아같이 천재이면서 예의 바른 아가씨 마법사는 두 번 다시 탄생하지 않았다.

하지만 식을 줄 모르는 베고니아의 인기로 인해 이 학교는 계속해서 귀족이나 부잣집 아가씨들로 문전성시를 이뤘다.

그렇다. 학교가 탄생한 지 10년이 되는 그날까지 이 학교는 마법을 가르친다는 부록을 가진 평범한 아가씨 학교였다.

사프란 마법 여학교가 생긴 지 정확히 10년째인 봄이 되기 전 2월 말.

사프란 마법 여학교의 교감 샤스타데이지는 복도를 성큼성큼 걷고 있었다. 명문 아가씨 학교답게 예의범절이 엄격한 이 학교에서 복도 달리기는 말도 안 되는 행위다. 이 상황은 학생뿐만이 아니라 선생님에게도 적용되는 상황이다.

그러나 지금 샤스타데이지는 거의 뛰는 것 같은 걸음걸이로 걷고 있었다.

누군가 본다면 주의 정도는 줘도 될 모습이지만 그녀의 얼굴을 본다면 아무도 그런 생각을 못 할 것이다.

긴 금발의 끝을 녹색 리본으로 단정하게 묶고, 테 없는 둥근 안경을 쓴 다소 딱딱한 인상이기는 하지만 누구라도 그녀를 보게 되면 고개가 돌아갈 정도로 상당한 미모의 소유자.

그녀의 이름은 샤스타데이지 레들라인. 여자이면서 뛰어

난 마법 실력을 가진 그녀의 나이는 서…….

갑자기 샤스타는 엄청난 살기를 눈에 담고 천장을 쳐다봤다. 그녀의 에메랄드 색 눈동자는 원래 루비 색이지 않았을까 하는 생각이 들 정도로 살기로 활활 타오르고 있었다.

아, 아무튼 그녀의 나이는 서…….

갑자기 샤스타는 손에 마력을 모으기 시작했다. 그리고 살기는 더욱더 강해져서 마치 누군가를 반드시 죽여 버리고 말겠다는 기세가 하늘까지 뻗어갔다.

에, 또, 아무튼 다시 그녀에 대해 계속 설명하자면 그녀의 이름은 샤스타데이지 레들라인. 여자이면서 뛰어난 마법 실력을 가진 연령 불명의 젊은 아가씨로…….

샤스타는 겨우 무시무시한 살기를 거두고 다시 잰걸음으로 복도를 걷기 시작했다. 하지만 여전히 입 조심 안 하면 가만두지 않겠다는 경고의 살기를 누군가에게 남기고 있었다.

아, 아무튼 샤스타는 여자이고 아직 젊은 나이임에도 교감이라는 중요한 직책에 앉은 슈퍼 우먼이다.

더욱이 이 사프란 마법 여학교를 실질적으로 움직이고 있는 여자다.

그렇다고 교장이 없는 것은 아니다. 이 학교의 교장 이름은 올리브 프러스주의.

제국에서 손꼽히는 부자로서 사프란 마법 여학교도 그의 사비를 털어 만든 사립 여학교이다. 그리고 샤스타는 교장 올리브가 이 사프란 마법 여학교를 만든 이유를 아는 유일한 인물이었다.

그 이유는…….

'다른 아가씨 학교들은 교복이 너무 안 예뻐. 이 얼마나 불행한 일인가? 그래서 나는 만들었지. 교복이 사랑스럽게 예쁜 이 사프란 마법 여학교를!!'

란 이유였다.

샤스타는 잠시 걸음을 멈추고 손으로 이마를 짚었다. 많이 들어서 이미 익숙해졌다고 생각했지만 그래도 생각해 낼 때마다 두통이 나는 이유다.

교장 올리브의 야망대로 사프란 마법 여학교의 교복은 굉장히 귀엽고 아름다운 디자인이었다. 다만 너무 귀여운 게 문제였다.

세상에는 여학생이 입었던 교복을 사고 파는 취미를 가진 이상한 사람들이 있다.

그런 어둠의 시장에서 사프란 마법 여학교의 교복은 레어 중의 레어로 엄청난 고가로 거래된다는 이야기를 들은 적이 있다.

올리브의 야망은 120%의 효과를 거둔 것이다. 물론 좋은 쪽이라고 말할 수는 없지만…….

그리고 올리브는 자신의 욕망을 위해서라면 그 어떤 말도 안 되는 정책이라도 무슨 짓을 해서라도 반드시 실행시키는 행동력을 가지고 있다.

'그 행동력의 절반만 제대로 된 곳에 쓰면 아마도 사프란 마법 여학교는 세계 제일의 사립학교가 됐을 거야.'

라고 샤스타는 종종 한숨을 쉬었다.

아무튼 이번에 샤스타가 화가 난 것도 바로 올리브의 말도 안 되는 정책 때문이었다.

"교장 선생님!!"

콰앙!

엄청난 소리가 나면서 교장실의 문이 열렸다. 그 엄청난 기세에 의자에 앉아 있던 교장 올리브는 뒤로 넘어질 뻔했다.

"샤, 샤스타데이지 군? 무, 무슨 일인가? 깜짝 놀랐다네."

"풀네임으로 부르지 마세요! 그것보다 오늘은 입학식 문제로 조금 할 이야기가 있습니다."

"입학식? 무언가 문제가 생겼나, 샤스타데이지 군?"

"풀네임으로 부르지 말라고 했습니다!!"

"이거 미안하군, 샤스타데이지 군. 앞으로 주의하겠네, 샤스타데이지 군."

올리브 교장은 즐거운 미소를 지으며 말했다. 험악한 분위기를 조금이라도 가라앉혀 보기 위한 농담이었다.

하지만 아쉽게도 샤스타에게는 사람 놀리는 행위로밖에 생각되지 않았다.

"교.장. 선.생.님!!"

"미, 미안하네, 샤스타 군. 어, 어쨌든 자리에 앉게나. 지금 곧 포트넘&메이슨을 내오겠네."

포트넘&메이슨은 고급 홍차로 그 맛과 향은 세계 최고라고 일컬어진다. 홍차 광인 샤스타에게 포트넘&메이슨은 최종 병기였다.

그 홍차만 내오면 아무리 화가 난 샤스타도 '뭐, 어쩔 수 없지'로 넘어가 버리는 것이다.

실은 말도 안 되는 정책들이 샤스타가 있는데도 실행된 것은 이 홍차의 힘이 아주 컸다.

이번에도 올리브는 홍차의 힘을 빌리기로 했다. 목숨을 유지하기 위해.

바꿔 말하면 올리브의 목숨은 샤스타에겐 홍차 이하라는 말도 된다. 그래도 포트넘&메이슨은 고급 홍차이니 일반 홍차보다는 비싼 목숨이라는 점이 위안이 될 수 있을까?

별로 위로가 될 것 같지가 않아 보이는군.

"지금 그것보다 입학식 문제에 대해서 이야기하는 것이 더 급합니다. 거기 앉.으.세.요!"

"네."

올리브는 서둘러 의자에 앉았다. 아니, 무릎까지 꿇었다.

'세상에서 가장 소중한 것이 무어냐?'라고 묻는다면 '홍차'라고 주저없이 대답하는 샤스타가 고급 홍차 포트넘&메이슨까지도 거부했다.

그것은 그녀가 얼마나 화가 나 있는지 여실히 보여주는 상황이다.

그렇기 때문에 올리브는 섣불리 그녀의 심기를 건드리지 말아야겠다고 판단했다.

이제 막 흰머리가 하나둘 보이기 시작하는 갈색 머리를 올백으로 넘긴 올리브 프러스주의.

그는 사립 사프란 마법 여학교를 사비를 털어 만든 대단한 부자로 나이는…….

갑자기 올리브가 무서운 표정으로 살기를 띠며 천장을 쳐다봤다.

왜 갑자기 그런 짓을 하는지 모르겠지만, 아무튼 그의 나이는 쉰 살로 제법 많은 편이다.

"어째서 나는 통하지 않는 거야?"

올리브는 투덜거렸다.

"무슨 이야기입니까?"

"아니, 저쪽의 이야기."

"……?"

샤스타는 이해 못할 이야기라는 듯이 고개를 젓고는 가져온 서류를 책상 위에 쾅! 내려놨다.

"자, 그럼 일단 변명부터 들어볼까요? 이 새로 생긴 마법 특수반은 도대체 뭐죠?"

"아니, 그게 말이야, 저기…….."

"더군다나 합격자 중에 남.자.가 끼어 있어요, 남자가!! 이 학교가 여학교라는 걸 잊어먹은 겁니까?!"

"그러니까 이왕 마법 전문 특수반이 신설됐고 하니… 이왕 이면 좀 더 많은 사람들에게 시험을 치르게 해야 우수한 인재가 모이지 않을까 하는 생각에……. 거기다가 보면 알겠지만 입학자 남학생 셋은 무려 수석이네, 수석. 꽤나 어려운 시험인데 수석이라니 놓치면 아깝다는 생각 안 드나?"

올리브는 식은땀을 뻘뻘 흘리며 필사적으로 변명했다.

"확실히 우수한 학생이라는 것은 인정하겠어요! 하지만 우리 학교는 어디까지나 우수하고 예의 바른 아가씨를 양성하는 학교지 마법사를 양성하는 학교가 아니에요! 갑자기 무슨 바람이 불어서 본격적으로 마법사를 양성하려고 하는 거죠?"

"그러니까 그게 뭐냐… 저기… 에… 또……."

"변명거리 찾을 생각 하지 말고 진실만 빨리빨리 말하세요!"

"그, 그렇게."

올리브는 한숨을 쉬며 포기했다.

그래서 설명을 하자면…….

어느 세계의 어느 분야든 라이벌이라는 게 있기 마련이다.

물론 사프란 마법 여학교도 라이벌이 존재했다. 아까 말했던 세계적으로 유명한 두 곳의 학교 중 세계 최고의 마법사 양성 학교라 불리는 사립 글록시니아 마법 학교.

이쪽은 사프란과 다르게 철저히 마법만을 위한 학교로 어찌 보면 아가씨 전문 학교인 사프란과 라이벌 관계에 놓여져 있다고 보기에는 힘든 학교다.

하지만 썩어도 준치. 어쨌든 마법이라는 이름을 달고 있고, 같은 도시에 있는 학교이기에 사프란과 글록시니아는 묘한 라이벌 관계에 있었다.

덤으로 교장들끼리는 진짜 라이벌이었다. 다만 그 라이벌이라는 관계가 어릴 적 골목대장 쟁탈전의 라이벌이었다는 게 조금 힘 빠지는 이야기지만.

아무튼 마법 전문 학교인 글록시니아와 마법사 양성으로 승부를 겨루는 짓은 사프란에게 너무나 불리한 일이다. 하지만 사프란에게는 살아 있는 전설이라 불리는 아가씨 마법사 베고니아가 있다.

많은 우수한 마법사를 배출한 글록시니아도 이 점에서는 한 수 접을 수밖에 없었다. 하지만 이제 그것은 7년 전의 이야기.

'점점 고급 인력을 배출하는 글록시니아에서 베고니아의 전설을 뛰어넘을 마법사가 나오는 것은 시간문제다'라고 글록시니아의 아칸더스 교장은 주장했다.

'아무리 그래도 베고니아같이 아름답고 예의 바른 아가씨 마법사가 글록시니아에서 나올 리가 없다', 이건 올리브 교장의 주장.

어쨌든 이렇게 시작한 말다툼이 발전해서 3년 후 졸업하는 학생 중에 유명한 마법사가 나오는지 안 나오는지 내기가 된 것이다.

"…란 이유야."

"하아!"

샤스타는 골치가 지끈지끈 아파왔다.

"그래서 내기에 지면 뭘 잃게 되는 거죠?"

"응?"

"두 분이서 한 내기인만큼 무언가 말도 안 되는 것을 거셨 겠죠? 뭘 건 거예요?"

"그, 그게……."

올리브는 굉장히 말하기 힘들다는 듯이 우물쭈물하다가 조그맣게 말했다.

"샤, 샤스타 군."

"……."

"그, 그 망할 놈의 아칸더스가 샤스타 군을 노리고 있잖아. 그놈, 음흉하지만 보는 눈이 있어서 말이야. 그래서 정말 지 면 안 되지. 샤스타 군도 글록시니아에 가기는 싫지? 걱정 놓 게나. 내가 반드시 샤스타 군을 지켜줄게."

"…교장 선생님."

샤스타는 환하게 웃으며 교장이 앉아 있는 의자를 뒤집었 다.

"으아아아악!"

덕분에 의자에 정좌로 앉아 있던 교장까지 함께 뒤집어졌다.

무거운 고급 의자와 사람 하나의 무게. 결코 가벼운 무게가 아닌데도 샤스타는 너무나 손쉽게 뒤집었다.

"그런 말 하기 전에 남을 멋대로 내기 품목으로 사용하지 마!!"

"으아악! 미, 미안하네! 정말 미안해!!"

샤스타의 등 뒤로 지옥 같은 열화의 불길이 치솟아올랐다. 분노가 한계 리미터로 넘어가면 나오는 '교장이고 뭐고 없어! 콱 죽여 버릴 거야!' 모드. 지난 몇 년간 나오지 않았던 샤스타의 최종 모드에 올리브 교장은 살아남기 위해서 열심히 빌고 또 빌었다.

샤스타 역시 필사적이었다. 이대로 가면 정말이지, 오늘 일 한번 낼 것 같았다. 그렇기에 필사적으로 중얼거리고 있었다.

'참을 인 세 개면 살인도 면한다. 참을 인 세 개면 살인도 면한다. 참을 인 세 개면 살인도 면한다.'

중얼거린 효과가 있었을까? 샤스타는 간신히 화를 가라앉혔다. 아직 교장에게 들어야 될 일도 많고, 따져야 될 일도 많은데 벌써부터 이성을 잃으면 안 된다.

필사적으로 마음을 다잡은 샤스타는 숨을 몰아쉬며 물었다.

였던 학교

"그럼 이쪽이 이겼을 때는 뭘 받아오는 거죠?"

"웅?"

"나를 걸 정도면 저쪽도 굉장한 물건을 걸었겠죠?"

"웅, 맞아. 엄청나게 귀중한 것이지."

"그런가요?"

샤스타는 그것으로 마음의 위안을 삼기로 했다. 혹시라도 글록시니아의 마법 물품이나 귀중한 마법서 같은 거라도 걸려 있다면……

"무려 글록시니아의 여학생이 입었던 교복 일체를 받기로 했네."

쩽그랑!

순간 샤스타는 자신의 마음에서 무언가 부서지는 소리를 똑똑히 들었다.

"뭐를 받기로 했다고요?"

샤스타의 말투는 별다른 변화가 없었다. 그렇기 때문에 올리브는 그녀의 속에서 뭐가 변하고 있는지 알아채지 못하고 신나게 말을 늘어놓았다.

"알고 있잖나! 글록시니아 여학생들도 우리 학교와 마찬가지로 평균 미모가 높은 것을! 만약 우리가 이기면 미모의 글록시니아 마법 여학생들이 입었던 교복 몇백 벌이 내 손에 들어오는 거야! 이 얼마나 멋진 물건인가?! 아마 돈으로 환산할 수 없을 거야!!"

물론 돈으로 환산할 수 없다. 단지 어디까지나 위험한 취미를 가진 사람들의 세계에 한정되었다는 것이 조금 문제였지만.

"호오, 그거 정말 잘된 일이군요."

역시나 변화없는 샤스타의 말투. 하지만 어쩐지 폭풍전야 같은 느낌의 말투다. 하지만 신이 나 있는 올리브는 거기까지 미처 눈치 채지 못하고 있었다.

"그래서 비록 세 명이지만 우수한 인재라 남학생을 세 명이나 입학시켰다? 흐음, 그럼 교문의 간판 밑에 이상한 간판을 단 것도 교장 선생님이군요?"

"이상? 으음, 센스있다고 생각했는데 조금 부족했나? 뭐, 나중에 고쳐 두겠네."

"교장 선생님."

"응?"

"한번 죽어볼래?"

순간 싸늘한 한기가 교장실 전체에 흘렀다.

"샤, 샤스타 군?"

"지금 당장 죽어! 어서 빨리 죽어! 인류의 미래를 위해서 죽어! 사라져 가는 산소를 아끼기 위해서라도 죽어! 아무튼 간에 당장에 죽어!"

그렇게 말하는 샤스타의 표정은 극도로 무표정했다. 그런 표정으로 '죽어'를 연발하는 모습이 굉장히 무섭다.

"샤, 샤스타 군? 저기, 농담이 너무 심한데……."

올리브는 뒷걸음질치며 샤스타에게 말했다. 하지만 샤스타가 농담을 하고 있지 않다는 사실은 올리브 자신이 너무나 잘 알고 있었다. 자기 자신의 목숨이 걸린 일이니 당연히 본능적으로 알 수밖에 없겠지만…….

"샤스타 군, 우리 이성적으로 생각하지. 응? 이성적으로……."

"이성?"

순간 샤스타는 무표정을 풀고 생긋 미소를 지었다.

지금 저 미소는 스위치가 제대로 켜졌다는 신호. 올리브는 마음속으로 신에게 살려달라고 기도했다.

"난 지금 굉장히 이성적이야."

그렇게 말하는 샤스타의 손에 마법의 불길이 모이고 있었다. 아무래도 신은 올리브를 살려주기 귀찮은 것 같다.

"아니, 전혀 이성적이지 않거든. 제발 조금이라도 좋으니 이성적으로, 이성적으로 생각하자고. 아, 그래. 고급 마법사를 키우는 데 자네 힘이 가장 많이 필요하니 이 기회에 보너스를 지급하지. 그, 그래, 맞다! 고급 홍차 콜렉션 1년치는 어때?"

"필요없어."

"그럼 내기가 끝나면 하이와드 휴양지에서 푹 쉬는 게 어때? 물론 고급 호텔에서 원하는만큼 숙박을 하면서 말이야."

"필요없어."

"자, 자, 그럼 샤스타 군이 원하는 것을 말해보게. 내 다 들어줄 테니."

어느새 샤스타의 손에 모이던 불길이 구체가 되어 활활 타오르고 있었다. 샤스타의 필살 마법 중 하나인 헬 파이어 볼.

파이어 볼을 무려 열 번이나 응축시켜서 만든 기술로 이름 그대로 한 번 폭발하면 지옥 같은 불길로 모든 것을 태우는 위험한 마법이다.

그런 위험천만한 마법을 손에 들고 있는 샤스타는 천천히 올리브에게 말했다.

"내가 원하는 것?"

"그, 그래. 샤스타 군이 원하는 거!"

"음, 내가 원하는 것은 교장 당신의 목~숨~"

그렇게 말하며 샤스타는 천진난만하게 웃었다. 사람이 한 번 미쳐 버리면 얼마나 무섭게 변하는지의 교본이 지금 올리브의 눈앞에 있다.

"사, 사사사사사사사, 사람 살려!!"

"자, 죽을 시간이야~♡"

샤스타는 끝까지 생글생글 웃으며 손에 모인 마법을 던졌다.

"으아아아아아아아아아아아아아아아악!!"

이 세상 것이라고는 믿기 힘든 전율스러운 비명이 울려 퍼진 후 뒤이어 엄청난 폭발음이 터졌다.

덕분에 학교 곳곳이 흔들렸고, 교문의 간판도 덜컹거리며
흔들렸다.

  『사립 사프란 마법 여학교』
  『였던 학교』

  마지막 '였던 학교'라는 간판은 급조한 물건이라서 그런
지 흔들림을 견디지 못하고 툭 하고 바닥에 떨어졌다.

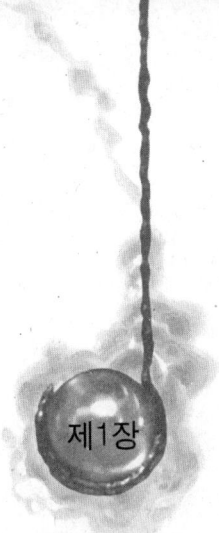

제1장

마법사가 되고 싶은 소년

마법사가
되고 싶은 소년 1

　소년은 몰락한 귀족의 자제였다. 덕분에 어린 시절을 가난하게 살았다. 소년의 아버지는 다시 한 번 과거의 영광을 되찾아야 한다며 소년에게 기사나 문관이 되라며 검술과 공부를 가르쳤다.

　그러나 소년은 마법사가 되고 싶었다.

　거창한 이유는 아니었다. 그저 자기 마을을 산적으로부터 구해준 마법사에 대한 동경.

　그 사람같이 되고 싶은 게 이유의 전부였다.

　어린 그에게는 그것보다 더 큰 이유는 필요없다.

　그래서 소년은 마법사에게 물었다.

"마법사님, 저는 커서 마법사님같이 되고 싶어요. 어떻게 하면 되나요?"

인자하게 생긴 중년의 마법사는 싱긋 웃으며 소년의 머리를 쓰다듬으며 말했다.

"돈을 많이 벌어야 한단다."

"예?"

"마법사가 되려면 돈이 많이 들거든."

그렇게 말하는 마법사의 얼굴은 어쩐지 굉장히 피곤해 보였다.

"......?"

소년은 너무 어려서 어른들의 사정을 잘 알 수 없었다. 하지만 왠지 마법사가 되는 일이 굉장히 힘든 일이라는 것은 알 것 같았다.

"그, 그래도 열심히 하면 꼭 될 수 있겠죠? 반드시 그렇죠?"

무엇을 열심히 해야 되는지는 일단 제쳐 두자.

"그래, 그래. 열심히 하면 꼭 될 거야. 아마도."

그렇게 말하는 마법사의 얼굴은 무언가를 초월한 허탈한 표정. 그 표정은 소년에게 희망이 없다는 것을 암시하는 것처럼 보였다.

그나마 소년이 어려서 알아차리지 못한 것이 다행이라면 다행일까? 거기에다가 소년은 안 된다는 소리를 들으면 더 불타오르는 성격이었다.

"저, 꼭 마법사가 될 거예요! 그래서 아저씨처럼 어려운 사람을 도와주며 다닐 거예요!"

"그래, 꼭 그렇게 됐으면 좋겠구나. 하지만 꼬마야, 이것만은 잊지 말거라. 중요한 거란다."

"네!"

소년은 마법사가 하는 중요한 말을 놓치지 않기 위해 귀를 기울였다.

"이 세상에 공짜란 없단다."

"예?"

그 말도 어린 소년은 이해할 수 없었다. 그 말뜻은 소년이 어느 정도 철이 들고 나서 알게 됐다. 마을을 구한 마법사는 산적들이 그동안 빼앗은 마을의 재물 절반을 수고비로 받아 갔던 것이다.

그 마법사의 말대로 세상에 공짜는 없었다.

이제 막 철이 들기 시작한 소년은 어른들의 사정을 알게 된 순간 그 자리에서 좌절했다.

하지만 포기하지는 않았다. 포기하기는커녕 오히려 더 불이 붙었다.

'반드시 되겠어! 무상으로 사람들을 도와주는 정말로 착한 마법사가!!'

타오르는 의지를 무기 삼아 소년은 공부하고, 공부하고 또

마법사가 되고 싶은 소년 35

공부했다. 이미 그것은 열심이라는 말보다는 광기라는 말이 어울릴 정도였다.

하지만 그것을 소년의 아버지가 그냥 두고 볼 리가 없었다. 당장에 불호령이 떨어졌다.

그러나 소년은 고집을 꺾지 않았다. 결국 소년은 16세가 되는 해 억지로 기사 학교에 입학시키려는 아버지에게 반발해 가출을 감행한 결과, 소년은 마법으로 유명한 학교가 있는 도시로 왔다.

소년의 이름은 마로니에 루드베키아. 16세. 적당한 길이의 녹색 머리카락을 가진 온순해 보이는 인상으로 친구들 사이에서는 마론이라 불리고 있었다.

정확히는 여자 같은 자기 이름이 싫어서 스스로 붙인 애칭이다.

혈기 넘치는 젊은 나이로 꿈과 희망을 안고 왕국 최고, 아니, 세계 최고로 통하는 마법 학교 글록시니아에 입학 시험을 치르기 위해 힘차게 돌진했다.

"시험 접수 비용은 실기 시험 교재 포함 5골드입니다."

예쁜 여자가 영업용 미소를 지으며 어마어마한 금액을 아무것도 아닌 듯이 요구했다.

그 금액은 보통 서민들의 석 달치 생활비였다.

마론은 접수 창고 앞에서 좌절했다.

불타오르는 의욕은 도시에 도착한 지 두 시간 만에 돈의 힘

앞에서 무력하게 꺼져 버린 것이다.

더구나 마론을 더욱더 절망에 빠뜨린 것은 입학금과 수업료가 천문학적인 가격이라는 것이다.

어릴 적부터 조금씩 저축을 해서 모아온 돈은 접수비로도 모자랐다.

애초에 수석을 차지해서 장학금을 받을 생각이었지만 그 뒤도 문제였다. 알아본 바로는 마법 교재나 실습 재료는 직접 구해야 한다는 것이다.

자연에서 구하는 거라면 목숨 걸고 서바이벌이라도 해서 구하겠다는 의욕은 있다.

하지만 반드시 돈을 주고 구해야 되는 것은 마론에게 절대로 무리였다.

'돈을 많이 벌어야 된다.'

어릴 적에는 동경의 대상이었다가 철들고 나서는 증오하게 됐던 중년 마법사가 했던 말이 무슨 뜻인지 마론은 온몸으로 체험했다.

지난 10년간 죽어라 공부만 했던 자신이 바보같이 느껴졌다.

'고향으로 돌아갈까? 기사라……. 그것도 괜찮을지도. 하아, 공부밖에 안 한 내가 될 수 있을 리가 없지만…….'

드디어 마론은 체념하기에 이르렀다.

그러나 운명이란 어느 순간 바뀌기 마련이다. 그것의 계기가 아무리 하찮은 것이라도.

짐을 들고 일어서는 마론의 앞으로 한 장의 종이가 떨어졌다. 원래 벽보에 붙어 있던 종이인지 뒷면에는 말라 버린 접착제의 흔적이 있다.

마론은 아무 생각 없이 종이를 집어 들고 읽으면서 역으로 향했다.

『마법에 학구열을 불태우는 젊은 인재들이여, 이곳으로 오라!』

'하아, 비싼 마법 학교 선전문인가?'
라고 생각하며 계속 읽어갔다.

『우리 사프란 마법 학교는 역사는 비록 10년으로 짧지만 아름답고 예의 바른 대마법사 베고니아를 배출한 우수한 학교로……』

'그래, 그래. 우수한 학교라서 비싸다고? 다 알았다고, 돈 없으면 배우고 싶어도 배우지 못한다는 빌어먹을 진리를. 우라질!'
속으로 욕을 하던 마론은 종이의 중간쯤을 읽어갈 때 점점 눈이 빛났다.

『수석으로 입학하는 학생에게는 입학금 면제와 수업료 면제. 그것뿐만이 아니라 각종 마법 교재와 재료도 무료로 제공하며, 성적이 좋은 학생은 요청하면 그 어떤 지원도 아끼지 않습니다. 실력만 있다면 범죄자라도 환영—예를 든 겁니다. 진짜로 범죄자가 오시면 곤란해요—합니다. 마법 실력에 자신있습니까? 실전은 잘 하지만 이론이 안 되십니까? 이론은 되지만 실전에 약하십니까? 걱정 마시고, 망설이지 말고 신청하세요. 졸업 후 달라진 자신의 실력에 놀라실 겁니다. 지금 신청해서 시험에 합격하시면, 이럴 수가! 고급 교과서가 무려 공짜, 고급 마법 교재가 공짜입니다. 자, 이것으로 끝이냐? 아니죠. 이것으로 끝나면 섭섭하죠. 명품 디자이너가 디자인한 교복과 구두, 각종 의류도 공짜로 지급합니다. 망설이지 말고 지금 당장 신청하세요.』

거기까지 읽은 마론은 즉시 종이에 표시된 장소로 달려갔다. 마지막에 싸구려 제품이나 선전할 때 사용하는 말투가 신경 쓰이기는 했지만 그리 큰 문제는 아니었다.

이렇게 멋진 학교가 있었단 말인가? 마론은 태어나서 처음으로 신에게 감사했다.

하지만 사프란 마법 학교 시험 접수 창고에 도착한 마론은 실망했다.

생각해 보니 시험을 칠 돈이 없었다. 기세 좋게 달려와서 줄을 선 것까지는 좋았지만 눈앞에서 낼 수 없는 금액을 요구

당하는 그 아픔을 또 한 번 맛봐야 된다.

'나, 무엇에 들떠 있었던 걸까? 어차피 세상은 돈 아니면 안 되는데.'

마론은 알고 싶지 않은 세상의 부조리를 떠올리며 한숨을 내쉬었다.

"어서 오세요. 이름과 나이를 말해주세요."

"예? 네."

세상에 대한 욕을 한없이 퍼붓고 있을 때 어느새 마론의 차례가 된 것이다.

"마, 마로니에 루드베키아. 열여섯 살입니다."

"어머나! 좋은 이름이네요. 굉장히 부드럽고 예쁜 이름이에요."

접수 창구에 앉아 있는 흑발의 긴 생머리 미인이 웃으면서 마론의 이름을 칭찬했다.

솔직히 마론은 자신의 이름이 마음에 들지 않았다. 가뜩이나 성도 여자 같은데 거기에 맞춰서 이름까지 여성스럽게 지은 부모님을 한때는 원망도 했다.

그래서 스스로 마론이란 애칭을 지어서 친하게 지내든 처음 만났든 이야기를 하게 되는 사람에게는 항상 애칭으로 불러줄 것을 요구했다.

그리고 누군가가 자신의 이름을 칭찬하는 것을 굉장히 싫어했다. 하지만 어째서일까? 눈앞에 앉아 있는 아름다운 여

열던 학교

성이 자신의 이름을 진심으로 칭찬해 오자 어쩐지 싫다는 기분이 안 들었다. 아니, 솔직히 말하자면 기뻤다.

마론은 붉어진 뺨을 긁적이며 말했다.

"그, 그런가요? 그런 말은 들은 적이 없어서 좀 부끄럽네요."

거짓말. 어릴 때부터 지겹도록 들었고, 놀림거리로도 많이 이용됐다.

"어머나! 그랬나요? 무척이나 예쁜 이름이라서 자주 들으셨을 것 같은데……. 생일은 언제죠?"

여성은 정말로 깜짝 놀라며 말했다. 아무래도 마론의 거짓말을 알아차리지 못한 것 같다.

"아, 아니요. 정말로 들어본 적이 없어요. 저기, 칭찬해 주셔서 고마워요. 생일은 왕국력 385년 7월 12일입니다."

"아뇨. 기분 좋으셨다면 이쪽도 칭찬한 보람이 있네요. 그런데 1+1은 뭘까요?"

"네? 그, 그거야 2……."

번쩍!

"우악! 뭐, 뭐지?!"

마론은 갑작스럽게 눈앞에서 빛이 번쩍여서 깜짝 놀랐다.

"아, 앞의 분이 하는 걸 못 보셨군요? 이건 사진을 찍는 거예요. 그런데 이전에 다른 학교에 다니신 경험은 있으신가요?"

"사, 사진이요? 아뇨. 독학으로 공부했습니다."

여성은 양손의 엄지와 검지로 ㅁ모양을 만들어서 마론을 가리키고 있었다. 마치 그 네모난 모양에 마론의 얼굴을 담고 있는 듯한 포즈였다.

"네, 이렇게 해서 마법을 사용하는 거예요. 그리고 보세요. 이 특수한 마법 종이 위에 손을 대면……."

여성의 손이 마법 종이 위에 올라가자 잠시 후 그곳에 마론의 얼굴이 그려졌다. 아니, 그림과는 달랐다. 마치 물에 비친 듯한 자신의 실제 모습이 종이 위에 그려졌다.

"우와아아아아! 이거 뭐죠? 이것도 마법인가요?"

"네. 사진을 찍는 마법이에요. 처음 보셨죠?"

"네, 마법을 자주 보지는 못했지만 이런 마법은 정말 처음 봤어요. 독학으로 공부할 때도 이런 마법이 있다는 소리는 들어본 적이 없어요."

"하긴, 그럴 거예요. 별로 실용적인 마법이 아니니 잘 알려지지 않았을 거예요. 아, 그런데 사는 곳은 어디시죠?"

"네? 어째서죠? 이거 초상화보다 훨씬 더 정교한 그림인데……. 아, 사는 곳은 상당히 멀어요. 시골이거든요. 노릅 마을이란 곳에서 왔습니다."

"그렇기는 하지만 사진을 담을 특수한 마법 종이를 만드는 게 생각보다 까다롭거든요. 음, 그럼 이 도시에서 지내고 계신 곳은 어딘가요?"

"비싼가요? 일단 여관에서 묵고 있습니다. 이름은 덴파레 여관입니다."

마론은 어느새 까다롭거나 힘들다는 것은 바로 돈에 결부시켜 버리게 됐다.

"아뇨. 어느 쪽이냐 하면 재료비는 굉장히 싸게 먹히는데 만드는 시간과 수고가 굉장히 많이 들거든요. 차라리 그 시간에 몬스터 퇴치를 하거나 모험가 조합의 의뢰를 맡아서 해결하는 것이 훨씬 돈이 돼요. 그래서 실용적이지 못한 마법이라 배우는 사람이 거의 없어요. 음, 덴파레 여관, 덴파레 여관."

"아, 네. 그렇군요."

마론의 예상은 어느 의미로는 절반은 맞아떨어진 셈이다. 결국 이런 신기한 마법이 빛을 못 본 것도 그놈의 돈 때문이다.

이 얼마나 불합리한가?

이 얼마나 재미없는 세상인가?

마론은 가슴속 깊이 누구에게 퍼부어야 될지 모르는 분노가 치솟았다.

"자, 다 됐습니다."

여성은 어느새 완성된 서류를 마론에게 내밀었다.

"예? 네."

마론은 얼떨결에 서류를 받아 들었다. 그곳에는 아까 여성과 잡담 중에 질문받아서 대답한 자신의 신상명세가 적혀 있었다.

옆에서 듣기로는 정신없는 잡담의 연속이었지만 여성은 그 와중에도 묵묵히 자신이 해야 할 일을 빠르게 해치웠던 것이다.

마론은 얼떨결에 서류 작성 절차를 전부 끝마친 것이다. 그녀는 프로였다.

"아, 저기, 그런데……."

마론은 그녀에게 접수비가 없다는 사실을 어떻게 말해야 할지 고민했다.

아까 당했던 창피를 또 당해야 된다고 생각하니 마음이 무거웠다. 더구나 잠깐 이야기한 것뿐이지만 이 여성의 앞에서 '돈이 없어요' 라는 궁상을 떨기가 싫었다. 그러나 그런 걱정은 할 필요가 없었다.

"만약 시험에 합격하면……."

여성은 무언가 생각하는 듯한 표정을 짓다가 아름다운 미소를 지으며 말했다.

"마로니에 군은 제 후배가 되는 거네요."

"네?"

"제 이름은 페튜니아 나이트슈마허예요. 이 학교 3학년이에요."

여성은 자신을 가리키며 말했다.

"아!"

그제야 마론은 여성, 아니, 페튜니아가 한 말을 이해할 수 있었다. 합격하면 이 아름다운 여성의 후배가 되는 것이다.

여자 선배. 이 얼마나 아름답고 가슴 벅찬 울림인가! 더구나 친밀도에 따라서는 누나라는 달콤한 업그레이드도 가능한 아름다운 언어이다.

더구나 페튜니아같이 아름다운 여자 선배를 모시게 되는 것은 남자로서 최대의 행운이며 불타오르는 상황인 것이다.

마론도 틀림없이 이 행운을 기뻐하며 마음속 깊은 곳의 하트가 불타오르고 있을 것이다.

"불태운 적 없어!"

"네?"

"아, 아뇨. 지금 무언가 엄청나게 사악한 의지가 느껴졌다고나 할까, 뭐라고나 할까······."

사악해서 미안하군.

아무튼 얼굴이 빨개져서 쩔쩔매고 있는 마론을 보며 페튜니아는 다시 한 번 미소를 지으며 말했다.

"후후후, 그럼 힘내세요. 기다리고 있을게요, 후배 마로니에 군."

"네, 네! 열심히 하겠습니다! 반드시 합격하겠습니다!"

그렇게 다짐하며 마론은 접수장을 나왔다.

그리고 깨달았다, 페튜니아가 돈을 요구하지 않았다는 것을.

"사프란 마법 학교는 시험 치는 데 돈도 요구하지 않는구나. 크흑, 살아 있길 잘했어. 아직 세상은 버려진 것이 아니야. 이렇게 인간미 넘치고 따뜻한 장소가 남아 있잖아? 결심했어. 나, 반드시 이 학교에 합격하고 말겠어! 반드시! 응원해 준 페튜니아 선배를 위해서라도!!"

그렇게 소년 마론은 새로운 야망에 타올랐다.

여기서 하나 짚고 넘어가야 할 점이 있는데, 마론은 돈 걱정에 앞의 사람들이 어떻게 접수하는지는 보지 못했다.

마론이 가고 난 뒤의 접수장은 다음 사람이 접수를 하고 있었다.

"만약 시험에 합격하면 ○○○ 군은 내 후배가 되는 거네요."

"네, 그렇습니다!"

"후후후, 그럼 힘내세요. 기다리고 있을게요, 후배 ○○○ 군."

"네, 네! 반드시 합격하겠습니다!"

페튜니아는 아까 마론에게 했던 격려에서 +, − 하나 안 하고 똑같이 반복하고 있었다.

아니, 마론이 접수하기 이전부터 계속 저 격려문의 반복이었다.

즉, 아까 마론에게 했던 말은 페튜니아의 영업용 스마일과 격려였다.

다른 사람들은 그 점을 알면서도 여자 선배라는 환상적인 울림에 기뻐했지만 마론의 경우는 조금 달랐다. 마론은 그런 사정은 조금도 알지 못한 채 정말로 자신 '만' 을 격려해 주었다 굳게 믿고 있으니……

하지만 뭐, 딱 하나 다른 점이 있다면 딴생각을 하느라 듣지 못했던 마론이 처음의 말에 모르겠다는 제스처를 취하자 페튜니아는 자신의 이름과 학년을 가르쳐 줬다.

작은 차이지만 그래도 그런 차별화된 점이 있으니 특별 취급 당했다고 기뻐하는 것에 조금 타당성이 있지 않을까?

솔직히 그것도 없었다면 마론이 너무 불쌍하다.

"수고했어."

"아, 로우즈 양. 고마워요."

로우즈라고 불린 여성이 어느새 페튜니아 뒤에 나타나서 차가운 아이스 티를 담은 찻잔을 내려놨다.

그녀의 이름은 류베로우즈 에르카. 키는 186센티로 웬만한 남자보다 컸고, 푸른색 머릿결은 섹시한 목덜미가 보일 정도로 짧은 커트머리였다. 그래서인지 얼핏 보면 미형의 남자로도 보였지만 그녀가 입고 있는 스커트가 그녀는 여자라는 것을 증명하고 있었다.

"하아, 지쳤어요. 오늘 하루 300명은 찍은 것 같아요."

"어쩔 수 없지. 사진 마법을 쓸 수 있는 것은 페튜니아뿐인걸."

"그렇죠. 여학교에서 남자를 뽑는다는 것을 알고 몰려드는 남자 중에 꼭 좋은 목적으로 오는 사람만 있을 게 아니니 대리 시험을 방지하기 위해서는 사진이 가장 확실하니까요."

페튜니아는 로우즈가 가져온 달콤한 아이스 티로 계속 혹사당해 온 목을 축였다.

"아~ 아~ 달콤해~"

"아무튼 굉장히 힘들었을 텐데 수고했어. 오늘 밤은 푹 쉬라고."

로우즈는 어느새 페튜니아의 어깨를 주물러 주고 있었다.

"아~ 음, 으응, 아앗! 하아아~"

누님, 어째서 한숨 소리가 관능적인가요?

"후우, 하지만 누군가가 푹 자게 해줄지 의문이네요."

"아, 눈치 챘어?"

"같은 방에서 2년간 살다 보면 자연스럽게 알게 되는 거에요."

"후후후, 페튜니아는 가끔 가다 참을 수 없게 귀여운 말을 한다니까."

"누군가의 탓이지요."

만약 누군가가 이 대사만 들었다면 닭살 돋는 커플이라고 생각될 대화를 둘은 아무렇지도 않게 나누었다. 마치 그것이 당연하다는 듯이.

　한편, 여관으로 돌아온 마론은 페튜니아와 약속한(?) 후배
가 되기 위해 맹렬히 공부 중이었다. 시험 날짜는 앞으로 삼
일 후.
　마론은 새롭게 힘을 얻어서 지금까지 인생에서 최고로 의
욕이 불타오르고 있는 상태였다.
　그러나 마론은 모르고 있었다.
　자신에게 힘을 준 페튜니아의 미소와 격려가 실은 영업용
이었다는 것을.
　그리고 페튜니아에게는 이미 연인이 있었고, 그 연인의 성
별은 불행인지 행운인지 남자가 아니라는 점.
　무엇보다 지금 마론이 목표로 하고 있는 학교는 남녀 공
학이 아닌 원래 여학교였고, 남자는 특별 조건으로 뽑고 있
었다. 그리고 학교 자체도 아가씨의 예의범절을 가르치는
것이 목적인 학교고 마법은 부가적으로 가르칠 뿐인 학교
다.
　과연 이 모든 사실을 알게 되어도 마론의 의욕이 꺾이지 않
을까?
　"후후후! 의욕 만땅이다! 날 격려해 주는 사람이 있어! 제
대로 된 배움의 장소가 있어! 세상은 아직 날 버리지 않았
어!!"

아마도 진실을 알게 되면 순식간에 꺼져 버릴 의욕이군.

하지만 입학하기 전까지는 절대 알 수 없을 진실이니 본인에게 힘이 된다면 다행이지 않을까, 아마도?

마법사가
되고 싶은 소년 2

녹색 머리카락과 부드러운 인상의 소년은 학교 정문 앞에서 멍한 표정으로 중얼거렸다.

"이건 도대체 무슨 장난이지?"

그러나 소년의 질문에 대답해 줄 수 있는 사람은 아무도 없었다.

소년의 이름은 마로니에 루드베키아. 16세. 애칭은 마론.

어릴 적에 무상으로 사람을 도와주는 착한 마법사가 되고 싶다는 좋은 꿈을 가진 소년이다.

그리고 그 꿈을 위해서 노력하고 또 노력했고, 세상의 온갖 비리와 더러움에 굴하지 않고 열심히 노력했다. 그리하여 마론은 드디어 손에 넣었다, 마법사가 되기 위한 계단을.

그러나 그 계단을 손에 넣은 마론은 계단 첫째 칸부터 이해할 수 없는 상황을 맞게 됐다.

시간을 잠시 거슬러 올라가서 어제 점심때.

얼마 전 시험을 쳤던 사프란 마법 학교에서 합격장과 교복이 든 소포가 마론이 묵고 있는 여관에 도착했다. 더구나 그렇게도 염원하던 수석 합격이었다.

합격장의 맨 위 황금색 테두리 안에 적힌 '수석 합격을 축하합니다' 라는 글귀를 본 순간 마론은 세상의 모든 것을 얻은 듯한 기분이었다.

"합격했어! 합격했어요, 페튜니아 선배! 드디어 꿈에 그리던 제대로 된 배움의 장소에 합격했어!!"

아니, 확실히 자신을 격려해 준 여자 선배가 있는 학교에 합격했다는 것은 세상 모든 것을 얻은 듯한 기분일 것이다.

다만 일부 오해가 들어간 것은 덮어두자.

아무튼 마론은 꿈에도 그리던 마법 학교로 첫 등교를 했다.

마론은 그동안 묵었던 덴파레 여관을 나오면서 주인 아줌마에게 인사를 했다. 낡은 여관이지만 값싸고 친절한 주인 아줌마에 밥도 맛있었던 여관이다.

하지만 이제 두 번 다시 이곳에 묵을 일이 없다.

사프란 마법 학교는 기숙사제이고, 수석 합격자인 마론은 사프란 마법 학교의 기숙사를 무료로 이용할 수 있는 자격이 생겼다. 그렇기 때문에 오늘부터는 기숙사에서 생활할 생각이었다.

'룸메이트는 누굴까나? 사귀기 쉬운 성격이면 좋을 텐데……'

이런저런 앞으로의 학교 생활을 상상하며 즐겁게 걷던 마론은 학교가 가까워지면 질수록, 아니, 정확히는 등교하는 학생들이 많아지면 많아질수록 발걸음이 느려졌다.

'어?'

뭔가 이상했다.

날씨는 좋았고 햇볕도 봄답게 따스했다. 그리고 주위에는 사프란 마법 학교 학생으로 보이는 학생들이 드문드문 등교를 하고 있었다.

사프란 마법 학교의 교복은 이 도시, 아니, 전 왕국에서 톱클래스에 드는 예쁘고 귀여운 교복이다. 보는 것만으로도 눈이 즐거운 예쁘고 귀엽고 바람이 부는 대로 치마가 팔랑거리며 살짝살짝 무언가(?)를 보여주는 착한 교복이다.

틀림없이 마론의 눈도 즐거울 것이다.

"즐겁다고 생각한 적 없어라니? 지금 나, 누구한테 소리치는 거지?"

이런 즐거움도 모르다니……. 저런 교복을 보기 힘들었던 필자보다 축복받은 환경에 있으면서 즐겁다고 생각하지 않는 것은 범죄에 가까운 행위다.

　내가 다녔던 학교는……. 젠장, 제길…….

　아픈 옛 추억을 떠올리니 가슴이 아프지만 마음을 다잡고 계속 스토리 진행을 하자면 이것만으로는 이상한 점이 없다. 하지만…….

　'어째서 등교하는 남자들이 없지?'

　마론은 지금까지 걸어오면서 남학생을 보지 못했다. 마론이 특별히 '내 눈은 여자밖에 보이지 않아' 같은 호색한은 아니다. 그러니 남학생을 못 볼 리가 없다. 하지만 분명히 등교 길에 지나다니는 학생은 여학생뿐이다.

　어제 합격장에 동봉된 지도에 표시된 사프란 마법 학교의 기숙사가 위치한 곳을 지날 때에는 등교하는 학생 수가 더 증가했다.

　사프란 마법 학교에 다니는 학생 중 3분의 2가 기숙사생이라고 하니 기숙사 앞을 지나갈 때 학생 수가 증가하는 것은 당연한 일이다. 그러나…….

　'어째서 왜 아직까지 남학생은 없는 거지?'

　남학생은 여학생에 비해 게으르다, 같은 차원으로 넘어갈 문제가 아니었다.

　마론은 혹시 길을 착각했나 하는 생각에 몇 번이나 지도를 확인했다. 하지만 지금 가고 있는 길은 맞는 길이다. 더구나 저 멀리 사프란 마법 학교라고 생각되는 건물마저 눈에 보이기 시작했다.

'도대체 왜 남학생이 안 보이지? 더구나……'

마론은 자신이 있어서는 안 될 장소에 있는 것 같아서 거북했다.

그도 그럴 것이, 여학생들은 자기들끼리 소곤거리면서 마론을 힐끔힐끔 쳐다봤다. 그러다가 마론과 시선이 마주치면 잽싸게 고개를 돌려 버렸다.

'뭐야, 이 취급은? 내 얼굴에 뭐가 묻었나?'

근처 가게의 창문에 얼굴이라도 비쳐 보면서 확인하고 싶었지만 수많은 여학생의 무리 속에서 그런 짓을 할 용기는 없었다.

마론은 어쩌면 학교에 남학생이 있을지도 모른다는 희망을 가지고 서둘러 걸었다.

안 그러면 도저히 주변 분위기에 주눅이 들어서 더 이상 갈 수가 없을 것 같았다. 서둘러 걸어서인지 얼마 안 지나 학교의 교문이 눈에 보였다.

보통이라면 온갖 고생 끝에 들어온 학교니 여기서 다시 한 번 감동을 되씹어야 정석이겠지만 마론은 어서 빨리 입학식이 열리는 강당으로 가기 위해 교문 안으로 급히 발을 옮겼다.

하지만 우연히 보게 된 교문 앞 간판 글씨가 마론의 발을 멈추게 만들었다.

"어?"

『사립 사프란 마법 여학교』

마론은 눈을 비비고 다시 한 번 천천히 간판의 글씨를 읽었다.

"사립 사프란 마법 여학교."

아무리 다시 읽고 또 읽어도 교문 간판의 '여' 라는 글자는 사라지지 않았다.

"여, 여학교?!"

그제야 마론은 등교길에 남학생이 하나도 보이지 않은 이유를 알게 됐다. 마론은 여학교로 왔던 것이다.

"이, 이런 창피한 실수를…… . 얼른 남학교로 가야 되는데……."

그때 마론은 사프란 마법 학교가 남학교, 여학교로 따로 갈라져 있는 줄 알았다. 서둘러 지도를 꺼내 확인하려던 마론의 눈에 또 이상한 것이 보였다.

『엿던 학교』

바로 위의 훌륭한 간판과는 비교되는 초라한 간판.

목공소에서 남는 나무에 페인트로 적은 듯한 글자가 쓰인

조잡한 간판(?)이라고 생각되는 물체가 교문 간판 아래에 달려 있었다. 하지만 글씨는 제법 귀여웠다.

그런 문제는 제쳐 두고 어쨌든 당장에 이해를 할 수 없는 문장이다.

"였던 학교에… 그러니까… 사립 사프란 마법 여학교였던 학교?!"

마론은 학교 정문 앞에서 멍하니 간판에 적힌 글을 읽고 또 읽고 되새기면서 다시 읽었다.

"이건 새로 나온 신종 장난인가?"

그러나 마론의 질문에 대답해 줄 수 있는 사람은 아무도 없었다.

문장의 뜻을 생각한다면 이곳은 얼마 전까지 여학교였지만 지금은 아니라는 소리다. 더구나 마론이 가지고 있는 학교 안내문에 사프란 마법 학교는 이곳이라고 표시되어 있었다.

결론은 이곳이 바로 마론이 다닐 학교라는 것이다.

하지만 그렇다고 보기에는 이상한 점이 한두 가지가 아니다.

그중 가장 이상한 것은 바로 저 간판이다. 아니, 저 정도 물건이면 이미 이상함의 수준을 지나 수상한 느낌마저 든다.

과연 저 장난 같은 이름을 믿어도 좋은 것인가?

저 내용을 믿어야 된다면 사프란 학교는 남녀 공학이 됐다는 말인데 왜 등교하는 신입생 남자는 자기 혼자뿐인가?

"아악! 뭐가 뭔지 모르겠다."

마론은 머리를 감싸 안고 신음했다.

"어디, 몸이 안 좋으세요?"

그때 누군가가 마론에게 말을 걸어왔다. 여자 목소리라 마론은 잠시 망설였지만 그래도 자신을 걱정해서 하는 말을 모른 척할 수는 없었다. 그리고 솔직히 누구라도 좋으니 도움을 받고 싶었다.

"그게… 이 학교가 제가 다닐 학교인데… 아, 페튜니아 선배님!"

마론에게 말을 건 사람은 접수장에서 만났던 페튜니아였다. 페튜니아는 처음에는 '어라?' 하는 표정으로 바라보다가 곧 '아!' 하는 표정으로 손을 탁 하고 쳤다.

"그러니까 마로니에 루드베키아 군이죠?"

"네, 맞아요! 마로니에입니다!"

"음, 이름보다 성 쪽이 더 예쁘니까 루드베키아 군이라고 불러도 될까요?"

"아니, 그건 조금……. 제 친구들은 절 마론이라고 부르니 그렇게 불러주시면……."

"에?! 하지만 마론이란 애칭, 전혀 귀엽지 않아요. 모처럼 예쁜 이름인데 애칭이 예쁘지 않다니 너무 아까워요."

페튜니아는 진심으로 실망한 표정으로 말했다.

"그게 뭐라고 해야 될까요……. 그게… 저어기……."

무엇 때문인지 마론은 페튜니아에게는 '자신의 이름이 여자 같아서 마음에 안 들어 싫습니다'라고 딱 부러지게 말할 수 없었다.

"저기 그냥 루드베키아 군이라고 부르면 안 될까요?"

"예? 아니, 그게……."

"안 될까요?"

페튜니아는 약간 울먹이는 눈으로 마론을 올려다보며 말했다.

이런 눈빛에 NO라고 말할 수 있는 남자가 있을까? 아니, 없다. 절대로 없다. 있다고 들어본 적도 없다. 아니, 그전에 있어서도 안 된다. 그러므로 마론 역시,

"안 됩니다. 정말로 죄송해요."

이런 남자 같지도 않은 놈!

"에? 어째서요?!"

"그게… 선배, 봐요. 아무래도 루드베키아는 발음하기도 어렵고 길잖아요. 혹시라도 급한 일 때문에 절 부르거나 할 때 이름이 길면 불편하겠죠?"

"그건 그렇네요."

"그러니까 페튜니아 선배님도 저를 그냥 편하게 마로……."

"마로니에 군~"

"윽!"

페튜니아는 생글생글 웃으면서 마론의 이름을 풀네임으로 불렀다.

"루드베키아가 더 귀엽지만 그래도 마로니에라는 이름도 어감이 마음에 들어요. 괜찮죠, 마로니에 군?"

페튜니아의 파괴력 만점의 미소는 마론의 마지막 방어벽을 간단하게 부숴 버렸다.

더 이상 후퇴할 장소는 없다. 마론은 백기를 들었다. 그리고 어차피 루드베키아라는 성보다야 마로니에라는 이름 쪽이 조금은 덜 부끄러웠다.

"네, 그렇게 부르세요."

"와아! 고마워요, 마로니에 군!"

"아, 아뇨. 겨우 이름 부르게 해드린 정도로 고맙다는 인사를 받을 정도는……."

"그럼 넌 왜 이름 부르는 것 정도로 얼굴이 빨개지냐?"

마론의 옆에서 갑자기 누군가가 말을 걸어왔다.

"흐갸!"

마론은 놀라서 뒤로 한 걸음 물러섰다.

푸른색 머리를 목덜미까지 짧게 자른 미형의 소녀. 입고 있는 옷이 여자 교복이 아니면 미형의 소년으로도 보일 정도로 중성적인 매력을 갖고 있는 여자였다.

"내 이름은 류베로우즈 에르카네. 페튜니아와 같은 클래스메이트이자 같은 기숙사의 룸메이트야. 그냥 로우즈라고 부

였던 학교

르면 돼."

"아, 안녕하세요. 저는……."

"알아, 알아. 루드베키아지. 페튜니아가 '아, 내 이름을 가르쳐 줬던 이름이 예쁜 학생이 수석이네요' 라고 말한 걸 들었거든."

"아, 아니, 루드베키아는 성이고 이름은 마로니에입니다. 애칭은 마론인데 좋으실 대로 불러주세요, 로우즈 선배님."

"흠, 그래? 아무튼 그건 그거고……. 음, 흐음, 음음……."

"……?"

로우즈는 마론의 주위를 빙 돌면서 머리부터 발끝까지 쳐다봤다. 마치 무슨 물건을 감정하는 듯한 표정을 짓고.

"저, 저기, 로우즈 선배님?"

로우즈의 행동에 일말의 불안감을 느낀 마론이 무언가 물어보기 위해서 입을 열었다. 하지만 그전에 로우즈의 말이 먼저였다.

"그럭저럭 평균 이상이지만 그래도 페튜니아의 상대로는 한참 부족한데……."

"…네? 네?!"

처음에는 로우즈의 말을 이해 못하던 마론은 곧 그 뜻을 알아차리고는 얼굴을 붉혔다.

요컨대 로우즈는 마론과 페튜니아 사이를 오해하고 있었던 것이다. 마론은 부끄러웠지만 기분은 좋았다.

"어머나~ 마로니에 군과 저는 그런 사이가 절대로 아니에
요."

페튜니아가 화사한 미소를 지으며 딱 잘라 로우즈의 말을
부정했다. 부정하기까지 걸린 시간은 1초도 안 걸렸다.

정말로 짧은 봄이다.

"어머나? 마로니에 군, 왜 그러고 계세요?"

"아니, 그게 여러 가지로 피곤해졌다고나 할까요?"

마론은 손을 땅에 짚고 좌절했다가 겨우 일어섰다.

"음, 그러고 보니 아까 교문 앞에서도 머리를 감싸 쥐고 계
셨죠? 정말로 어디 아픈 거 아니신가요?"

"아, 아뇨. 정말로 아픈 데 없어요. 그것보다 선배님, 저건
도대체 뭐죠?"

마론은 겨우 본론으로 들어가서 이 이상한 사태에 대해서
물어볼 수가 있었다. 페튜니아는 마론이 가리키는 교문 간판
을 보고 미소 지으며 말했다.

"아, 귀여운 이름이죠? 저도 저 이름이 너무 마음에 들어
요."

"아니, 그게……."

그걸 물어보는 게 아닙니다. 저게 귀여운 이름인가요? 수
상하다는 생각은 안 드세요? 등등.

마론은 수많은 문제 중에 뭐부터 걸고넘어져야 할지 갈피
를 못 잡았다.

"귀엽긴 뭐가 귀여워? 난 가끔 가다 페튜니아의 미적 상식이 이해가 안 간다고."

고맙게도 로우즈가 마론의 심정을 대변해서 대신 말해줬다.

"우우, 충분히 귀여운 이름인데 뭐가 이상하다는 거예요?"

페튜니아는 뺨을 잔뜩 부풀리며 투정을 부렸다. 연상인데도 투정을 부리는 모습이 마론의 눈에는 너무 귀여워 보였다. 그러나 지금은 그보다 더 중요한 일이 있었다.

"저기요, 페튜니아 선배님. 이 사프란 마법 학교는 원래 여학교였나요?"

"네, 작년까지 여학교였어요."

"그럼 역시 저 간판은 이제부터… 저기… 그 남녀 공학이라는 뜻인가요?"

그 간단한 질문을 하기가 너무나 힘들었다.

"네, 맞아요. 일반적인 남녀 공학 학교보다 훨씬 더 귀여운 이름이죠."

페튜니아는 포기하지 않고 이름이 귀엽다는 것을 강조했다. 마론은 마음속으로 '어디가요?'라고 태클을 건 후 계속 물었다.

"저기, 그럼, 저어기… 어째서 남학생이 안 보이는 거죠?"

가장 핵심적인 질문이자 현재 마론이 가장 궁금해하고 있는 상황에 대한 질문이다.

"아, 다른 학생이라면 이미 입학식이 시작되는 강당에 도착해 있어요. 입학식은 조금 후에 시작하니 마로니에 군도 빨리 가보세요."

"그, 그렇습니까?"

마론은 너무나 싱거운 사실에 힘이 쭉 빠졌다. 그만큼 많이 긴장하고 있었던 것이다. 결국 마론이 단순히 늦게 와서 다른 남학생을 보지 못했던 것뿐이다.

"나름대로 일찍 나온다고 나왔는데……. 이야, 다른 남학생들은 전부 부지런하군요? 저도 본받아서 내일부터는 더 일찍 나와야겠어요."

"어머나, 나머지 두 사람도 그렇게 일찍 나온 건 아니에요. 마로니에 군이 도착하기 10분 전쯤에 들어갔는걸요."

"하하하, 그렇군요. 하하하하하! 네?"

"왜 그래, 갑자기 이상한 얼굴을 하고?"

로우즈가 마론의 이마를 톡톡 치며 말했다. 하지만 마론은 그것보다 더 신경 쓰이는 말을 방금 들었다.

"저기… 선배님, 방금 '나머지' 두 사람이라고 하지 않으셨나요?"

"네, 그랬는데요."

"무슨 얼빠진 질문이야? 방금 들어놓고."

"아니, 그게… 나머지 두 사람이라는 게 도대체 무슨 뜻이죠?"

"네?"

"무슨 뜻이냐니? 정말 몰라서 물어? 너를 뺀 나머지 두 남학생이 조금 전에 들어갔다는 뜻이잖아."

"나를 뺀 나머지 두 남학생?"

여전히 얼빠진 얼굴로 마론은 물었다. 아니, 혼자서 중얼거렸다.

"네, 마로니에 군. 무슨 문제가 있나요?"

문제라면 아주 많다. 어디서부터 따져야 할지 알 수 없을 정도로 많다.

그러나 마론은 천재적인 계산 능력을 발휘해서 곧바로 포인트만 뽑아내 물었다.

"혹시… 아니라고 생각은 하지만요; 그래도 혹시나 해서 물어보는 건데요, 남학생은 절 포함해서 세 명뿐인가요?"

마론은 제발 페튜니아가 '아니오'라고 대답해 주기를 바랐다.

페튜니아가 생긋 웃으며 말했다.

"네, 그런데요. 무슨 문제라도 있나요?"

무슨 문제냐고요? '선배가 어째서 그렇게 묻는지 그것도 포함해서 전부 다 문제예요'라고 마론은 차마 소리칠 수 없었다.

그저 그 자리에서 다시 한 번 좌절할 뿐.

어제까지 사립 사프란 마법 여학교였던 학교.

오늘 부로 남녀 공학이 된 학교로 전교생 수는 920명. 그중 여학생 917명, 남학생 3명.

언제 터질지 모르는 수많은 트러블을 보유한 채 새로운 학기의 입학식이 시작됐다.

마법사가 되고 싶은 소년 3

"하아아아아아아아아아!"

굉장히 힘 빠지는 한숨을 쉬면서 마론은 강당으로 향했다.

중간까지 같이 왔던 페튜니아와 로우즈가 뭐라고 한 것 같지만 무슨 말을 했는지 마론은 하나도 생각나지 않았다.

마론의 머리 속을 끊임없이 괴롭히던 문제.

사립 사프란 마법 학교의 남학생 수는 자신을 포함해서 단세 명.

이건 말이 좋아서 남녀 공학이지 실제로 거의 여학교나 마찬가지였다. 그렇기 때문에 어디로 고개를 돌려도 여자뿐이었다.

이었다는 것을 깨닫게 된다.

예를 들면, 모 인물이 10여 년 전 처음으로 별 생각 없이 성인용 미소녀 게임을 해보고 나서 지나고 보니 그때 그 일 때문에 지금 이 일을 하고 있더라는 식으로 말이다.

참고로 어디까지나 예를 든 것뿐이다.

"아앗! 비켜주세요!"

"응?"

무릎을 꿇고 신발 끈을 고쳐 매는 마론의 귀에 소녀의 비명 소리가 들렸다. 마론은 무슨 일인지 궁금한 표정으로 좌우를 둘러봤다. 그때 갑자기 마론의 뒤통수에 격렬한 충격이 닥쳤다.

"크허억!"

"꺄아아악!"

마론과 소녀의 비명이 울려 퍼지면서 털썩 쓰러지는 소리가 두 번 울렸다.

"으윽! 뭐, 뭐냐? 모처럼 사람이 의욕에 넘쳐 있는데……."

마론은 일어나면서 자신의 뒤통수를 가격한 그 어떤 것을 찾았다. 그때 마론의 눈에 들어온 것은 새하얀 강아지였다.

"강아지? 이 강아지가 내 뒤통수를 친 건가? 어라? 하지만 확실히 여자 목소리가 들린 것 같은데……?"

마론은 타격으로 인해 어질어질한 머리를 흔들며 다시 한 번 새하얀 강아지를 쳐다봤다.

그제야 그 강아지가 살아 있는 것이 아닌 천에 그려진 그림이라는 것을 깨달았다.

"에, 또… 손수건?"

강아지가 그려진 천은 삼각형 모양으로 굉장히 작았다. 그리고 어쩐지 천 옆으로 사람 다리가 뻗어 나와 있었다.

"어라? 어라라라라?"

"으음."

"강아지 그림 천이 신음 소리를 낸다?"

천이 소리를 낼 리가 없다.

마론도 이미 그 천의 정체는 어느 정도 눈치 챘을 것이다. 다만 공부만 하느라 이성에 대한 경험이 전무한 마론은 눈앞의 진실을 있는 그대로 받아들이기에는 머리 속 허용량이 너무 부족했던 것이다.

머리가 복잡한 마론 대신에 지금 상황을 간단히 설명하자면, 마론이 갑자기 앉는 바람에 뛰어오던 여학생이 피하지 못하고 마론의 머리를 가격하고 넘어졌다. 그리고 치마가 홀러덩 뒤집혀서 마론의 눈앞에 새하얗고 귀여운 강아지 무늬 팬티를 훤히 드러내 놓은 상태로 기절한 것이다.

이상이 현 상황에 대한 간단한 설명이다.

마론도 겨우 현재의 상황을 현실로 받아들이게 됐고, 동시에 당황하게 됐다. 이런 일을 처음 겪다보니 당황할 수밖에 없었다. 아니, 자주 겪는 남자라 해도 그때마다 당황하게 될 것이다.

그런데 이런 일을 자주 겪는 행운아가 있으려나?

어쨌든 언제까지 치마가 말려 올라가 팬티를 훤히 드러내 놓고 있는 여자를 그대로 놔둘 수는 없는 노릇이다.

"에, 그러니까… 이럴 때 해야 되는 일은… 어떻게 해야 되지? 아악! 교과서에는 이런 내용이 안 적혀 있었다고!!"

그런 교과서가 있을 리가 없다. 아니, 있다면 그 교과서를 만든 인물의 머리 속을 의심해야 될 것이다.

"으으음."

여자는 정신을 차리지 못하고 계속 신음 소리를 내면서 몸을 뒤척였다.

"안 돼. 침착하자, 침착해. 이 상황, 소녀가 일어나면 나에게 좋지 않아. 자, 그럼 일단 해야 될 일은… 목격자 확인!"

어이!

"됐어! 목격자 없음! 그, 그럼 다음으로 해야 될 일은… 에… 또… 묻어야 되나?"

어이, 이건 추리 소설이 아니잖아! 그리고 그전에 아직 안 죽었어!

마론은 전혀 침착하지 못하고 있었다. 그러는 동안 여자는 계속 신음 소리를 내고 있었다. 넘어지면서 머리를 강하게 바닥과 부딪친 것 같았다.

"아악! 침착하자고 했잖아! 마로니에 루드베키아! 16세! 침착하겠습니다. 침착하겠습니다. 좋았어. 제일 먼저 해야 될 일은… 치, 치마부터 내려주자."

드디어 제대로 된 할 일을 찾은 마론은 소녀의 치마를 잡았다. 그리고 내려주려고 손을 움직이는 순간,

"으음."

신음 소리를 내며 몸을 뒤틀던 소녀가 그대로 몸을 뒤집었다.

"으아악!"

덕분에 치마를 잡았던 마론의 손이 그대로 소녀의 엉덩이에 깔린 형상이 됐다. 태어나서 처음으로 느껴보는 부드러운 감촉이었다.

"와악! 아아아! 어, 어어어어어, 어쩌지?"

안절부절못하는 마론은 문득 소녀의 얼굴을 쳐다봤다. 아까까지는 소녀가 엎드려 있어서 마론은 그녀의 얼굴을 보지 못했다. 긴 자주색 생머리의 소녀는 왼쪽 귀 옆의 머리를 땋아서 하얀색 리본으로 묶고 있었다. 얼굴은 갸름하고 턱 선이 얇았으며 눈을 감고 있어서 기다란 속눈썹이 잘 보였다. 넘어지면서 이마를 부딪쳤는지 이마가 빨갛지만 그건 그리 중요한 것이 아니다.

'예, 예쁘다.'

마론은 잠시 자신의 처지를 잊고 소녀의 아름다움에 눈을 동그랗게 뜨고 쳐다봤다.

물론 아까 페튜니아와 로우즈도 미인이었다. 하지만 페튜니아가 원숙한 미인이고 로우즈는 보이쉬한 미인이라면 눈앞의 소녀는 어른과 아이의 중간 과정이라고나 할까?

얼굴에 아직 어린 티가 남아 있으면서도 묘하게 색기 있는 모습에 마론의 가슴이 두근두근 뛰었다.

"으음."

그때 소녀가 눈을 떴다. 희미한 자주색 눈동자는 마치 자수정을 보는 것 같았다.

넘어질 때 심하게 머리를 부딪친 충격 때문인지 아직 눈빛이 몽롱한 소녀는 간신히 몸을 일으켜서 주위를 둘러봤다.

그리고 서서히 소녀의 눈빛이 살아나기 시작했다. 그리고 마론과 눈이 마주쳤다. 소녀는 이상하다는 표정으로 고개를 잠시 갸웃거리고는 자신의 몸을 둘러봤다.

말려 올라간 스커트, 그로 인해 드러난 강아지 무늬 팬티, 자신의 엉덩이에 깔린 마론의 손, 넘어지면서 조금 엉망이 된 교복, 그 이외에 기타 등등…….

소녀의 얼굴이 점차 붉어졌다.

"저, 저기 무슨 말을 하고 싶은지 알 것 같아. 특히 비명을 지르고 싶겠지만 일단 진정하고 내 말부터 들어줬으면 좋겠어. 이 일은 모두 우연한 일이 겹치고 겹쳐서 일어난 불행한 사고로……."

"꺄, 꺄아아아아아 아아아아아아아아아아아악!!"

마론의 필사적인 변명에도 불구하고 소녀는 정해진 정석대로 비명을 질렀다. 온 학교가 울릴 정도로 아주 크게.

"으아악! 역시 이렇게 되는 거였어?!"

이런 게 아니라면 어떻게 되길 원한 것일까?

아무튼 소녀의 엄청난 비명으로 인해 저 멀리 보이는 강당에서 신입생들이 밖으로 나왔고, 등교하던 학생들이 근처로 모여들었으며 교사들까지 뛰어왔다.

그리고 마론과 소녀의 모습을 남김없이 낱낱이 보게 됐다.

"하하하! 최악이다!"

마론의 머리 속에서는 퇴학이라는 두 글자가 생각났다. 입학식 첫날 퇴학. 실행되면 어쩌면 이 학교 역사상 최초라는 기록을 세우게 될지도 모를 일이다.

"그딴 기록은 세우고 싶지 않은데……."

마론은 여전히 비명을 질러대는 소녀를 앞에 두고 깊은 한숨을 쉬었다.

"저는 교감 선생입니다. 무슨 일이 있었던 거죠?"

소동의 현장으로 달려온 사람들 중에 지적으로 생긴 미녀가 앞으로 나오면서 말했다.

교감 선생이라고 자신을 소개한 샤스타는 현장만 보고 멋대로 판단하지 않았다.

샤스타는 마론과 소녀의 모습을 보고는 즉시 구경꾼들을

해산시키고 두 사람을 교장실로 데려왔다.

　교장실은 최근에 대대적인 수리라도 했는지 학교 건물에 비해서 굉장히 새것 같았다. 하지만 고풍스런 전체적 분위기가 방의 주인인 교장과 잘 어울렸다.

　멋들어진 중년 남자인 교장은 부드러운 미소를 지으며 둘에게 자신을 소개했다.

　"반갑네. 내가 이 학교의 교장 올리브 프러스주의라네. 편안하게 올리브 오빠라고 부르면 된다네."

　"네에?"

　마론과 소녀는 이해 불능의 소리를 내뱉었다. 옆에 서 있는 교감 선생인 샤스타가 머리를 두 손으로 감싸 쥐는 것이 보인다.

　앞 부분을 조금 수정. 올리브 교장은 고풍스러운 방과 겉모습만 잘 어울렸다.

　"교.장. 선.생.님."

　샤스타가 단순히 교장을 부르는 것뿐인데 교장실의 분위기가 싸늘해졌다.

　"노, 농담이네, 농담. 두 사람의 긴장을 좀 풀어주려는 농담."

　"하아, 됐습니다. 교장 선생님은 가만히 입 다물고 계셔주세요."

　"너, 너무하네, 샤스타데이지 군! 난 교장으로서 이 재미있는 사건의 전후 사정을 파악해야 될… 아, 실례. 죄송합니다. 계속하세요. 입 다물고 있겠습니다."

올리브는 샤스타의 손에 마력이 살짝 맺히는 것을 보고 얼른 입을 다물었다. 올리브에겐 그날 교장실이 완전히 박살이 났던 악몽이 다시 재현되는 것은 절대 사양하고 싶은 일이다.

"그럼 그쪽 여학생부터 이름을 말해보세요."

교장실에 와서야 마론은 소녀의 이름을 알게 됐다.

"리아트리스 에르미야라스입니다. 이름이 길어서 부르기 불편하시면 리아도 괜찮습니다."

리아라고 이름을 밝힌 소녀는 아까의 흐트러진 자세로 비명을 지르는 모습은 이미 남아 있지 않았다. 다부지게 다문 입술과 타인의 시선을 피하지 않는 당당한 눈빛. 어쩐지 굉장히 고집이 세 보이는 성격 같았다.

"그럼 리아 양으로 부르겠습니다. 그리고 그쪽은 마로니에 군?"

샤스타는 한 장의 서류를 보고는 마로니에의 이름을 맞혔다. 아마도 전에 '사진'이라는 것을 찍었던 서류일 것이다.

"네, 마로니에 루드베키아입니다. 마론으로 불러주시면 됩니다."

마론은 자신의 이름이 불리자 급히 애칭을 말했다.

"자, 그럼 이번 소동의 원인을 처음부터 자세하게 설명해 주시겠습니까?"

샤스타는 둘에게 각각의 사정을 말하게 했다. 그리고 그것으로 인해 오해는 풀렸다.

리아는 입학식에 늦을 것 같아서 급히 뛰고 있는 중이었다고 한다. 그런데 앞서 가던 마론이 갑자기 자리에 주저앉는 바람에 미처 피하지 못하고 부딪친 것이다.

넘어지면서 머리를 부딪쳐서 잠시 정신을 잃었는데 간신히 눈을 떠보니 눈앞의 남자가 이상한 짓을 하고 있었다고 설명했다. 이 부분을 말할 때 리아는 굉장히 부끄러운지 머뭇대며 설명했다.

곧이어 마론은 오해라고 말하며 설명을 시작했다. 마론은 갑작스럽게 뒤통수에 충격을 받아서 정신이 없었는데 눈앞에 리아의 치마가 말려 올라간 것을 보고 내려주려고 치마를 잡았는데 타이밍 나쁘게 리아가 돌아누우면서 정신을 차리게 됐다고 설명했다.

물론 리아는 그 말을 믿지 못하는 눈치였다.

하지만 샤스타는 가만히 마론을 쳐다봤다. 마론은 조금 당황했지만 샤스타의 눈을 피하지 않았다.

그렇게 한참 동안 마론의 눈을 쳐다보던 샤스타는 옅게 웃으면서 말했다.

"거짓말은 아니군요."

"에에?!"

소리를 지른 것은 리아였다.

"그렇게 경망스러운 소리는 지르는 것이 아닙니다."

"죄, 죄송합니다. 하지만……."

샤스타가 엄하게 주의를 주자 리아는 급히 고개를 숙이며 사죄했다. 그래도 무언가 말하고 싶은 것이 있는지 샤스타의 눈치를 살폈다.

샤스타는 손을 들어 리아의 말을 제지하고 계속 말했다.

"하고 싶은 말은 알 것 같습니다. 물론 당시 상황을 보면 리아 양의 피해가 큽니다. 알지도 못하는 남자에게 부끄러운 모습을 보였으니 죽고 싶을 만큼 창피하고 화가 나겠죠."

샤스타의 말에 마론과 리아는 아까의 장면을 다시 떠올리고는 둘 다 얼굴이 화악 붉어졌다.

"하지만 그 원인을 제공한 것은 어디까지나 리아 양, 당신입니다. 마론 군은 늦었다는 것을 알고 있었지만 교칙에 따라 함부로 뛰지 않고 걸어가고 있었습니다."

그건 사실이다. 그것은 페튜니아가 가르쳐 준 사실이었다.

늦을 것 같아서 뛰어가려는 마론을 붙잡고 무조건 뛰어서는 안 된다는 것과 아직 시간은 여유가 있으니 정원을 가로지르는 지름길로 가면 충분하다는 사실을 가르쳐 줬다.

그때 페튜니아가 해준 말을 지킨 것이 지금 마론에게 득이 된 것이다.

'페튜니아 선배님, 정말 고맙습니다!'

마론은 페튜니아를 등에 새하얀 날개를 감춘 천사라고 생각했다.

마론이 혼자 망상에 빠져 있는 동안 샤스타의 말은 계속됐다.

"리아 양, 앞에 가던 마론 군이 신발 끈을 묶으려고 앉았을 때 피하지 못했다고 했죠? 그건 다시 말하면 피하지 못할 정도로 빠르게 뛰고 있었다는 뜻이 됩니다. 제 생각이 틀렸나요?"

"아닙니다. 교감 선생님 말씀이 맞습니다."

"솔직하게 말해줘서 고마워요. 그렇다면 제가 하고 싶은 말이 뭔지 아시겠죠?"

"…네. 이번 일은 쌍방의 과실이었습니다. 마론 씨에게 정말 죄송합니다. 마론 씨, 정말 죄송합니다."

리아는 갑자기 분위기가 나긋나긋해지면서 마론에게 고개 숙여 사과했다. 약간 물기 있는 눈으로 마론을 바라보며 사과하자 마론은 당황하며 손을 저었다.

"아, 아니, 쌍방 과실이니 사과니 뭐니 받을 입장은 아니야. 나야말로 재빨리 대처하지 못해서 정말 미안해."

둘이 서로 고개를 숙이며 사과하자 갑자기 올리브가 자리에서 일어나면서 박수를 쳤다.

"이야, 정말 보기 좋은 모습이군! 잘됐어! 정말 잘됐어! 이 오빠는 너무 흐뭇한 광경을 봐서 앞으로 10년은 더 젊어진 것 같은 기분이 드네! 이 감동을 준 두 학생에게 감사하네! 자,

우리 함께 이 감동을 뜨거운 포옹으로 승화시켜… 샤, 샤스타 데이지 군, 농담이네, 농담! 그냥 분위기를 띄워보자는 차원에서……."

샤스타는 손에 모이는 마력을 풀고는 한숨을 쉬고 음산한 목소리로 올리브에게 경고를 줬다.

"풀네임으로 부르지 말라고 했습니다, 교.장. 선.생.님."

"…네."

올리브는 목을 움츠리며 작게 대답했다.

샤스타는 한숨을 한 번 쉬고는 분위기를 바꿔서 마론과 리아에게 말했다.

"자, 그럼 곧바로 입학식을 시작할 거니까 둘은 강당으로 향해주세요."

"네, 실례 많았습니다."

"정말 죄송했습니다. 그리고 감사합니다."

마론은 교장실을 나오면서 사과와 함께 샤스타에게 진심으로 감사를 전했다. 만약에 현장 모습으로만 판단하는 선생이었다면 마론은 당장에 퇴학, 아니, 심하면 그 이상의 일도 당할 수 있는 입장이었다.

하지만 샤스타는 전후 사정을 파악하고 올바르게 대처해 줬다.

마론은 점점 이 학교가 마음에 들었다. 좋은 선생이 있고, 좋은 선배가 있다. 그리고 첫 만남은 조금 안 좋았지만 친하게 지내고 싶은 동급생이 있다.

"그럼 리아, 어서 강당으로 가자. 물론 걸어서."

마론은 쾌활하게 웃으면서 리아를 돌아보며 말했다.

"에?"

마론은 순간 자신의 눈이 잘못됐다고 생각했다. 그도 그럴 것이, 지금 마론의 눈앞에 서 있는 리아는 온몸으로 싸늘한 냉기를 뿜어대며 싸늘한 표정을 짓고 있었기 때문이다.

"리아트리스."

"에?"

"나를 부르려거든 리아트리스라고 불러요! 당신 같은 남자한테 애칭으로 불리긴 싫어요!"

"에? 에?!"

마론은 혼란스러웠다. 방금 전 교장실에서 나긋나긋한 목소리로 진심으로 사과하며 예쁜 미소를 짓던 리아는 어디로 갔단 말인가?

"하지만 이왕이면 이름도 부를 수 없게 영원히 안 만났으면 좋겠군요. 도대체 어째서 이 학교에 남자 따위가 있는 거지?"

"아니, 그건 올해부터 남녀 공학으로……."

하지만 마론은 말을 끝까지 하지 못했다. 리아가 매서운 눈으로 마론을 노려보았기 때문이다. 마론은 자신이 뱀 앞에 놓인 개구리 같은 기분이 들었다.

"흥! 당신 같은 남자가 들어오는 학교라니, 사프란 마법 여학교의 명성도 땅에 떨어지겠군요."

"아니, 저기……."

점점 말이 심해져 갔다. 하지만 마론은 여전히 혼란 상태라 어떻게 대응해야 될지 갈피를 잡지 못했다.

"부디 학교에 누를 끼치는 행동은 자제해 주시기를 부탁드립니다. 그럼 평안하세요, 마로니에 루드베키아 씨!"

끝까지 표독스럽게 마론을 쏘아붙인 리아는 우아한 몸짓으로 인사를 하고는 그 자리를 떠나갔다.

혼자 남겨진 마론은 멍하니 있다가 중얼거렸다.

"풀네임으로 부르지 말란 말이야."

하지만 이 말을 들어야 될 리아는 이미 저 멀리 사라지고 난 뒤였다.

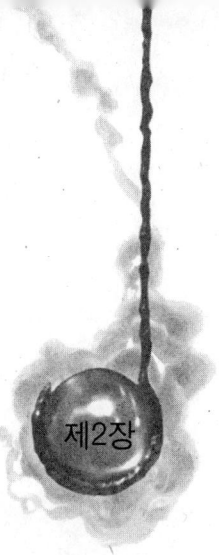

제2장

소년은 여학교였던 학교에 입학했다

소년은 여학교였던 학교에 입학했다 1

사립 사프란 마법 여학교였던 학교의 대강당은 겉모습부터 보는 이를 압도시켰다.

'무엇 때문에 돈을 저렇게 처 발랐을까?' 라는 생각이 들게끔 말이다.

화려한 대리석 기둥이 강당을 떠받치고 있고, 벽 역시 비싸 보이는 대리석이다. 아름다운 여신상이 문의 양쪽에 장식되어 있고, 입구 앞 팻말에는 '마법 자동문입니다. 문 앞에 서면 자동으로 열립니다' 라고 쓰여 있다.

그 마법 자동문도 어쩐지 비싸 보이는 고급 원목을 사용했고, 문에는 각종 여신과 천사—어째서인지 여성 천사만—들이 새겨져 있어서 문 하나가 하나의 예술품이었다.

보는 것만으로 사람을 압도시키는 강당 앞 입구에서 마론은 그저 입을 헤 벌리고 놀랄 뿐이었다.

"…여기, 정말 학교일까?"

시간만 허락된다면 다시 교문 앞으로 가서 확인하고픈 심정이다.

대강당뿐만이 아니다. 아까는 정신없는 사건으로 인해 학교 건물을 자세히 볼 수가 없었지만 학교 건물 역시 '저, 비쌉니다'라고 광고하고 있었다.

어쨌든 압도당한 채 언제까지 이 앞에 서 있을 수는 없었다.

마론과 리아 때문에 잠시 중단됐던 입학식이 곧 열릴 것이다.

"좋았어."

왜인지 마론은 기합을 넣는 행동을 한 번 하고는 숨을 크게 들이쉰 후 대강당의 문 앞에 섰다.

위이잉!

문이 바닥을 스치는 소리가 조용히 울리면서 문이 열렸다. 그리고 638개의 눈이 마론을 향했다.

'헉!'

마론은 자신도 모르게 속으로 비명을 지르면서 살짝 한 발짝 물러났다.

그 정도로 여자들의 시선은 압박이었다. 이미 아까의 소동과 미리 와 있는 두 명의 남학생 때문에 사프란 마법 여학교는 더 이상 여학교가 아닌 것은 신입생 여자들도 잘 알고 있었다.

그리고 어딘가에 앉아 있을 두 명의 남학생과 계속 같이 앉아 있었던만큼 마론이 들어오는 것이 새삼스럽지는 않을 것이다.

하지만 입학식 첫날 화려하게 신고식(?)을 치른 남학생이라면 이야기가 다르다. 여학생들은 마론을 쳐다보며 자기들끼리 수군수군거렸다.

굉장히 신경 쓰이는 행동이지만 마론은 애써 모른 척하며 자신의 자리를 찾기 위해 주위를 두리번거렸다.

"여어! 이쪽이야!"

그때 어디선가 남자의 목소리가 들려왔다.

남자다. 마론은 남자의 목소리가 이렇게 듣기 편안하다는 사실을 오늘 처음 알았다.

그렇게 남자의 매력을 알게 된 마론은 점점 남자 동급생과의 우정에 빠져들게 되고, 이윽고 우정은 손을 대서는 안 되는 금단의 과실이 된다. 그리고 마론은 결코 손을 대서는 안 되는 금단의 과실을 취하게 되고… 같은 재미있는 사건은 마론의 성격상 생길 리가 없다. 만약 생긴다면 스토리 진행하는 데 많은 도움이 될 텐데 아까울 따름이다.

'기분 탓인가? 순간 오한이 들었는데……'

마론은 갑자기 닥쳐온 오한을 털어버리려는 듯이 몸을 한 번 떨고는 남자 목소리가 들려온 방향으로 걸어갔다.

그곳에는 여자들 틈에서 전혀 주눅 들지 않은 표정으로, 아니, 주눅 들기는커녕 만면에 웃음을 띤 남학생과 곤란한 미소를 짓고 있는 남학생이 앉아 있었다. 다만,

'어째서 한가운데냐?!'

마론은 한가운데, 그것도 사방팔방이 여자로 둘러싸인 자리를 보고는 신음을 흘렸다.

하지만 안 앉을 수는 없다. 남은 자리는 아마도 그곳뿐일 것이다.

'하아!'

마론은 속으로 한숨을 한 번 쉬고 자리에 앉아 있는 여학생들에게 일일이 양해를 구하면서 자기 자리로 보이는 빈자리로 이동했다.

겨우 몇 미터의 거리가 지금 마론에게는 대륙의 끝과 끝 같은 느낌이었다.

'가, 간신히 도착했다.'

"요, 반가워! 그런데 왜 그렇게 지쳐 있는 거야?"

처음 마론을 불렀던 남학생이 지쳐서 숨을 몰아쉬는 마론을 이상하다는 듯이 쳐다보며 말했다.

"아니, 뭐랄까. 정신적으로 지쳤다고나 할까?"

"그래? 주위에 이렇게 정신 영양제가 많은데 특이한 녀석이군."

"정신 영양제?"

"아름다운 소녀들은 눈의 영양제, 아름다운 소녀들의 체취는 코의 영양제이며 아름다운 소녀들의 분위기는 마음의 영양제지."

남학생의 거침없는 말에 마론은 입을 떡하니 벌리며 놀랐다. 그리고 서둘러 주위 분위기를 살폈다.

그러나 주위 여학생들은 기분 나빠하기보다는 어쩐지 부끄러움과 기뻐하는 표정뿐이었다.

마론은 남학생의 얼굴을 자세히 보고는 여학생들의 반응을 납득했다.

잘생겼다.

이 한마디 이외에 다른 모든 말은 필요없다.

마론을 부른 남학생은 그야말로 잘생겼다. 웨이브 진 금발과 푸른색 눈동자, 갸름한 턱 선, 적당한 체격과 센스있는 옷맵시, 그리고 가만히 있어도 흘러넘치는 기품까지.

정말로 잘생겼다. 그러니 그런 느끼한 말투라도 여자들은 용서가 되는 것이다.

뭐, 기본적으로 예쁘다는 말을 싫어하는 여자도 없고.

마론은 만약 자신이 그런 대사를 한다면 여자들의 반응이 어떨지 상상해 봤다.

'할 수 없어! 절대 못해!'

마론은 방금 전 대사를 하는 자신을 상상하는 것만으로도 얼굴이 새빨개졌다. 반응이 어떻고를 떠나 그 이전에 내뱉을 수 있느냐의 문제다.

"요! 친구! 뭘 멍하니 서 있는 거야? 뒤에 앉은 숙녀 분들에게 실례라고!"

"아, 으응? 미, 미안."

'그런데 언제부터 친구가 된 거지?'

하지만 마론은 곧 그 생각을 그만뒀다. 어차피 여자투성이의 학교에서 단 셋뿐인 남자이다. 친하게 지내서 나쁠 것은 없다고 생각했다. 그리고 성격이 좀 이상해 보이지만 나쁜 사람 같지는 않았다. 또 다른 갈색 머리의 남학생은 순한 인상으로 친해지기에 어려움이 없어 보였다.

"내 이름은 제라늄 카이란스야. 제라늄이라 불러도 좋고 친근함을 담아서 제라야~♡라고 불러도 좋아."

마론은 이 순간 제라늄이라는 이름의 금발 머리 남학생은 다른 의미로 친해지기 어려울 것 같은 기분이 들었다.

"…제라늄으로 부를게."

"그래? 쩝. 제라야~♡가 좀 더 친근한 느낌인데 말이야."

"아니, 사양할게. 제라늄이 더 멋진 이름 같아."

"호오, 그래? 이야, 내 이름을 칭찬해 주다니 이거 영광이군. 너랑은 잘 지낼 수 있을 것 같아."

"응, 나도."

마론은 솔직하게 웃으며 거짓말을 했다.

제라늄은 나쁜 사람 같지는 않았지만 꾀자기 같아 보였다. 붙임성이 좋다를 지나쳐서 넘쳐 나는 성격인 것 같으니 친하게 지내는 데는 어려움이 없지만 적당히 거리 조절을 안 하면 마구 끌려다닐 것 같은 느낌이다.

그래도 그는 여자뿐인 학교에서 단 셋뿐인 남자 중 하나다. 일종의 동지나 마찬가지다. 그러니 계속 피할 수도 없고, 또 피하고 싶지도 않았다.

'후, 내 쪽에서 적당히 거리를 조절하는 수밖에……'

그렇게 생각하며 마론은 아까부터 조용히 있는 다른 한 남학생에게 시선을 돌렸다.

"반가워. 내 이름은 온시디움 다이가드. 좀 발음하기 힘든 이름이지? 그냥 디옴이라고 불러줘."

자신에게 시선이 오자 남학생은 미소를 지으며 자기소개를 했다.

위치상 가운데, 즉 마론의 옆에 앉아 있는데도 불구하고 남학생의 인상은 너무나 약했다. 신경 쓰지 않으면 옆에 앉아 있는 것조차 모를 것 같았다. 제라늄의 존재감이 너무 큰 이유도 있지만.

옆에 앉은 남학생은 적당했다. 모든 것이 적당했다.

적당히 커트를 친 적당한 갈색 머리에 적당한 얼굴 선과 적당한 체격, 그리고 적당한 옷맵시와 적당한…….

"저기… 왜 눈을 감고 있어?"

마론은 아까부터 눈을 감고 있는 디옴에게 물었다.

"으응? 아아, 이거 다 뜬 거야."

"어? 그게 다 뜬 거라고?"

"응. 부끄럽지만 원래 이래. 집안 내력이라던가?"

"그, 그렇구나."

모든 것이 적당한 디옴이지만 유일하게 감고 있는 것 같은 눈이 특징이었다.

하지만 그 특징은 오히려 적당한 디옴의 인상을 더 약하게 할 뿐이었다.

"어렸을 때부터 이 눈 때문에 놀림도 좀 받았고 이상한 별명도 잔뜩 받았어. 기본은 새우눈이라든가, 늘 졸린 애라든가, 실눈이라든가, 삼O안의 우 디옴이라든가……."

"어이, 어이! 마지막 별명은 좀 위험한 거 아니야?!"

"음, 역시 위험하겠지? 여러 가지로?"

그렇다. 여러 가지로 위험한 별명이다. O으로 글자를 가렸지만 아는 사람은 금방 눈치 채고 자칫 잘못하면 저작권 문제를 불러일으킬 수도 있는 별명이다. 정말로 그렇게 될 일은 없겠지만.

없기만을 바랄 뿐이다.

적당하고 조용한 남자 온시디옴 다이가드, 그리고 끊임없이 주위 여학생들에게 추파를 던지는 남자 제라늄 카이란스.

이 둘이 사프란 마법 여학교였던 학교에서 마론과 더불어 유일한 남학생인 것이다.

"내 이름은 마로니에 루드베키아야. 그냥 마론이라고 부르면 돼."

"멜론?"

"마론이다!!"

마론은 명백하게 일부러 이름을 틀리게 부른 제라늄을 노려봤다.

"하하하, 미안. 농담이야, 농담. 그런데 본 이름이 그렇게 나쁜 이름도 아닌데 군이 애칭으로 불릴 필요가 있나? 발음하기가 그렇게 어려운 이름도 아니고. 예쁜 이름이잖아? 바이올렛도 그렇게 생각하지?"

"응? 아, 응. 정말 예쁜 이름이라고 생각해."

어느새 제라늄은 자신의 옆에 앉은 여학생과 친해졌는지 즐겁게 이야기를 나누고 있었다.

바이올렛이라고 불린 여자는 다갈색의 긴 머리를 가진 차분한 인상으로 옆 머리카락 몇 가닥을 꼬아서 노란색 리본으로 묶었다. 하지만 차분한 외모와는 달리 말투는 약간 활발했다.

"안녕. 내 이름은 바이올렛 크레아필드야. 잘 부탁해."

"아, 응. 잘 부탁해."

"저기, 그냥 마로니에라고 부르면 안 될까? 그쪽이 마론보다 발음하기도 편하고 정말 예쁘다고 생각되는데."

"그게… 그 예쁘다는 게 좀 걸리거든."

"응? 어째서?"

"아니, 일단 나도 남자인데 남자한테 예쁘다는 말은 좀……."

마론은 곤란한 표정으로 말을 흐렸다. 하지만 솔직히 나쁜 기분은 아니다.

지금까지 마론의 이름을 예쁘다고 한 친구들은 대부분이 남자들이었다. 그들은 호의가 아닌 장난으로 마론의 이름을 예쁘다고 놀려댔다.

하지만 페튜니아 선배도 바이올렛이란 여자도 그럴 생각은 조금도 없어 보였다. 둘은 진심으로 마론의 이름이 예쁘다고 칭찬했다.

마론은 그 마음이 굉장히 기뻤다. 그래서 단번에 거절하자니 곤란한 생각이 들었다.

"으음, 그렇구나. 그런 이유라면 부탁한 내 잘못이네. 미안."

"아니아니, 네 잘못이 아니야. 그냥 그… 저기… 뭐라고 해야 되나……. 에이, 좋아."

"응?"

"마로니에라 불러도 좋다고. 어차피 알게 된 선배님도 날 마로니에라고 부르는걸. 선배는 되고 같은 동급생은 안 된다는 것도 어쩐지 우습고 말이야."

"와아! 정말 고마워. 하지만 마론이 좋다면 나도 그냥 마론으로 부를게. 잘 부탁해, 마론."

바이올렛은 정말로 기쁜 표정으로 환한 웃음을 지었다.

"으응."

어쩐지 부끄러운 기분이 든 마론은 머리를 긁적이며 웃었다.

"와아! 정말 고마워, 마로니에~ 하지만 마론이 좋다면 나도 그냥 마론~♡이라고 부를게. 잘 부탁해, 마론~♡"

바이올렛 옆에 앉은 제라늄도 환한 미소를 지으며 두 주먹을 앙증맞게 쥐어 턱에 갖다 대며 바이올렛의 말투를 흉내 내서 귀엽게 말했다(그 모습을 생생하게 상상해 버린 상상력 높은 독자님들에게는 애도를 표합니다).

"너는 마론이라고 불러! 아니, 그 이전에 ~♡도 빼!"

마론은 금세 표정을 구기며 제라늄을 향해 삿대질하며 외쳤다.

"체엣!"

제라늄은 불공평하다는 표정으로 마론을 쳐다봤다.

"그런 표정 지어도 소용없어!"

그때 아주 작은 소리로 누군가가 중얼거렸다.

"흥! 여자한테만 해롱해롱대는 변태."

"뭐?"

"응? 뭐야? 난 아무 말도 안 했어."

제라늄이 손을 저으며 마론의 시선을 부정했다. 확실히 너무 작은 중얼거림이라 내용도 잘 들리지 않았지만 그건 분명 여자 목소리였다.

마론은 바이올렛을 쳐다봤다. 바이올렛은 무엇 때문인지 곤란한 표정으로 웃으며 고개를 저었다.

"잘못 들었나?"

"그, 그럴 거야."

바이올렛의 당황한 말투가 어쩐지 마음에 걸렸지만 마론은 그냥 넘어가기로 했다.

그러자 제라늄이 장난기 가득한 미소를 지으며 마론에게 말했다.

"그나저나 마론도 꽤 하는구나?"

"하다니? 뭘?"

처음에는 의문형으로 답했지만 곧 제라늄의 능글능글한 미소를 보곤 무엇인가가 생각났다.

"자, 잠깐! 설마……."

"이야, 아침부터 만난 지 얼마 안 된 여성과 뜨거운 포옹을 나눴다면서? 더구나 뜨겁게 타오르는 열정을 이기지 못해 덮쳤다고 들었는데……. 아무리 그래도 장소가 나빴어. 쌍방이 합의했다고 해도 그런 건 으슥한 장소에서 해야 되는 거야."

"그건 단순한 사고야!"

"합의한 적 없습니다!"

마론과 동시에 바이올렛의 옆에서 여학생 한 명이 일어서
며 제라늄에게 삿대질을 했다. 마론과 동시에 일어난 여학생
은 바로 리아였다. 지금까지 리아는 바이올렛의 옆에서 몸을
움츠리고 고개를 옆으로 돌린 채 있어서 마론이 눈치 채지 못
했던 것이다.

곧 리아는 '너, 실수했어'라는 표정으로 제라늄을 노려봤
다. 그러나 제라늄은 아무렇지도 않은 표정으로 리아의 시선
을 받아넘겼다.

그것으로 분명하다. 제라늄은 일부러 마론과 리아를 화나
게 만드는 말을 한 것이다.

왜? 지금 이 상황을 즐기기 위해서.

"어라? 리아?"

마론은 갑작스럽게 등장한 리아를 '어째서 이런 장소에'
라는 표정으로 쳐다봤다.

"리아트리스라 부르라고 했습니다, 마로니에 루드베키아
씨! 그리고 뭐죠, 그 이상한 표정은? 저는 사립 사프란 여학교
신입생이라고요. 신입생이 입학식에 있는 것이 뭐가 이상하
다는 거죠?"

여전히 공격적인 리아의 말투에 마론은 혼란스러웠다. 하

지만 지금은 이미 한번 당해봤기 때문에 빠르게 정신을 추스르고 반격을 개시했다.

"잠깐, 아까는 말하지 못했지만 풀네임으로 부르지 말란 말이야! 그리고 내가 궁금한 것은 네가 입학식에 있다는 것이 아니라 어째서 하필이면 이 자리에 있냐는 거야!"

"먼저 온 것은 저예요. 그러니 의문을 가지고 한탄해야 되는 것은 오히려 제 쪽입니다. 어째서 하필 남자가, 그것도 다시는 보기 싫은 마로니에 루드베키아 씨가 제 가까운 자리에 앉아 있는 거죠?!"

"그게 한탄해야 될 정도로 큰일인 거야?! 그리고 다시 한번 경고하는데 풀네임으로 부르지 마!"

"그리고 굳이 따지면 나랑 디옴이 먼저 이 자리에 앉아 있었는데……."

으르렁거리는 두 남녀 사이에 앉아 있던 제라늄이 어깨를 으쓱거리며 말했다. 하지만 마론과 리아가 매서운 눈으로 째려보자 곧 목을 움츠렸다.

"죄송합니다. 이제 끼어들지 않을 테니 두 분은 재미 계속 보세요."

"무슨 재미를 보라는 거야?!"

"천박하군요. 역시 남자는 천박한 생각밖에 생각 못하는 겁니까?!"

"나까지 똑같이 취급하지 마. 난 이 녀석과 다르다고!"

"흥! 내가 보기에는 전부 똑같아 보이는걸요? 천박한 남자의 본성이 말이죠."

"그 말 당장 취소해! 해도 되는 말과 해서는 안 될 말이 있어! 방금 네가 한 말은 해서는 안 될 말이야! 어떻게 이 녀석과 똑같다는 그런 심한 소리를 할 수가 있는 거야?"

"흥! 천박한 점이 똑같아 보이기에 똑같다고 말한 것뿐입니다. 뭐가 잘못됐나요?!"

"둘 다 너무해! 나 상처받았어!"

제라늄은 무릎을 감싸 안고 훌쩍거렸다. 옆에서 바이올렛이 곤란해하는 미소를 지으며 제라늄의 어깨를 토닥거려 줬다.

아무튼 제라늄을 침묵시킨 마론과 리아는 다시 서로를 노려봤다. 하지만 아까처럼 금방 으르렁대지는 않았다. 언제 다시 시작될지 모르는 폭풍전야와 같은 침묵.

이건 이것대로 더 무서웠다. 주위 학생들은 숨죽였다.

바늘 하나라도 떨어지는 소리가 나면 말싸움으로 끝날 것 같지 않은 분위기였다.

그때 손뼉을 치는 소리가 침묵을 깨고 날카롭게 강당에 올려 퍼졌다.

자연스럽게 사람들의 눈은 손뼉 소리가 난 곳으로 향했다. 그곳은 단상이었고, 손뼉을 친 인물이 학생들의 시선이 자신을 향하자 생긋 웃으며 말했다.

"자, 그럼 중단된 입학식을 시작할 생각인데 거기 일어선 두 분의 생각은 어떠신지요? 입학식, 시작해도 좋을까요?"

그 인물은 샤스타 교감 선생이었다.

마론과 리아는 그제야 자신들이 싸우고 있는 장소를 기억하고는 얼굴이 새빨개졌다.

두 사람은 아무 말도 않고 그저 고개만 필사적으로 끄덕였다.

"자, 그럼 입학식을 시작하겠습니다. 그리고 두 사람은 입학식이 끝나면 교장실로 와주시기 바랍니다. 그럼 자리에 앉아주세요."

마론과 리아는 재빨리 자리에 앉았다. 그리고 공포에 몸을 떨었다.

샤스타는 내내 미소를 지으며 이야기했지만 말속에 숨긴 살기는 지우지 못했다. 아니, 안 했다가 정답일지도.

아무튼 중단되었던 사립 사프란 마법 여학교였던 학교의 입학식이 시작됐다.

입학식은 샤스타 덕분에 묘한 긴장감에 싸여 조용하고 신속하게 별 탈 없이 끝……

"그럼 계속해서 교장 선생님의 훈시가 있겠습니다."

날 것 같지 않은 예감이 든다.

올리브 교장은 기다렸다는 표정으로 자리에서 일어나서 단상으로 갔다. 마법으로 소리가 증폭되는 마법 아이템 '소리 증폭기' 앞에서 올리브는 헛기침을 몇 번 했다.

샤스타는 묘한 불안감이 느껴졌다. 하지만 식이 진행되는 중이니 손을 쓸 수가 없었다. 덕분에 일은 예정됐다는 듯이 터졌다.

"먼저 학생 여러분들이 사프란 마법 여학교였던 학교에 입학한 것을 진심으로 환영합니다. 어서 오세요. 사립 사프란 마법 여학교였던 학교에 잘 오셨습니다~"

순간 강당의 온도가 1도 내려갔다.

"응? 인사가 패밀리 레스토랑에서 쓰는 인사 같아서 그런가? 반응이 영 별로군요. 나름대로 밝은 미소와 발랄한 인사로 분위기를 띄워보고 싶어서 열심히 준비했는데……."

올리브는 어떻게 반응해야 될지 몰라서 그저 입을 떡하니 벌리고 있는 학생들을 둘러보며 어깨를 으쓱했다. 뒤에서 샤스타는 '지금이라도 말릴까?' 라는 표정으로 고민하고 있었다.

"아시다시피 이번 우리 사프란 학교에는 세 명의 남학생이 들어왔습니다."

교장의 말에 여학생들은 슬쩍 문제의 남학생들을 쳐다봤다. 문제의 남학생 마론과 디음 제라늄은 각각 창피, 곤란, 쾌감(?)의 표정들을 짓고 있었다.

"왜 사프란 학교가 지금까지의 관례를 깨고 그들을 받아들였나 하면, 그 셋은 이번에 신설되는 마법 특수반 편입 시험에서 우수한 성적을 거뒀기 때문입니다. 이 셋의 점수는 동점. 거기다가 셋 모두 수석입니다."

여학생들 사이에서 가벼운 탄성이 터져 나왔다. 지금까지 마법 특수반이 생긴다 들었고, 거기에 남학생 셋이 입학한다고 들었지만 남학생 세 명이 수석 입학자라는 사실은 이 자리에서 처음 들은 것이다.

마론 역시 놀라기는 마찬가지였다. 자신이 수석 입학자라는 사실은 합격 통지서를 받아서 이미 알고 있었지만 설마 디옴과 제라늄도 수석인 줄은 몰랐기 때문이다.

특히 제라늄이 수석이라는 말에 더욱 크게 놀랐지만.

여학생들의 존경과 동경의 눈빛에 마론과 디옴은 더욱더 수줍은 표정으로 고개를 숙였고, 제라늄은 아예 대놓고 으스대는 자세로 여학생들의 시선을 즐겼다.

"여러분도 알다시피 우리 아나나스 왕국은 예로부터 마법을 천한 자의 직업으로 생각했습니다. 그래서 마법이 가져다주는 문명의 발전을 늘 등한시해 왔습니다. 그 때문에 어떤 결과를 가져왔습니까? 다른 나라는 마법으로 인해 눈부신 성장을 해왔고, 예전 약소국들은 어느새 우리 아나나스 왕국과 대등한 위치에까지 와 있습니다. 아니, 마법에 관해서만큼은 우리 나라는 늘 후진 왕국입니다. 저는 늘 이 점이 가슴 아팠습니다. 그렇기에 이번 기회에 사프란 마법 학교의 문을 활짝 열기로 결심했습니다. 재능만 있다면 남자든 여자든, 가난한 사람이든 부자든, 계급도 상관없습니다. 범죄자라도 좋아요. 아, 범죄자는 농담으로 예를 든 겁니다. 정말 오면 곤란해요."

올리브의 농담에 신입생들이 웃음을 터뜨렸다. 그제야 강당의 온도가 정상이 되었다.

올리브도 웃으면서 훈시를 계속했다.

"저는 사프란 마법 학교의 교장으로서 마법사의 장래성 있는 젊은이들에게 기회를 줄 수 있다는 사실을 너무나 다행으로 생각하고 있습니다. 이번에 새로 생기는 마법 특수반은 특히 마법에 재능있는 젊은이들을 좀 더 많이 키우고, 종래에는 베고니아 양과 같은 세계적으로 이름을 날리는 마법사를 많이 배출할 생각입니다. 그리고 앞으로 점점 더 우리 사프란 마법 여학교였던 학교는 더욱 문을 활짝 열어갈 것입니다. 그것이 아나나스 왕국을 위한 길이라 믿고 있습니다!"

여기까지는 별 문제 없었다. 아니, 오히려 훌륭했다.

초반에 약간 이상하게 시작된 훈시였지만 샤스타는 '이 정도면 괜찮겠지'라고 생각하며 방심했다. 덕분에 다음에 나올 말을 막지 못했다.

"그리하여 저 보기 싫은 글록시니아 마법 학교의 교장 아칸더스에게 다시 한 번 패배의 쓴맛을 보여주는 겁니다. 아, 덤으로 내 손에 글록시니아 여학생 교복도 들어오게 되고요.

그렇게 되면 나중에 여러분께도 포상이 돌아갈 겁니다. 기대
해도 좋아요."

"하아?"

순간 신입생들 입에서 이해 불명의 소리가 튀어나왔다. 하
지만 올리브는 신경 쓰지 않고 주먹을 불끈 쥐고 열변을 토했
다.

"물론 저는 우리 학교의 교복을 너무나 사랑합니다. 내가
한 땀 한 땀 정성 들여 만든 교복이니 사랑하지 않을 수 없습
니다. 하지만 교복 컬렉터라는 취미를 가진 이상 타인이 만든
물건에 관심이 가는 것은 어쩔 수 없는 천명. 더구나 글록시
니아 마법 학교의 교장 녀석은 보기 싫지만 교복 디자인은 우
리 학교와 막상막하의 귀여운 디자인으로 반드시 손에 넣어
서… 크에에엑!"

올리브의 열변은 계속되지 못했다.

급히 단상으로 달려온 샤스타의 주먹이 올리브의 턱을 날
린 것이다. 하지만 그것으로 끝이 아니었다. 턱을 날린 샤스
타는 그대로 올리브의 머리를 양손으로 붙잡고 뛰어오르며
무릎으로 가격했다.

"이 멍청이 교장아!"

"커헉!"

그리고 착지와 동시에 몸을 회전시키며 원심력이 실린 발
뒤꿈치가 뒤로 넘어가는 교장의 뒤통수를 가격, 쓰러지는 것

을 허용하지 않았다.

"크허억!"

"내가 제발 엉뚱한 짓 하지 말라고 했지!!"

다시 자세를 잡은 샤스타가 올리브의 복부에 펀치를 꽂아 넣었고, 올리브는 충격으로 몸이 ㄱ자로 꺾였다. 그러자 샤스타는 몸을 ∞로 흔들면서 손에 마력을 모았다. 그리고 그대로 올리브의 얼굴에 좌우 원투 펀치를 계속해서 날렸다.

흠잡을 데 없는 훌륭한 뎀프시롤이다.

"크에에에엑!"

드디어 올리브는 바닥에 쓰러졌다. 하지만 그것이 끝이 아니었다. 샤스타는 그대로 단상을 잡아서 들어올렸다. 성인 남자 세 명분의 무게가 나가는 고급 목재 단상이 마치 당연하다는 듯이 샤스타의 손에 들려졌다.

"이 망나니 교장아! 오늘은 내가 정말 너를 끝장내겠어!!"

아마 말리지 않으면 농담으로 끝나지 않을 것이다. 아니, 그전에 샤스타는 절대 농담을 하고 있지 않았다.

뒤늦게 허겁지겁 달려온 다른 선생들이 필사적으로 샤스타를 붙잡아 말렸다. 덕분에 교장 올리브의 생명은 간신히 무사할 수가 있었다.

분노와 경악, 혼란이 난무하는 가운데 선생 중 한 명이 땅에 떨어진 소리 증폭기를 붙잡고 외쳤다.

"이것으로 제11회 사립 사프란 마법 학교의 입학식을 마치겠습니다! 신입생 여러분은 학교 건물 입구 앞에 설치된 반 배정표에 따라서 각자 반으로 이동해 주세요!! 어서 빨리 이동해 주세요!"

신입생들은 하나같이 얼이 빠진 표정으로 일어나서 강당을 나갔다. 등 뒤에서 교장의 공포에 찬 비명과 샤스타의 분노에 찬 외침과 필사적으로 말리는 선생들의 경악성이 들렸지만 신입생들은 하나같이 애써 신경 쓰지 않으려 노력했다.

그리고 아까 전에 샤스타를 화나게 만들었던 마론과 리아는 얼굴색이 납빛이었다. 지금 등 뒤에서 일어나는 참상이 자신들에게도 적용되는 것은 아닐까 하는 두려움 때문이었다.

옆에서 디옴과 바이올렛이 걱정하는 표정으로 둘의 안색을 살폈고, 제라늄이 어깨를 으쓱하며 말했다.

"너무 걱정하지 마. 설마 죽이기야 하겠어?"

"으아아아아악!! 주, 죽는다! 진짜 죽을 거야!"

"그래! 오늘은 정말 죽여 버릴 거야! 올리브 프러스주의!!"

타이밍 좋게 들려오는 외침에 제라늄이 헛웃음을 흘리며 말했다.

"아하하하하! 그, 그러니까 살아남아라."

"위로, 고맙다."

"후에에에엥!"

어깨를 축 늘어뜨린 마론과 울 것 같은 표정의 리아는 도살장에 끌려가는 소걸음으로 교장실로 향했다.

소년은 여학교였던 학교에 입학했다 2

가시방석이란 어떤 느낌일까?

단언하건대 마론과 리아가 지금 앉은 자리는 가시방석보다 더했으면 더했지 결코 덜하지는 않을 것이다.

마론과 리아는 현재 교장실에 마련된 소파에 앉아 있었다.

아무리 고민해도 방금 전 일어난 참상이 지금 둘에게 남의 일 같지 않았다.

"하아, 어쩌지……?"

리아는 한숨을 쉬며 손톱을 깨물었다. 교장실에 오고 나서 내내 저런 상태였다.

마론 역시 불안하기는 매한가지고, 밉상맞은 여자지만 그래도 여자가 옆에서 불안해하고 있는데 같이 불안해할 수는 없었다.

뭐, 남자의 오기라는 것도 있지만 마론은 어릴 적에 어머니께 여자에게는 항상 상냥하게 대해주라고 배웠다.

"너무 걱정하지 마."

마론의 말에 초조해하던 리아가 마론을 쳐다봤다. 물론 호의는 눈을 씻고 찾아봐도 없는 시선이다.

"걱정하지 말라고요? 방금 전에 그 참상을 보고도 그런 소리가 나와요?! 저렇게 화가 난 상태인데 그 불똥이 작게 튀란 법 있나요?! 만약 퇴학이라도 당하게 된다면……. 아아, 정말 최악이에요!"

"설마 퇴학까지 시키겠어?"

어쩌면 퇴학당하는 것이 다행일지도 모르지만 마론은 애써 뒷말을 삼켰다.

"그건 모를 일이죠. 어쩌면 차라리 퇴학당하는 것이 나은 일일지도……."

마론이 애써 생각하지 않으려는 상황을 리아가 지적했다. 덕분에 마론은 아까의 귀신같은 형상의 샤스타 교감의 모습을 기억하고는 몸을 떨었다.

"거, 걱정하지 마. 다, 다 잘될 거야. 트, 틀림없이."

"말, 떨리고 있네요."

"시, 신경 꺼!"

"……후."

한숨을 쉰 리아는 입을 다물었다. 마론 역시 할 말을 찾지 못하고 입을 다물었다.

둘 사이에 어색한 침묵이 흘렀다.

교장실에 온 지 꽤나 시간이 지났지만 샤스타는 아직 나타날 기미가 없었다. 리아는 '얼마나 더 기다려야 되는 걸까?', '혹시라도 지금쯤 시체를 치우고 있느라 늦는 건 아닐까?'라는 생각을 했다가 소스라치게 놀라며 애써 그 영상을 지웠다.

리아가 머리 속에서 열심히 올리브 교장의 시체를 치우는 샤스타의 모습을 지우고 있을 때 마론이 조용히 말을 걸었다.

"저기……."

"뭐죠?"

"리아, 아, 아니, 리아트리스는……."

마론은 애칭으로 불렀다가 리아가 노려보자 급히 수정해서 다시 불렀다. 하지만 리아는 노려보는 것을 멈추지 않았다.

"뭐, 뭐야?! 리아트리스로 불렀잖아! 왜 노려보는 거야?!"

마론이 억울함을 호소하자 리아는 노려보는 것을 멈추고 말했다.

"양을 붙여주세요. 친한 척 이름만 부를 생각 말아요!"

"하아! 네, 네, 잘 알겠습니다. 그럼 리아트리스 양. 이걸로 됐지?"

"흥! 뭐, 좋아요."

마론은 '뭐는 뭐야? 뭐는?!' 이라 소리치며 삿대질하고 싶은 것을 꾹 참았다. 지금은 괜히 긁어 부스럼을 만들 필요는 없다. 마론은 아까부터 궁금했던 것을 물었다.

"리아트리스 양은 어째서 나한테 존댓말을 쓰는 거야?"

"친하지도 않은 사람에게 반말을 하는 버릇없는 행동은 안 하는 주의입니다."

"하하하."

마론은 힘없이 웃었다.

리아의 존댓말은 예의 운운 따지기 전에 굉장히 차갑고 거리감있게 들렸다. 하긴 아침의 접촉 사고(?) 사건에 아까 입학식 때 말싸움 사건으로 도저히 친해지려 해도 친해질 수 없는 사이가 된 것은 인정하지만,

"그래도 동급생이잖아. 반이 갈릴지도 모르지만 그래도 가끔 가다 복도에서 만나게 될지도 모를 동급생에게 일일이 존댓말을 쓰는 건 좀 피곤하지 않아?"

실제는 거리감 느껴진다고 말하고 싶었지만 그렇게 말했다가는 틀림없이 '제가 왜 당신과 거리가 가까워져야 되죠?' 같은 말이 표독스럽게 돌아올 게 뻔했기에 마론은 말을 약간 바꿨다.

"걱정해 주셔서 감사합니다. 하지만 무의미한 걱정입니다. 전혀 피곤하지 않거든요. 오히려 친하지도 않는데 친하게 지

내는 것이 더 피곤합니다."

"아, 그래."

마론은 기운이 쭉 빠졌다. 도저히 대화 진행이 안 된다. 리아의 마음의 방어벽은 두텁고 높고 거대했다. 마치 거대한 AO 필드 같았다.

"더구나 불행히도 다른 반이 될 것 같지도 않군요."

"응? 무슨 소리야?"

마론은 방금 전 리아의 말을 이해 못하고 반문했다. 리아는 고개를 돌리며 한숨을 한 번 쉬고는 작게 중얼거렸다.

"그쪽이 마법 특수반 수.석. 입학자라면서요. 저 역시 마법 특수반이니까요."

어쩐지 수석이라는 단어에 묘한 가시가 들어간 듯한 느낌이지만 마론은 애써 무시했다.

"그, 그래? 그랬구나. 이야, 이거 좀 곤란한걸?"

"무슨 소리죠? 제가 같은 반이라는 것이 당신에게 그렇게 곤란한 일인가요?"

리아의 눈이 도끼눈이 되어서 마론을 노려봤다. 마론은 손을 저으며 급히 말했다.

"아, 아니, 그게 아니라… 그… 아, 봐. 같은 반 동급생이잖아. 그런데 존댓말을 들어야 된다는 것이 익숙하지 않아서… 그, 그래서 곤란하다는 거야."

"말, 떨리고 있습니다."

"쓰, 쓸데없는 참견이야."

리아는 한숨을 한 번 쉬고 말했다.

"네, 그거예요."

"응? 뭐가?"

"방금 전 당신이 한 말이요."

"방금 전 한 말? 아!"

마론이 방금 전 한 말은 쓸데없는 참견이라는 말이다. 리아는 다시 시선을 돌리며 말했다.

"당신이 했던 말 그대로 아까 전에 당신이 한 질문에 돌려드리죠."

"그, 그래."

마론은 입을 다물었다. 피곤했다.

솔직히 자신이 왜 이런 피곤한 여자에게 말을 걸었는지 스스로도 의문이 들었다.

첫 만남과 두 번째 만남이 최악이라도 조금이라도 대화를 해보면 풀어지지 않을까 하고 생각한 것이 어리석었다.

"후우."

마론은 작은 한숨을 한 번 쉬고는 입을 다물었다.

이대로 입을 다물고 있을 작정이었다. 하지만 이번에는 리아 쪽이 입을 열었다.

"어째서 이 학교에 남자가 들어온 거죠? 정말이지, 여기가 여학교라는 사실을 몰랐단 말인가요?"

마론은 '그 불평, 전에도 했던 것 같은데'라고 생각하며 한숨을 쉬었다.

"그러니까 난 입학하기 전까지 몰랐어. 그리고 어차피 공식적인 남녀 공학이 된 거잖아? 아니, 그전에 리아트리스 양이야말로 남녀 공학이 된 걸 모르고 있었잖아. 그걸로 서로 비긴 게 되지 않을까?"

"쓸데없는 참견입니다. 말 걸지 말아주세요."

"아니, 난 그쪽 질문에 대답한 것뿐인데······."

"방금 것은 저의 혼잣말입니다."

"그럼 헷갈리게 혼잣말까지 높임말을 쓰지 마!"

"제 마음입니다."

"크윽!"

마론은 이를 갈며 리아를 노려봤다. 리아 역시 지지 않겠다는 표정으로 마론을 노려봤다. 하지만 오래가지 않았다.

"흥!"

마론이 먼저 고개를 홱 돌려 버렸다. 그것으로 살기 넘치는 눈싸움은 끝. 교장실에는 다시 싸늘한 침묵의 시간이 돌아왔다.

약간의 시간이 더 흘렀지만 여전히 교장도 교감도 돌아올 생각을 안 했다. 마론은 혹시 샤스타 교감이 진짜로 올리브 교장을 죽여서 못 오는 것이 아닐까 하는 끔찍한 생각이 들었다. 그리고 리아도 조금 전에 떠올렸던 올리브 교장의 시체를 치우는 샤스타의 모습을 다시 생각하고는 소스라치게 놀라며 그 영상을 지웠다.

"마법 학교라면 남녀 공학이고 유명한 글록시니아 학교도 있는데 굳이 아가씨 전문 학교인 사프란 학교에 들어온 것은 무슨 심보일까요?"

리아도 가만히 있으려니 계속해서 쓸데없는 무서운 상상이 들어서 입을 열었다. 아무튼 이번에도 마론이 대꾸하면 어디까지나 혼잣말이라고 리아는 주장할 생각이었다.

"글록시니아 학교에도 시험을 치려고 했지만 입학금과 학비가 너무 비싸서 포기할 수밖에 없었지. 하지만 우연히 발견하게 된 사프란 마법 학교가 수석 입학자에게는 입학금, 학비 면제뿐만이 아니라 지원까지 해준다는 말에 시험을 치게 됐어. 지금 생각하면 입학 시험은 거의 죽기 아니면 살기라는 필살의 각오로 친 것 같아."

이번에도 마론은 성의있게 대답했다. 리아는 이 남자는 학습 능력이란 것이 없는 것인가 하는 생각을 하며 한숨을 쉬었다.

"마로니에 루드베키아 씨, 머리 나쁜 당신을 위해서 다시 한 번 말해두겠지만요, 저는……."

"지금까지의 말은 내 혼잣말!"

리아의 말이 끝나기 전에 이번에는 마론이 선수를 쳤다.

"윽!"

리아는 짧은 비명을 지르며 당황하는 표정을 지었다. 이번에는 마론에게 명백하게 당한 것이다.

리아는 분한 표정으로 마론을 노려봤고, 마론은 고소하다는 표정으로 리아의 시선을 받아넘겼다.

"앞에 앉은 리아트리스 양의 표정이 심상치 않은데 무슨 일이 있는 걸까? 이것도 나의 혼잣말."

의기양양한 표정으로 마론의 마무리 공격이 날아오자 리아는 다시 한 번 분노했다.

"후우! 후우!"

하지만 몇 번 심호흡을 하는 것으로 평정심을 되찾았는지 표정이 점차 누그러졌다. 무서울 정도로 빠른 자기 회복이다.

"남자가 유치하게 애들 싸움을 거는 것 같아서 잠시 기가 막힌 표정을 짓고 말았네요. 이건 저의 혼잣말입니다."

이번에는 마론의 표정이 구겨질 차례였다.

하지만 마론 역시 애써 분노를 억누르며 억지 미소를 지었다.

"호오, 그럼 이 여자는 유치하다는 것을 처음부터 알고서 했다는 말이군. 정말 대단히 유치한 여자야. 이것도 내 혼잣말."

다소 심한 말이 오갔지만 리아 역시 미소를 잃지 않았다. 하지만 입가가 실룩실룩거리는 것이 언제 터질지 모르는 시한폭탄 같은 미소였다.

"호호호, 벌건 대낮에 여자를 덮치는 남자보다는 낫죠. 물론 제 혼잣말입니다."

"하하하, 앞도 잘 보지 않고 무턱대고 뛰다가 남의 뒤통수를 후려갈기는 여자가 할 말은 아닌데……. 당연히 내 혼잣말."

"오호호호호호!"

"아하하하하하!"

분명히 두 사람은 웃고 있었다. 하지만 사나운 불꽃이 튀는 것 같은 기운이 두 사람의 등 뒤에서 무럭무럭 피어 나오고 있었다. 이걸 뭐라고 표현해야 좋을까? 옛날 식으로 표현하자면 용호상박?

아무튼 이대로 이 분위기가 계속되다가 폭발이라도 하게 되면 틀림없이 교장실은 풍비박살이 날 분위기다.

그러나 다행히도 그렇게까지 되지는 않았다.

갑자기 교장실 문이 열리면서 샤스타가 피곤한 얼굴로 들어왔다. 그와 동시에 불꽃의 기운은 말끔히 사라지고 대신에 얼음 같은 싸늘한 긴장감이 감돌았다.

마론과 리아는 급히 일어나서 샤스타에게 고개를 숙여 인사했다. 둘의 얼굴은 새파랗게 질려 있었다.

샤스타는 피곤한 표정으로 둘에게 앉기를 권하고 맞은편 의자에 앉았다.

"자, 그럼……."

샤스타의 말 한마디가 마치 지옥 파수꾼의 '어서 오세요'라는 소리처럼 들렸다. 하지만 다행히 지옥은 아니었다.

"일단 이유부터 들어볼까요?"

다행히도 샤스타가 이성을 잃을 정도로 흥분하는 대상은 오직 올리브 교장뿐이다. 마론과 리아의 입학식 때의 소란은 올리브 교장에 비하면 샤스타에게는 애교 수준으로밖에 안 보였다.

즉, 두 사람은 쓸데없는 걱정을 하고 있었던 것이다.

겨우 사태 파악이 된 마론과 리아는 동시에 가슴을 쓸어내리며 안심했다. 샤스타는 그런 둘의 행동이 닮은 것 같은 느낌이 들어 슬며시 웃음이 나왔다.

물론 그 두 사람에게 그 말을 했다가는 새로운 불씨를 안겨 줄 수도 있기에 자제했다.

아무튼 두 사람의 무의식적인 행동 덕분에 샤스타의 기분도 좀 더 누그러져서 편안한 기분으로 두 사람은 아까의 사건에 대해서 설명했다. 뭐, 설명하면서 두 사람이 다시 가볍게 흥분한 것은 사소한 문제이니 넘어가자.

"그런 일이 있었군요. 그럼 제라늄 학생의 말이 불씨가 된 것이군요."

"네, 그렇습니다."

리아는 똑똑하게 대답했지만 마론은 조금 망설였다. 분명 원인을 따지자면 제라늄의 말이 원인이었지만 참지 못하고 흥분한 자신도 문제가 있었기 때문에 쉽사리 제라늄의 탓만 하기에는 뭔가 걸리는 기분이다.

하지만 리아에게는 제라늄도 마론도 똑같이 싫은 남자일 뿐 제라늄의 탓으로 돌리는 데 망설임은 없었다.

'응? 그러고 보니 또 한 사람이 더 있었던 것 같기도 한데… 착각했나?'

리아는 아주 잠깐 또 다른 남학생이 떠오를 것 같았지만 어차피 그 남자는 아무 짓도 안 했으니 생각하기를 그만뒀다(물론 잊혀진 남자는 모든 게 적당하고 눈에 띄지 않는 디움이었다).

샤스타는 몇 번 고개를 끄덕이며 생각하다가 두 사람을 쳐다보며 입을 열었다.

"두 사람은 입학하자마자 좋은 친구를 갖게 됐군요."

순간 마론과 리아는 동시에 이해 못하겠다는 표정을 지었다. 둘의 딱 들어맞는 타이밍이 재미있었는지 샤스타는 쿡쿡 웃으며 이유를 설명했다.

"그런 표정 지으며 모처럼 둘을 위해 악역이 되어준 제라늄 학생이 불쌍하군요. 뭐, 확실히 입학식 때 웃음거리가 됐으니 두 사람에게는 악질적인 장난밖에 안 되겠지만… 그전에 두 사람은 아침에 접촉 사고 헤프닝이 있었죠?"

"네."

"네."

이번에도 둘은 동시에 대답했다. 그리고 서로를 노려봤다.

"이런, 이런. 지금 이때만큼은 휴전을 해줬으면 좋겠군요."

"죄, 죄송합니다."

"며, 면목없습니다."

"아뇨. 아침 일과 입학식 때 사건을 생각하면 갑자기 친하게 지내라는 것도 무리일 테니 그 건에 대해서는 잠시 접어두죠. 아무튼 두 사람의 접촉 사고는 이미 웬만한 학생들은 다 알고 있는 일입니다. 하지만 그들은 진상까지는 모릅니다. 그리고 그런 상태에서 소문이 돌게 되면 안 좋은 헛소문까지 돌게 될 테고… 그중 최악의 헛소문은 두 사람이 불결한 관계다라는 소문이겠군요."

"예? 하지만 겨우 그 정도 일로 그런 소문까지 퍼지리라고는……."

마론이 믿을 수 없다고 말했지만 샤스타는 고개를 저으며 마론의 의견을 부정했다.

"그 정도 일만으로도 소문이 부풀려지는 곳이 학교라는 곳입니다. 물론 선생님들이 입단속을 시키겠지만 그것만으로는 한계가 있을 겁니다. 하지만 입학식 때 두 사람은 많은 사람들 앞에서 마음껏 싸움을 했죠? 그 때문에 적어도 두 사람은 불결한 관계다라는 소문은 퍼지지 않을 겁니다. 두 사람은 굉장히 사이가 나쁘다라는 인식만 똑똑하게 새겨졌겠죠."

"에? 그, 그럼 설마……."

"교감 선생님께서는 그 남자가 저희들을 위해서 일부러 그랬다는 말씀입니까?"

샤스타는 그렇다는 뜻으로 미소를 지으며 말했다.

"방법은 다소 난폭했지만 그래도 그만큼 효과는 확실할 겁니다. 아직 만난 지 얼마 안 됐을 텐데 좋은 친구를 얻었군요. 소중히 생각하세요. 친구를 위해서 악역을 자처하는 사람은 흔치 않아요."

샤스타의 말에 마론은 다시 한 번 제라늄에 대해서 생각했다. 어쩐지 방금의 이야기와 첫 만남 때의 인상이 잘 매치가 안 됐다. 하지만 샤스타의 눈썰미에 대해서는 이미 아까 한 번 경험했다. 그렇다면 샤스타의 말을 믿어도 좋지 않을까 하는 생각도 들었다.

'뭐, 어차피 같은 학교에 같은 반이니 차차 사귀어가다 보면 알게 되겠지.'

"자, 그건 그렇고, 두 사람의 처우에 대한 이야기인데……."

생각에 잠겨 있던 마론의 정신이 삽시간에 현실로 돌아왔다. 지금까지와는 다른, 실로 무시무시한 발언이 샤스타의 입에서 나온 것이다.

처우＝처벌. 무서웠던 맛이 간 교감, 그리고 돌아오지 않는 교장.

이 사실들이 복잡하게 얽히면서 마론을 공포에 몰아넣었다. 리아 역시 같은 생각을 했는지 얼굴이 새파랗게 질려서 덜덜 떨고 있었다.

"두 사람, 무언가 굉장히 실례되는 착각을 하고 있는 것 같은데… 일단 교장 선생님은 살아 있습니다. 아쉽게도 이번에도 미수로 그쳤어요."

아쉽게도라는 말만 안 붙었다면 안심해도 될, 아니, 안 붙여도 안심시키는 발언은 아니다.

하지만 정말로 두 사람은 안심해도 된다. 샤스타가 그 정도로 미치는 대상은 오직 올리브 교장에 한해서 뿐이다.

"어차피 두 사람에게는 충고만 할 생각입니다. 뭐, 어차피 거의 형식적인 말이 되겠지만요."

더구나 거의 무죄 방면이나 마찬가지의 말까지 했다.

마론과 리아는 믿어지지 않는다는 표정을 지었다. 샤스타는 살짝 미소 지으며 둘의 궁금증을 풀어줬다.

"친구가 그렇게까지 해서 감싸준 일인데 제가 벌을 줄 수는 없습니다. 그러니 이번 일은 불문에 붙이겠어요. 다만 충고할 것은, 지금 당장 사이좋게 지내라고는 안 하겠습니다. 가벼운 말다툼도 어쩔 수가 없겠죠. 하지만 적어도 시간과 장소를 구분해 가며 조금씩이라도 친하게 지내도록 노력하세요."

"네, 네에."

"…알겠습니다."

'마지막 충고는 절대로 힘들겠습니다' 라는 표정으로 두 사람이 대답했다. 샤스타는 어쩔 수 없다는 듯 한숨을 쉬었지만 그 이상은 추궁하지 않았다.

두 사람은 나란히 교장실에서 나왔다.

그리고 서로를 쳐다봤다. 하지만 1초도 안 돼서 고개를 휙! 돌렸다.

일단 마론은 교실로 가기 위해 발을 옮겼다. 그리고 동시에 리아도 같은 방향으로 걷기 시작했다. 둘의 교실이 같았기 때문에 당연한 결과다.

"……."

"……."

둘은 동시에 발걸음을 빨리하기 시작했다. 덕분에 사이가 벌어지기는커녕 나란히 걷게 됐다. 둘은 인상을 구기며 동시에 뛰기 시작했다. 그래도 사이가 벌어지지는 않고 나란히 달리게 됐지만.

결국 사생결단을 내겠다는 속도로 달려가는 둘의 모습을 멀리서 보던 샤스타가 한숨을 쉬었다.

"저렇게까지 죽이 잘 맞으면서도 사이가 나쁜 것도 드문 일인데……."

하지만 곧 비어 있는 교장실을 쳐다보고는 어깨를 으쓱했다.

"뭐, 꼭 드문 일도 아닌가? 자, 수업 준비해야지?"

샤스타는 쓴웃음을 지으며 주인 없는 교장실을 뒤로했다.

소년은 여학교였던
학교에 입학했다 3

"헉! 헉! 헉!"

"하아! 하아! 하아!"

마론과 리아는 교실 문 앞에서 숨을 헐떡였다. 교장실에서 여기까지 쉬지 않고 단숨에 뛰어왔으니 당연한 결과다.

"허억! 허억! 꽤 하는군, 리아트리스 양."

"하아! 하아! 저랑 비슷한 속도로 달리다니 남자치고는 체력이 약하시군요, 마로니에 루드베키아 씨."

마론은 인상을 구겼다. 단 한 마디도 지지 않으려 하고, 무슨 말이든 두 배 이상 비꼬아서 돌려주는 리아. 마론은 이를 살짝 갈고는 평정을 유지하며 말했다.

"후후후후, 그게 아니라 리아트리스 양이 남자 못잖은 체력을 지녔겠지. 이야, 리아트리스 양은 남자 못잖은, 아니, 남자보다 더한 대장부구나."

이번에는 리아가 인상을 구길 차례다. 첫 만남이 최악이고 보기 싫은데도 계속 보게 되고, 말을 걸지 말라고 했는데도 계속 말을 걸면서 결국에는 약을 살살 올리는 마론.

리아 역시 속으로 이를 갈지만 겉으로는 미소를 지으며 마론을 노려봤다.

"호호호호, 마로니에 루드베키아 씨는 말꼬리 잡는 게 아주 능숙하시군요. 남자답지 않게 말이에요."

"하하하하, 리아트리스 양이야말로 풀네임으로 부르지 말라고 했는데도 어지간히 말귀를 못 알아듣는 여자로군."

"호호호호호호!"

"하하하하하하!"

또다시 위험한 상황. 둘은 방금 전 교장실에서 샤스타에게 들은 충고는 어느새 까맣게 잊어버렸다. 정말 질리지도 않는 두 사람이다.

"리아야."

"여어, 두 사람 다 교실 앞에서 공포 분위기 조성하는 건 그만두지 그래."

두 사람은 자신들을 부르는 소리에 고개를 돌렸다. 거기에는 쓴 미소를 짓고 있는 바이올렛과 심드렁한 표정으로 둘을

잖은가. 이렇게 되면 작전 3번으로 간다. 각자 무운을 빈다.'

라는 눈빛과 손짓이 오갔다.

디옴과 바이올렛은 마론과 리아 몰래 결의를 담아 주먹을 꾹 쥐었다.

"저기… 마론, 미안해. 나, 눈이 안 좋아서 되도록 앞자리에 앉았으면 하거든."

"그런 것 치고 꽤나 뒤쪽 자리지 않아?"

현재 디옴이 앉은 자리는 앞에서 다섯 번째. 눈이 나쁜 것 치고는 굉장히 뒤쪽이었다.

"하하하, 그, 그게 교실에 왔을 때 앞자리는 대부분 앉아버렸고, 그리고 또… 나, 키가 좀 크잖아? 그래서 너무 앞자리에 앉는 것은 여자들에게 미안하거든."

확실히 디옴은 키가 컸다. 180센티가 넘어 보인다.

이 정도 덩치가 앞자리에 앉아버리면 뒤에 앉게 될 여자 애들이 불쌍하다.

제라늄은 마론이 보지 못하는 뒤에서 몰래 주먹을 꼭 쥐면서 '작전 성공'이라고 중얼거렸다.

"음, 확실히 크구나. 나보다 더 크겠는데? 난 178센티인데 디옴, 너는 몇 센티야?"

"응? 아, 난 184센티."

"이야, 크구나!"

"아니, 뭐, 그 정도 소릴 들을 정도는 아니야."

"아니야. 나보다 크잖아. 그러니 디옴이 내 앞에 앉으면 나도 조금 애로 사항이 꽃필 것 같거든?"

"어? 방금 뭐라고 했어?"

"그러니까… 큰 디옴이 앞에 앉아 있으면 나도 불편할 것 같다고……."

디옴은 '무덤 팠다' 라는 표정으로 제라늄을 돌아봤다.

'대장, 더 이상은 무리야!'

'안 돼! 여기서 포기해서는 안 돼! 작전 2번은 아직 유효하다! 밀어붙여! 밀어붙이는 거다, 디옴!'

디옴은 제라늄의 격려에 힘을 얻어 단호한 표정으로 마론을 쳐다보며 말했다.

"미, 미안. 역시 눈이 나빠서 도저히 안 될 것 같아. 용서해줘, 마론!"

뭘 용서해 달라는 걸까? 디옴은 마론을 속이고 있다는 양심의 가책 때문인지 안 해도 될 말까지 해버렸다.

하지만 마론 역시 제라늄이 꾸민 일이라는 것쯤은 이미 눈치 채고 있었다. 그래서 마론은 단호하게 딱 잘라 말했다.

"걱정 마. 나, 눈을 좋게 하는 마법을 알고 있어."

"에?"

"우리는 마법 학교 학생이잖아? 그러니 알고 있지? 시력을 일시적으로 좋아지게 만드는 마법. 기초 마법 중에 있잖아."

"아! 하, 하지만 그 마법은 어디까지나 일시적으로 되는 거잖아."

"유리 같은 데 걸어두면 반영구적으로 가는 것도 알지? 뭐, 그 과정이 다소 까다롭기는 하지만 나는 만들 수 있어. 마법으로 만들 수 있는 '안경'을 말이야. 아, 디자인 문제는 걱정마. 멋진 걸로 만들어줄게."

퇴로는 더 이상 없었다. 디옴은 제라늄을 돌아보며 눈짓으로 말했다.

'대장, 더 이상은 무리야.'

'크윽, 그 정도의 고난이도 마법을 당당하게 사용할 수 있다고 하다니…… 마론 녀석은 괴물인가?!'

한편 고전하기는 바이올렛도 마찬가지다.

"그러니까… 정리하면 제라늄이라는 남자와 사귀기로 했기 때문에 옆에 앉고 싶다, 그 말이지?"

"으, 응. 그래, 그 말이야."

"그래? 그렇군. 그런데 말이야, 어째서 자꾸 눈을 피하는 거야?"

"아? 아하하하! 피, 피한 적 없어."

"말도 떨고 있네?"

"떠, 떤 적 없어."

"흐음."

하지만 말과는 달리 바이올렛은 사시나무 떨 듯이 떨고 있었다. 기분이 나빠서 날카로워져 있는 리아에게 거짓말을 해본 적이 없다. 아니, 이 정도로 기분이 나빠진 리아는 난생처음 겪어본다.

제라늄의 작전의 오산은 디옴은 거짓말을 못하는 순둥이었다는 점과 바이올렛은 이렇게 화가 난 리아는 처음 대해본다는 점이었다.

위기에 몰린 세 사람에게 마론과 리아는 최후 통첩을 날렸다.

"자, 이제 더 이상 변명은 그만두고."

"얌전히 자리를 바꿔줬으면 좋겠어."

제라늄 등은 적대적이었다는 것까지 잠시 잊고 죽이 착착 맞는 두 사람을 보며 생각했다.

'의외로 잘 어울리는 한 쌍이 될지도……'

물론 세 사람은 이 말을 죽어도 입 밖으로 낼 생각은 없다. 그런 말을 했다가는 손대지 못할 뒷감당이 기다리고 있을 테니까.

아무튼 세 사람에게는 더 이상 물러설 곳이 없었다. 하지만 도움의 손길은 남아 있었다.

도저히 손댈 수 없는 위압적인 두 사람에게 누군가가 말을 건 것이다.

"네, 거기까지. 자리 배치라면 나중에 제비뽑기라도 할 테니 두 사람 다 지금은 얌전히 자리에 앉아주세요."

"어? 어라?"

"교, 교감 선생님?"

마론과 리아는 교탁 앞에 선 인물을 확인하고는 군소리 않고 즉시 자리에 앉았다. 지금까지의 위압적인 자세와는 달리 공포에 질린 마론과 리아를 보고 학생들은 머리 속에서 자연스럽게 먹이사슬의 피라미드가 그려졌다.

피라미드의 최정상에 위치한 인물은 물론 샤스타였다. 그리고 어째서인지 교장은 맨 아래였다.

샤스타는 조용해진 교실의 두려움으로 가득한 공기를 읽고 쓴웃음을 지었다.

올리브 덕분에 자신의 이미지가 엉뚱한 방향으로 신입생들에 각인된 것이다.

샤스타는 작게 한숨을 쉬며 최대한 부드러운 어투로 말하기 시작했다.

"먼저 다시 한 번 마법 특수반 신입생 여러분의 입학을 진심으로 축하합니다. 제가 오늘부터 마법 특수반의 담임을 맡게 된 샤스타데이지 레들라인입니다."

샤스타가 담임이라는 말에 학생들은 일순간 공포심을 잊고 수군대기 시작했다. 그도 그럴 것이, 교감이 한 반의 담임을 맡는다는 소리는 들어본 적이 없다.

그런 학생들의 궁금증을 풀어주기 위해 샤스타는 손뼉을 치며 학생들을 조용히 시키고 말을 계속했다.

"여러분들이 생각하는 바는 잘 알고 있습니다. 하지만 이렇게 된 것은 솔직히 말씀드리자면 이번 마법 특수반은 갑자기 정해진 거라 학교에서 아직 만족할 만한 준비를 갖추지 못한 상태입니다. 하지만 여러분께 이것 한 가지만은 약속드리겠습니다. 절대로 수업만큼은 만족할 만한 준비를 갖추겠다는 겁니다. 새로 생긴 반에 준비도 미흡한 마법 특수반이지만 여러분은 모두 그 어려운 시험을 통과한 우수한 인재들입니다. 더구나 수석 동점 입학자도 세 명이나 되고요."

샤스타는 그렇게 말하고는 수석 입학자인 마론과 제라늄, 그리고 디옴을 차례로 쳐다봤다. 자연스럽게 여학생들의 시선도 같이 쏟아졌다.

이제는 익숙해질 만도 한데 마론은 아직까지 여자들의 시선이 쏟아지면 얼굴부터 붉혔다. 옆에서 흥 하는 작은 콧소리가 들렸지만 마론은 애써 무시했다.

샤스타는 곧 마론들에게서 시선을 거두고 계속 말을 이어 나갔다.

"제 입으로 이런 말을 하는 것은 조금 부끄럽지만 우수한 인재인 여러분을 가르칠 수 있는 마법사 선생은 지금 사프란 마법 학교에 저 한 사람밖에 없습니다. 우수한 선생을 충분히 갖추지 못한 점은 진심으로 사과드립니다. 하지만 선생님 쪽은 빠르게 해결하기 위해 노력하는 중입니다. 그리고 그동안 제가 최선을 다해서 여러분들을 가르치겠습니다."

듣고 보면 정말 말도 안 되는 소리였다. 특별반만 만들어두고 선생이 없다는 것은 무대포 식이라고 부르기도 무색할 정도로 엉망인 정책이다. 하지만 그런데도 학생들 사이에서는 별다른 동요가 없었다. 아니, 오히려 샤스타의 말을 신뢰하는 분위기였다.

단 한 사람을 빼고는.

'뭐가 어떻게 된 거지?'

마론은 주위 학생들의 반응을 보고는 슬며시 앞자리에 앉은 디옴의 등을 찔렀다.

"응? 왜 그래?"

디옴은 살짝 돌아보며 작은 소리로 물었다.

"저기, 샤스타 교감 선생님, 유명하신 분이야?"

그렇지 않고서야 말도 안 되게 준비가 덜 됐는데도 불만이 없는 학생들의 태도는 설명할 수가 없다.

"정말 몰라서 묻는 거야?"

질문을 받은 디옴이 진심으로 하는 소리냐는 표정을 지었다. 아니, 디옴은 표정은 있었지만 딴 사람이 보기에는 변화가 없는 실눈에 약간 미소 지은 표정 그대로다.

하지만 다행히도 말투로 디옴의 의사는 어느 정도 전달됐다. 마론은 조금 부끄럽다는 듯이 뺨을 긁적이며 말했다.

"그게… 내내 공부만 하다 보니 사람들 소문이나 명성에 대해서 잘 모른다고나 할까? 아니, 관심없었다는 것이 맞는 말이겠다."

"그래도 마법사를 목표로 하고 있다면 샤스타데이지 선생님에 대해서 정도는 알고 있을 텐데… 정말 몰랐어?"

"정말에 정말로."

디옴은 기가 막히다는 표정을 지었다. 물론 여전히 딴 사람에게는 그렇게 보이지가 않았지만.

디옴은 가볍게 한숨을 한 번 쉬고는 진지한 표정으로, 아니, 여전히 다른 사람이 보기에는 똑같은 표정이지만. 어쨌든 마론에게 설명해 줬다.

"샤스타데이지 교감 선생님은 실은 그 실력을 인정받아 마법 왕국이라고 불리는 아르메리아 왕국의 궁정 마법사로 추천받았던 분이야. 하지만 거절하셨지. 그리고 대신에 이곳 사프란 마법 학교의 선생님으로 들어오셨다는 것은 유명한 일화야. 더구나 그 유명한 아가씨 마법사 베고니아님의 스승이기도 하고."

"응? 아가씨 마법사라니? 뭐야, 그건?"

디옴은 놀라움을 지나쳐 경악의 표정을 지었다.

"설마 베고니아님도 모른다는 말이야?"

"그, 그게……."

마론은 한층 더 붉어진 뺨을 긁적거렸다.

거짓말도 아니고 농담은 더욱더 아니다. 정말로 마론은 마법 공부만 했고, 사람 사귀기보다는 마법 책과 사귀었으며, 사람들이 떠들어대는 세상 소문은 아예 관심이 없었다. 마을

축제 때 떠돌이 음유시인이 전하는 이야기와 노래 또한 들을 기회가 없었다.

아니, 없었다기보다는 스스로 간 적이 없으니 당연히 듣지도 못했다.

남들이야 흥청망청 떠들든 말든 마론은 착한 마법사가 되겠다는 꿈을 위해 그 나이 또래의 아이들이 당연히 가지고 있는 작은 추억 한두 개조차도 포기한 것이다.

주위에서 보기에 마론의 공부만 하는 모습은 열심이라는 말보다 광기라는 말을 먼저 떠올렸다. 확실히 그때 마론은 일반적인 열심히가 아닌 속았다는 배신감을 원동력으로 공부에 힘을 쏟아 부었으니 광기라는 표현이 어울린다.

그런 사정을 모르는 디옴은 이 정도까지 세상 물정을 모르는 마론이 그저 신기하게 보일 뿐이었다. 그리고 또 한 사람. 작은 소리로 대화를 했지만 바로 옆에 앉아 있어 마론과 디옴의 대화를 듣게 된 리아 역시 황당하다는 표정으로 마론을 쳐다보고 있었다.

"할 줄 아는 것은 마법 공부와 여자 희롱하는 법뿐인가?"

리아는 자기도 모르게 심한 말을 중얼거리고 말았다.

당연히 마론은 사나운 표정으로 리아를 노려봤다. 리아도 속으로 '아차, 방금 말은 심했다' 라고 생각했다. 하지만 속으로는 그렇게 생각할지언정 겉으로는 절대 내색 안 하며 리아는 새침한 표정으로 마론의 시선을 무시했다.

잘못했다는 것은 알지만 그래도 마론한테는 사과하기가 싫었다.

그리고 마론 또한 웬만한 일은 참고 넘어가는 성격이지만 리아에 관해서만큼은 참을 수 없었다.

"그쪽이야말로 할 줄 아는 것은 남의 이야기 몰래 훔쳐 듣는 것과 남 헐뜯는 말뿐인가 보지?"

"뭐라고요?!"

리아는 발끈 화를 내면서 책상을 쾅! 치며 일어났다.

"해볼 테야?! 분명히 말하지만 이번에 시작은 네가 먼저 했어!"

마찬가지로 마론 역시 무서운 기세로 책상을 치고 일어났다.

그렇게 둘은 처음 만난 그 순간부터 한순간도 가만있지 못하고 싸움에 싸움을 거듭했다. 주위 사정 같은 것은 까맣게 잊고 말이다.

"두 사람 다 지금이 무슨 시간인지 잊어먹었습니까?"

분노를 참고 있던 샤스타의 말에 마론과 리아는 퍼뜩 정신이 들었다.

"죄, 죄송합니다."

"자, 잘못했습니다."

마론과 리아는 동시에 샤스타에게 고개를 숙이며 용서를 빌었다. 샤스타는 골치 아프다는 듯 머리를 손으로 짚으며 한숨을 쉬었다.

"아까도 말했지만 지금 당장 친하게 지내라는 소리는 안 하겠습니다. 그리고 말다툼하지 말라는 말도 안 하겠다고 했습니다. 하지만 최소한 시간과 장소 정도는 구분해 달라고 했죠?"

"네, 네. 정말 죄송합니다."

"정말로 잘못했습니다."

열심히 빌고 있는 두 사람에게 샤스타는 앉으라 말하고 두 사람이 싸우느라 듣지 못한 말을 다시 반복했다.

"그럼 다시 한 번 창가 쪽 자리부터 자기 소개와 인사를 간단히 해주세요. 마론 군과 리아 양은 서로 상대방을 뜨겁게 의식하느라 앞으로 3년을 함께 보낼 친구들의 소개를 듣지 못하는 일이 없도록 주의해 주시구요."

샤스타의 고의성 짙은 농담에 여기저기서 킥킥거리는 웃음소리가 터져 나왔다. 물론 당사자인 두 사람은 웃을 수 없는 이야기라 얼굴을 붉히며 고개를 푹 숙일 뿐이었다. 아마도 이것이 샤스타가 나름대로 두 사람에게 주는 벌이 아닐까?

"그래, 그래. 앞으로 1년간 지낼 소중한 친구들의 소개잖아? 잘 들어둬야지. 안 그래?"

마론의 뒤에 앉은 제라늄이 수첩과 연필을 꺼내며 말했다.

제라늄이 말을 걸어서 뒤를 돌아보던 마론이 그걸 보고 물었다.

"수첩은 왜 꺼내?"

"응? 왜라니? 지금부터 같은 반이 되는 친구들의 이름과 프로필을 적는 것은 당연하잖아."

마론은 어쩐지 제라늄의 말을 곧이곧대로 믿을 수 없었다. 그래서 시험 삼아 물어봤다.

"그 수첩에 나랑 디옴의 프로필도 들어가냐?"

"무슨 바보 같은 소리야? 이미 알고 있는 친구 이름을 적을 리가 없잖아?"

"그럼 리아트리스 양과 바이올렛의 프로필은?"

"당연히 적어야지."

"하아!"

마론은 더 이상 질문할 가치가 없다 판단하고 자기소개를 하는 같은 반 학생들에게로 시선을 돌렸다. 제라늄처럼 철저하게 뭔가를 적을 생각은 없지만 최소한 같은 반 친구가 될 학생들의 이름과 얼굴 정도는 기억해야겠다고 생각했다.

그리고 한 사람 한 사람 자기소개가 끝날 때마다 마론의 표정은 시시각각 굳어져 갔다.

차원이 다르다.

여자들의 미모 수준이 타 학교와 차원이 다르다는 소리가 아니다. 아니, 애초에 지금 사프란 마법 학교 여학생의 미모는 타 학교와 차원이 다른 상위권 미모들이지만 어차피 마론이 알 만한 일은 아니다.

마론이 똑똑히 느낄 수 있는 차원이 다른 일은 바로 신분이었다.

어찌 된 것이 여학생의 전부가 전 세계에서 모인 자작, 남작, 백작가의 귀족 딸들이었다.

간혹 귀족이 아닌 애도 있었지만 그녀들은 이름있는 기사의 딸이거나 유명한 상인들의 딸이었다. 물론 마론은 그것을 모르고 있었지만 주위 여학생들이 '어머, 그 누구누구네 기사님의 딸?'이라든지 '아! 그 유명한 상회의!' 같은 말을 주고받는 것을 들었다.

한 사람 한 사람 소개가 끝나고 자신의 차례가 다가올수록 마론은 걱정이 됐다.

과연 자기소개를 무엇으로 하면 좋을까?

루드베키아 가는 마족 전쟁에서 대부분의 전력을 잃고 몰락했다. 그전에는 굉장히 유명한 가문이었다고 들었지만 마론이 철들 무렵에는 이미 몰락해 있었다.

그렇기 때문에 마론은 아버지에게 기사가 돼서 다시 가문을 일으켜야 된다고 귀에 못이 박히도록 들었다.

하지만 마론은 마법사가 되기 위해 공부를 했다. 덕분에 거의 가출에 가깝게 집에서 뛰쳐나왔다는 그 이야기 또한 할 수가 없다. 그렇다고 '몰락 귀족입니다'라고는 더 말할 수 없다.

마론이 할 수 있는 말은 마법 실력과 사프란 마법 학교의 수석 입학생이라는 타이틀뿐이다.

하지만 마법이야 마법 학교에 입학한 이상 당연한 특기이고, 그렇다고 열여섯 살에 마법 학교 수석 입학생이라는 타이틀을 자랑하며 소개할 만큼 마론의 배짱은 두둑하지 못했다.

마론이 고민을 하든 말든 차례는 사정없이 다가왔다. 마론이 앉은 자리는 뒷줄부터 자기소개가 이루어졌다. 그리고 드디어 마론 바로 뒤에 앉은 제라늄이 소개할 차례였다.

'이런, 아직 생각을 정리하지 못했는데……. 제라늄, 부탁한다. 최대한 오래 끌어줘.'

마론은 열심히 제라늄에게 눈짓을 보냈다. 하지만 제라늄이 마론의, 아니, 정확히는 남자의 눈짓을 알아들을 리가 없다.

제라늄은 마론의 도움을 요청하는 눈짓은 가볍게 무시하고 자신감 가득 찬 목소리로 자기 소개를 시작했다.

"안녕! 내 이름은 제라늄 카이란스! 아름다운 숙녀 분들도 잘 알다시피 이 학교에 수석으로 입학한 천재 중의 하나지. 아, 날 부를 때는 친근함을 담아서 제라야~♡라고 부르면 돼. 단, 여성 한정이지만."

마론은 책상 위로 엎어졌다. 자신은 말할 수 없다고 생각하며 그렇게 고민했던 내용을 제라늄은 너무나 간단하고 자랑스럽게, 그리고 작업 멘트까지 붙여서 말했다.

하지만 두렵게도 제라늄 같은 미형의 남자가 자신감 가득한 목소리로 말하자 아니꼽다거나 이상하게 들리지 않았다. 아니, 오히려 그런 제라늄을 선망과 동경의 눈빛으로 바라보는 여학생들이 대부분이었다. 일부는 아예 얼굴을 붉히며 뭐가 좋은지 꺄꺄 비명을 지르는 여학생도 있었다.

제라늄은 자신에게 쏟아지는 성원에 손을 들어 여유있게 답했다.

한편, 교탁에서 학생들의 자기소개를 지켜보던 샤스타는 머리를 감쌌다. 처음 봤을 때부터 어쩐지 분위기가 비슷하다고 느꼈다. 그리고 지금 도가 넘치는 자신감과 여성에게 말할 때 반드시 작업 멘트를 집어넣어야 된다는 듯한 투철한 의지.

샤스타는 제라늄의 모습에서 올리브 교장의 과거를 보는 것 같아서 골치가 아프고 또한 두려웠다. 과연 올리브 교장과 제라늄을 나란히 세워두면 어떤 일이 벌어질까?

상상하기조차 두려웠다.

아무튼 여학생들의 성원에 답한 제라늄은 소리가 조금 잠잠해지자 헛기침을 하고는 계속 말을 이어나갔다.

"음, 아까도 말했듯이 난 천재 중의 한 명일 뿐이야. 이야, 세상은 넓다고 하지만 그래도 설마 그 어려운 시험을 나와 동점으로 수석을 따낸 학생이 두 명이나 더 있을 거라고는 꿈에도 생각 못했어. 나도 아직 우물 안 개구리구나라는 사실을 절실히 느끼게 됐지. 그래서 난 이 사프란 마법 학교에서 좀 더 나를 갈고닦을 생각이야. 세계 최고의 인기있는 미남 마법사가 되기 위해."

중반 부분은 꽤나 괜찮았다. 마지막 부분만 아니라면 훌륭한 자기소개였을 것이다. 하지만 그런 이유로 한숨 짓는 것은 일부 몇 사람뿐 대부분의 여학생은 다시 한 번 박수와 환호를 제라늄에게 보냈고, 제라늄은 상쾌한 미소를 지으며 여학생의 성원에 일일이 답했다.

"자, 그럼 다음 차례로 세 명의 천재 중 한 명인 마로니에 루드베키아 양에게 넘깁니다."

"풀네임으로 부르지 마! 아니, 그전에 은근슬쩍 붙인 양은 뭐야?!"

마론은 발끈해서 제라늄을 잡아먹을 듯이 노려보며 소리쳤다.

"자자, 친구들이 기다리고 있잖아. 사소한 문제는 바람에 실어서 날려 버리자고."

"방금 발언의 어디가 사소한 문제라는 거냐?!"

"마론 군, 기분은 잘 이해하겠지만 일단 진행부터 먼저 해 주세요."

이번에도 폭주 직전의 마론을 말린 것은 샤스타였다. 마론은 불만이 한가득이지만 그래도 샤스타의 말을 거역할 수는 없었다. 잔뜩 일그러진 얼굴로 마론은 일단 정면을 보고 섰다.

"마론 군, 첫 인사란 굉장히 중요한 것입니다. 억지로 미소

를 지으라고는 못하겠지만 조금이라도 표정을 풀면 안 될까
요?"

"죄, 죄송합니다."

마론은 잔뜩 구겨진 표정을 풀기 위해 노력했다. 그리고 그
런 마론을 도와주기 위해서 제라늄이 끼어들었다.

"그래, 그래. 미소는 정말 중요한 거지. 자, 미소를 지어봐
요, 마론 군~"

그렇게 말하며 제라늄은 마론의 양 볼을 붙잡고 위로 잡아
당겼다. 덕분에 마론의 입은 억지로 웃는 모양으로 만들어졌
다.

굉장히 익살맞은 그 모습에 여학생들은 풋, 하고 웃음을 터
뜨렸다. 내내 꽁한 표정을 짓고 있던 리아마저도 입을 가리고
필사적으로 웃음을 참고 있었다.

물론 당하는 입장인 마론은 즐거울 리가 없다.

"뭐 하는 짓이야!"

마론은 제라늄의 팔을 뿌리쳤다.

"아니, 미소를 짓는 것이 힘들어 보이기에 조금 도와줄까
싶어서……"

"방금 그게 도와주는 거냐?! 사람을 웃음거리로 만들었잖
아! 본인은 웃지 않고 다른 사람들을 웃겨서 어쩌자고?!"

"아, 그렇군. 나 혹시 희극 배우의 재능이 있는 거 아닐까?"

"지금 누가 네 재능 따지고 있었냐?!"

"에이, 사소한 문제는 바람에……?"

제라늄은 말을 하다 말고 갑자기 입을 뻐끔뻐끔거리기 시작했다. 무슨 일인지 모르겠다는 눈으로 입을 뻐끔거리던 제라늄은 급기야 자신의 입을 가리키며 뻐끔거렸다.

"너, 뭐 하냐?"

마론은 갑작스런 제라늄의 이상한 행동에 새로운 장난인가 싶어서 경계하며 뒤로 슬슬 물러났다.

"침묵 마법을 걸었습니다. 계속 두 사람의 만담을 듣다가는 하루 종일 걸릴 것 같아서 말이에요. 그러니 이제 안심하고 자기소개를 해주세요."

그렇게 말하는 샤스타도 억지로 웃음을 참고 있는 표정이었다. 그녀 역시 마론의 아까 표정은 굉장히 웃겼던 것이다.

"그리고 제라늄 군, 이 시간이 끝나면 마법을 풀어줄 테니 쓸데없이 마력을 운용하지 말고 자리에 앉으세요."

"……."

제라늄은 어쩔 수 없다는 제스처를 취하고는 얌전히 자리에 앉았다. 제라늄은 마법에 걸렸다는 것을 알고 마력을 모아 자신에게 걸린 마법을 무효화시키려고 했다. 하지만 샤스타의 말대로 그것은 쓸데없는 마력 운용이었다.

제라늄은 샤스타의 마력에 대항하는 일이 얼마나 쓸데없는 일인지 한번 부딪쳐 보고는 알았다.

'과연 세계 최고의 마도사라는 칭호는 그냥 얻어진 것이 아니군. 그런 사람이 이 조그마한 학교의 교감으로 지내고 있다니 정말 재미있어. 자, 앞으로 그녀에게 뭘 배우게 될지 기대되는걸.'

그렇게 생각하는 제라늄의 눈은 아주 잠깐이었지만 날카롭게 빛났다.

"하아아."

마론은 다른 사람에게 들리지 않게 작게 한숨을 쉬고는 주위를 둘러보았다.

방금 전의 소동 탓에 맥이 풀린 마론의 표정은 한결 부드러워져 있었다. 마론은 눈치 채지 못했지만 그 덕분에 여학생들에게 좋은 인상을 심어줄 수 있었다.

그리고 또 하나, 이제 마론은 집안이니 재력이니 하는 것에 그리 연연해하지 않게 됐다. 바로 앞에서 소개를 했던 제라늄은 굳이 집안이 어디인지, 재력이 얼마나 되는지 말하지 않았다. 그렇다. 앞으로 같이 공부해 나갈 친구들과 집안이나 재력을 따지는 것이 얼마나 부질없는 짓인가?

그저 자신이 어떤 사람인지 자기 자신에 대해서 떳떳하게 말할 수 있다면 그것이 최고의 소개가 아닐까?

제라늄의 경우는 조금 이상한 쪽으로 폭주해 버렸지만……

마론은 숨을 살짝 들이쉬고는 자신감에 가득 찬 목소리로 자기 소개를 시작했다.

"내 이름은 마로니에 루드베키아야. 조금 여자 같은 이름이라 마음에 안 들어서 스스로 마론이라는 애칭을 지었지만… 그냥 편한 대로 마론이든 마로니에든 부담없이 불러도 좋아. 특기는 마법으로, 솔직히 마법 이외에는 할 줄 아는 게 없어. 그래서 다소 재미없는 성격일지도 모르지만 그래도 새 친구들과 친하게 지내고 싶어. 앞으로 잘 부탁해."

그렇게 말하며 고개를 숙였다. 제라늄에 비교하면 평범하고 무난한 소개였다. 너무 무난해서 재미는 없었지만 꾸밈없는 솔직한 말이다.

뭐, 솔직함으로 따지자면 제라늄의 자기소개도 솔직하기는 했지만 그쪽은 도가 지나쳤다.

아무튼 마론의 솔직한 자기소개는 같은 반 친구들에게 잘 전해진 것 같았다. 학생들은 따뜻한 박수로 마론의 자기소개에 답해줬다. 형식적이라는 게 티가 팍팍 나기는 했지만 리아 역시 박수를 쳐주고 있었다.

마론은 다시 한 번 고개를 숙여 인사를 하고 자리에 앉았다. 걱정하던 것에 비해서 너무나 쉽게 일이 해결되었다.

따지고 보면 이것도 제라늄이 앞서 난장판을 만들어줬기 때문에 가능한 일이었다.

'정말로 일부러 그런 것일까?'

마론은 아까 전에 들었던 샤스타 선생님의 제라늄에 관한 추측을 떠올리고는 슬쩍 제라늄을 살폈다. 침묵 마법 때문에 말을 못하고 있는 제라늄은 예의 수상한 수첩에 무언가를 열심히 적고 있었다. 물론 적고 있는 것은 여학생들의 신상 정보다.

'샤스타 선생님, 죄송합니다. 아무래도 이 녀석에 대한 평가만큼은 선생님의 말을 신용할 수 없어요.'

마론은 한숨을 쉬며 제라늄에게서 시선을 거뒀다.

"온시디옴 폰 다이가드입니다. 발음하기 어려운 이름이니 그냥 디옴이라고 불러주셔도 됩니다. 앞으로 잘 부탁드립니다. 특기라고 할 만한 것은 없고, 좋아하는 과목은 연금술 관련입니다. 앞으로는 이 좋아하는 과목이 특기가 될 수 있도록 노력할 생각입니다."

마론이 잠시 제라늄에게 신경을 쓰는 사이에 어느새 디옴의 자기소개가 끝났다.

그러나 그것보다 마론이 신경 쓰이는 것이 있었다.

바로 교실의 분위기.

아까까지 제라늄의 바보 짓과 거기에 휘말린 마론 덕분에 교실의 분위기는 밝았다. 그러나 디옴의 자기소개가 끝났을 때 몇몇 여학생들이 소곤거리며 디옴을 쳐다보고 있었다.

더구나 그리 호의적인 눈빛이 아니었다.

디옴은 그것을 신경 쓰지 않는 눈치였지만 괜히 뒤에 앉은 마론이 거북해졌다.

'뭐지? 디옴이 도대체 무슨 소리를 해서 그런 거지?

별로 이상할 것 하나 없는 평범한 소개였다. 방금 전 소개 말의 어디에 여학생들이 반감을 가진 시선으로 쳐다봐야 될 이유가 있을까?

오히려 마론의 상식에 비춰 보면 제라늄의 바보 같은 소개에 반감을 품어야 되지 않을까? 하지만 평균 이상의 미모와 묘한 자신감에 가득 찬 말 덕분에 대부분의 여학생들은 제라늄에게 호의, 혹은 그 이상의 감정을 품게 됐지만.

물론 안 그런 여학생도 있었다. 대표적으로 한 명 꼽아보자면 마론의 옆자리에 앉은 리아다.

마침 다른 여학생의 소개가 끝나고 리아의 차례였다.

"리아트리스 에르미야라스입니다. 앞으로 잘 부탁드립니다."

그게 끝이다. 붙임성 제로를 달리는 인사말이다.

'저 녀석답다고 해야 되는 건가?'

마론이 리아가 눈치 채지 못하게 작게 혀를 차며 생각했다. 그때 교실의 분위기는 또 변했다. 이번에는 시선이 죄다 리아에게로 쏟아졌다.

흔히 여학생들 사이에서 얼굴 예쁘고 건방진 성격이면 '쟤, 뭐니? 얼굴 예쁘다고 콧대 높은 거야? 기분 나빠' 같은 소리를 중얼거리며 흘겨볼 만한데 반 여학생들이 리아를 보는 시선은 달랐다.

여학생들은 하나같이 이해를 못하겠다는 표정으로 리아를

쳐다보고 있었다. 그 표정은 '왜 이 학교에 왔을까?' 라는 표정이다.

'또 왜들 저러는 거지?'

마론은 계속해서 여학생들의 이상한 반응에 적응을 못하고 당황했다. 그도 그럴 것이, 세상 물정에 대해서 잘 모르는 마론은 에르미야라스라는 성이 국내 제일의 공작가 가문의 성이라는 사실을 몰랐기 때문이다.

에르미야라스 공작 가문.

에르미야라스 가문은 과거로부터 문무 안팎으로 숱한 공을 세운 인물들을 배출한 가문이다. 그 공적만을 따지자면 국왕으로 추대되어도 이상할 것이 없을 정도로 아나나스 왕국 최고의 가문인 것이다.

단지 이 가문은 이상하게 대대로 딸만이 태어나고 있었다. 즉, 문무 안팎으로 숱한 공을 세운 인물들이 죄다 여자라는 것이다.

대가 끊기지 않기 위해서 에르미야라스 공작가는 대대로 데릴사위를 들였다. 그렇게 해서 지금까지 에르미야라스 가문의 이름은 끊기지 않고 계속 내려왔다.

가끔 태어난 딸 중에는 그 총명함과 세운 공적을 인정받아 국왕의 아내가 되기도 했다. 소문에 의하면, 이번 에르미야라스 공작가의 영애도 현 황태자의 아내가 될지도 모른다는 진짜 같은 소문이 돌기도 했다.

즉, 리아는 어쩌면 미래에 여왕님이 될지도 모를 인물인 것이다.

그런 인물이 어째서 마법을 배우기 위해 이 자리에 있는 것일까? 물론 사립 사프란 마법 학교는 마법이라는 이름을 달고 있지만 어디까지나 부가적인 요소일 뿐 실상은 마법을 취미로 배우는 귀족 영애들을 아가씨로 만드는 학교다. 일반 반으로 입학했다면 전혀 이상할 것이 없다.

하지만 지금 이 반은 마법을 전문으로 배우는 장소이다. 그것도 지금 다시 생각해도 머리가 아픈 어려운 마법 시험을 치르고 입학한 것이다.

왜 그녀 정도의 위치에 있는 사람이 본격적으로 마법을 배우기 위해 이 학교에 이 마법 특수반에 들어온 것인가?

궁금증과 호기심에 가득 찬 시선들을 받으면서도 리아는 평소 그대로 무표정을 유지하고 있었다. 오히려 옆자리에 앉은 사정을 모르는 마론이 여학생들의 시선에 당황한 표정을 짓고 있었다.

그 모습을 교탁 위에서 바라보고 있던 샤스타는 작게 혀를 찼다.

'예상은 했지만 예상했던 것보다 더하군.'

이미 아까 교장실에서 리아의 이름을 듣고 알아차리고 있었다. 그리고 이렇게 될 거라는 것 또한 이미 예상한 일이었다.

본인에게는 미안한 말이지만 리아의 존재는 본인이 원하지 않더라도 이 마법 특수반의 존재를 흔들게 될지도 모른다.

그 정도로 에르미야라스 공작가의 이름이 가진 힘은 컸다.

'하지만……'

샤스타는 시선을 돌려 리아의 옆자리에 앉은 마론을 쳐다봤다. 아까 마론과 리아가 벌인 소동은 도저히 소문의 공작가 영애로서는 생각할 수 없는 행동이었다. 오히려 그 나이에 어울리는 고집 센 여자 아이 모습이었다.

'어쩌다 보니 당신에게 거는 기대가 커져 버렸습니다. 그녀를 잘 부탁해요, 마론 군.'

샤스타는 모종의 계획을 생각하며 싱긋 웃었다.

그러는 와중에 드디어 학생들의 자기소개가 모두 끝났다.

샤스타는 다시 한 번 주의를 환기시키며 학생들에게 말했다.

"자, 그럼 오늘은 기숙사의 방 배정을 위해 교과서만 받고 일찍 마치도록 하겠습니다. 그리고 당분간 학급 일을 맡아줄 임시 반장을 뽑아야 되는데 그건 선생님이 임의로 선정하겠습니다."

그렇게 말하면서 샤스타는 장난기 가득한 미소로 마론과 리아를 쳐다봤다. 어쩐지 마론과 리아는 불안한 예감이 들었다. 물론 그 예감은 한 치의 오차도 없이 들어맞았다.

"마로니에 군과 리아트리스 양, 두 사람에게 한동안 반장과 부반장의 역할을 부탁드립니다."

샤스타가 계획한 모종의 계획이란 바로 이것이었다.

"이의있습니다!"

"이의있습니다!"

샤스타의 예상대로 마론과 리아가 동시에 손을 들며 동시에 외쳤다.

"기각합니다."

하지만 샤스타는 얼굴의 미소를 지우지 않으면 단번에 거절했다. 그리고 덧붙여서 말했다.

"이건 부탁이 아니라 아까 소동의 벌 대신입니다. 아니면 역시 다른 벌을 받는 쪽이 좋으신가요?"

"아, 아닙니다."

"여, 열심히 하겠습니다."

마론과 리아는 겁에 질린 표정으로 금방 손을 내리고 얌전해졌다. 그 둘 덕분에 다른 학생들의 마음속에는 '샤스타 선생님께 걸리면 상상할 수 없는 무서운 벌이 내려진다' 라는 인식이 깊게 박혔다.

"그럼 반장과 부반장은 도와줄 사람을 데리고 교과서를 받으러 오세요."

마론과 리아는 망설임없이 제라늄과 디움, 그리고 바이올렛을 쳐다봤다.

그들에게 거부권은 없었다.

소년은 여학교였던 학교에 입학했다 4

"피곤하다."

마론은 새로 받은 교과서를 가져온 가방에 담으며 한숨을 쉬었다.

육체적인 피곤함이 아니다. 여러 가지 일이 겹치고 겹쳐 정신적으로 굉장히 피곤했다.

"피곤해."

그리고 자신의 피곤함의 원인 중 하나가 바로 옆에서 자신과 똑같은 말을 중얼거리며 교과서를 챙기고 있었다.

리아트리스 에르미야라스.

이 나라의 귀족 중에서 가장 큰 영향력을 지닌 에르미야라스 가의 영애.

하지만 그건 마론에게 아무런 문제가 되지 않았다. 문제가 되는 것은 최악의 만남부터 시작해서 사사건건 자신의 일에 트집을 잡는 재수없는—마론에게만—여자란 점이다.

물론 그렇게 생각하는 것은 리아 쪽도 마찬가지였다.

그런 앙숙이 돼버린 둘이건만 무슨 운명의 장난인지 둘은 같은 마법 특수반에, 그것도 옆자리에, 더구나 반장, 부반장의 직책까지 맡아버렸다.

얼굴도 보기 싫은데 왜 이렇게 얽히는 걸까?

둘은 똑같은 생각을 하며 한숨을 쉬었다.

둘 다 상대방을 싫어한다는 점만 빼면 겉보기에는 마음이 잘 맞는 듯이 보였다.

하지만 그렇게 오해를 했다가는 괜한 불똥이 튀게 된다.

"여어, 신입생 커플 제1호, 슬슬 돌아가자."

그러나 세상에는 알면서도 불똥이 맞고 싶은 건지, 아니면 그냥 바보인지 분간이 안 가는 사람이 있다.

마론과 리아는 도끼눈을 치켜뜨고 제라늄을 노려봤다. 하지만 제라늄은 전혀 주눅 들지 않고 싱글벙글 웃으며 말했다.

"뭐 해? 기숙사로 가서 방 배정받고 정리하려면 빨리 돌아가지 않으면 안 된다고."

그렇게 말하는 제라늄은 그 어떤 기대감에 가득 찬 눈을 하고 있었다.

"남들이 들으면 오해할 말은 하지 말아요!"

"그렇지 않으면 가만두지 않겠어!"

"에이, 그렇게 죽이 착착 맞으면서 오해라니? 두 사람은 부끄러움을 너무 많이 타는구나? 이야, 뜨거운데? 휴휴, 두 사람, 정말 뜨거워. 뜨거워? 뜨, 뜨거워! 진짜로 뜨거워어!!"

어느새 제라늄의 주위로 시뻘건 불꽃이 날름거리며 타고 있었다. 넘실거리며 타고 있는 불꽃은 금방이라도 제라늄을 태울 기세로 제라늄의 주위를 빙빙 돌고 있었다.

"자, 잠깐! 이거 마론이야? 마론이 불러낸 거 맞지?! 설마 절친한 친구를 겨우 농담 한마디 했다고 태워 죽이려는 거냐?! 말로 하자고, 말로!!"

"언제부터 우리 사이가 절친한 사이였냐? 그리고 가만두지 않겠다고 분명히 경고했어."

그렇게 말하며 마론은 가볍게 손가락을 튕겼다. 그러자 제라늄의 주위를 돌던 불꽃이 거짓말처럼 사라졌다.

"이야아, 과연 수석 천재로구나. 역시 그 어려운 시험을 수석으로 합격한 사람은 뭐가 달라도 다르군."

"자화자찬이냐?"

마론은 자신과 똑같이 수석으로 입학한 제라늄을 비꼬듯이 말했다.

"그나저나 이 정도 마법은 충분히 방어할 거라고 생각하는데 왜 그렇게 엄살이 심한 거야?"

"아니, 나는 실전보다는 이론만 빠삭한 타입이라……. 뭐, 여성을 대하는 일이라면 24시간 늘 실전 대기 상태지만 말이야."

"그게 자기 입으로 할 소리냐?!"

"흥! 역시 남자는 다 똑같이 저질이군요?"

남의 일인 양 가방을 챙기던 리아가 말했다. 당연히 마론은 그 말에 발끈하며 따지고 들었다.

"어딜 봐서 나랑 이 녀석이랑 똑같다는 거야?!"

"무례하고 저질이란 점이요."

"잔인한 소리 하지 말아줘! 난 적어도 이성은 가지고 살아가고 있다고!"

"흥! 내가 보기에는 두 분 다 이성을 놓고 온 것처럼 보이는데요?"

"그러니까 저 녀석이랑 똑같이 취급하지 말라고 분명히 말했어!!"

"둘 다 잔인해."

제라늄은 우울한 표정을 지으며 바닥에 쪼그리고 앉아 울먹였다.

"저기, 그것보다 서두르지 않으면 방 배정 시간에 늦을지도 모르는데……."

그때까지 잠자코 듣고 있던 디옴이 시계를 가리키며 말했다. 디옴의 말대로 아까 전달받은 기숙사 방 배정 시간까지는 이제 30분도 남지 않았다. 학교에서 기숙사까지 20분 정도 걸리니 여유 부리고 있을 시간은 없었다.

"어?"

"응? 디옴, 아직 안 갔냐?"

그러나 마론과 제라늄은 디옴이 있다는 사실에 놀라고 있었다.

"응, 계속 여기 있었는데……?"

그렇게 말하며 디옴은 부끄러운 듯 뺨을 긁적거렸다.

그때 마론 등은 조금씩 다르지만 결국 같은 생각을 했다. '어째서 디옴이 여기 있는 걸 눈치 채지 못했지?' 라고.

디옴은 가공하다는 표현을 써도 좋을 정도로 존재감이 약했다.

마론 등이 디옴의 가공할 스텔스 능력(?)에 놀라고 있을 때 어느새 돌아갈 준비를 마친 리아와 바이올렛이 교실 밖으로 나가고 있었다. 그리고 바이올렛은 마론 등에게 손을 흔들며 말했다.

"아, 저기, 미안! 우리 먼저 갈게!"

"바이올렛, 일일이 저분들에게 인사 같은 건 안 해도 돼."

"하지만 같은 반 친구인데……."

"난 저분들과 친구가 된 기억이 없어. 물론 앞으로도 될 생각이 없고."

"리, 리아야."

"자, 어서 가자."

"으, 응."

찬바람이 몰아쳐도 이보다는 따뜻할 것이다.

바이올렛은 리아의 뒤를 따라가다가 뒤를 돌아보며 마론 등에게 살짝 고개를 숙였다. 마치 대신 사과라도 하는 듯한 행동이었다.

리아와 바이올렛이 사라지자 마론은 가방을 들며 한숨을 쉬었다.

"도대체가 저 녀석은 한마디라도 곱게 말할 생각은 아예 없는 건가?"

"뭐, 첫 만남이 최악이었으니 어쩔 수가 없잖아?"

제라늄의 지적에 마론은 첫 만남을 생각했다. 확실히 최악 이었다.

"난 그렇게 만나고 싶어서 만났던 게 아니라고."

"뭐, 그렇기는 하겠지만……."

"그나저나 리아트리스 씨도 힘들겠다."

디옴이 진작에 싸뒀던 가방을 들고 마론의 뒤를 따라가며 말했다.

"응? 뭐가?"

"그녀의 출생 때문이지."

역시 가방을 든 제라늄이 마론의 옆으로 나란히 걸으며 말 했다.

"출생? 아, 그러고 보니 아까 소개 시간 때 말이야. 여자 애들의 그 반응, 어떻게 된 거야? 리아트리스를 그 뭐라고 해야 되나…… 음, 꺼려하는 느낌 같던데……."

"어쩔 수 없지. 그녀는 에르미야라스 공작가 영애니까."

"에르미야라스 공작가 영애? 그거랑 다른 여자 애들이 꺼려하는 거랑 무슨 상관이 있어?"

제라늄과 디옴은 신기한 걸 보는 눈으로 마론을 쳐다봤다.

"뭐, 뭐야?"

"아니, 세상 물정 모르는 것도 그 정도면 범죄겠다 싶어서 말이야. 차라리 미소녀가 세상 물정 모르면 귀엽기나 하지, 남자가 돼서 그 정도로 세상에 대해서 모르면 말이야… 앗! 미, 미안! 말이 헛 나왔어! 미안하다니까! 제발 불꽃은 치워!!"

어느새 마론의 손 안에 넘실거리는 마법의 불꽃을 보며 제라늄은 후닥닥 뒤로 물러나며 소리쳤다. 마론은 한숨을 쉬며 주먹을 꾹 쥐었다. 그러자 방금까지 마론의 손 안에서 타고 있던 마법 불꽃이 순식간에 사라졌다.

"에르미야라스 공작가는 현재 우리나라에서 가장 크고 영향력있는 귀족 가문이야. 만약 현재 왕위 계승자가 없다면 가장 유력한 후보가 에르미야라스 공작가 사람이야."

제라늄은 한숨을 쉬며 간단하게 설명해 줬다.

"어? 잠깐! 그거 무슨 뜻이야?"

"그러니까 그녀, 리아트리스는 왕녀가 될지도 모르는 신분이란 뜻이지. 뭐, 그렇게 되려면 지금의 황태자가 없어져야 된다는 전제 조건이 붙지만……. 뭐, 황태자와 결혼한다는 선택도 있지. 한때는 진짜로 황태자와 약혼했다는 소문도 있었어. 뭐, 사실이 아니라는 점은 이미 밝혀졌지만 마음만 먹으면 기정 사실로 만들 수도 있는 집안이야. 그만큼 차원이 달라도 너무 다른 신분이라는 거지."

그렇다. 장차 왕녀가 될지도 모르는 신분의 공작가 영애가 무엇 때문에 마법사가 되기 위해 마법 특별반으로 들어온 것인가? 그 점이 바로 다른 여자 아이들이 리아를 꺼려하는 이유인 것이다.

"흠."

마론은 심각하게 고민하는 표정으로 입을 다물었다. 이제야 일의 중대함을 알아차린 걸까? 그렇게 생각한 제라뉴과 디옴은 말없이 걷기만 했다.

잠시 후 마론은 여전히 심각한 표정으로 입을 열었다.

"그런데 말이야."

"응?"

"그 일이 어째서 여자들이 리아트리스를 꺼리게 되는 이유가 된다는 거야?"

제라뉴과 디옴은 그 자리에서 멋지게 넘어졌다.

마론은 왜 그러냐는 표정으로 둘을 쳐다봤다.

"정말 몰라서 묻는 거냐?"

제라뉴의 말에는 한심하다는 투가 듬뿍 담겨 있었다. 그것을 느낀 마론은 조금 붉어진 얼굴로 퉁명스럽게 대꾸했다.

"모, 모르는 걸 어쩌라고?!"

무언으로 한숨을 쉬는 제라뉴 대신에 디옴이 보충 설명을 달아줬다.

"그러니까 말이야, 우리 같은 하급 귀족이랑 차원이 다른 신분이 무엇 때문에 마법사를 지망하는지 모르기 때문에 꺼려하는 거야."

"신분 차이? 나원참, 다들 이상한 데 신경을 쓰는구나?"

"이상하다고?"

제라뉴의 의문에 마론은 고개를 끄덕이며 말했다.

"그래, 이상하잖아. 마법을 배우고 싶은데 어째서 신분 차이에 신경을 써야 되는 거야?"

그 이유는 아무리 현재 마법사가 국가에 중요한 위치에 있다고 해도 아나나스 왕국은 과거에 마법을 부정하던 왕국이다.

지금이야 마법이 중요한 전력이라는 점 때문에 육성에 힘을 기울이고 있지만 아직도 마법을 달갑게 여기지 않는 잔재 의식이 남아 있다. 아직도 왕궁에 궁정 마법사가 없는 유일한 나라가 아나나스 왕국이다. 그리고 아나나스 왕국은 남존여비 사상을 지닌 나라다. 여자의 몸으로, 하물며 명문 귀족의 영애가 마법사로 활약하는 것은 보기 안 좋다는 낡은 사고방

식을 지니고 있는 것이다.

이 사프란 마법 여학교도 마법은 보너스고, 실체는 예절 바른 아가씨를 양성하기 위한 귀족 영애를 위한 학교다. 이런 상황이니 사프란 마법 학교에서 세계적으로 널리 이름이 알려진 아가씨 마법사 베고니아가 나온 것은 기적에 가까운 일이었다.

그런 사프란 마법 여학교에 리아가 입학을 한다면 당연히 일반 클래스로 가야 정상인 것이다. 그것이 아나나스 왕국의 상식인 것이다.

그런데 아나나스 왕국 사람이라면 당연히 알고 있을 이 상식에 마론은 순수하게 의문을 가지고 이의를 제기하고 있었다.

그 순간 제라늄과 디옴은 똑같은 생각을 했다.

'이 녀석, 순수 배양?'

그렇다. 마론은 바깥 세상과 단절된 생활만 한, 글자 그대로 순수 배양된 천재인 것이다.

제라늄은 마론의 어깨를 치면서 말했다.

"너, 정말 아깝다."

"응? 뭐가?"

"너, 여자였다면 틀림없이 애독자 인기 순위 1위를 차지할 순진무구한 미소녀 캐릭터가 됐을 거야. 거기에 자주 화내는 성격이란 점이 금상첨화지. 요즘은 나긋나긋한 순진무구 미소녀보다는 냉정한 성격을 가진 순진무구한 미소녀가 더 인기거든. 일반적인 상식을 모르는 것을 자존심 때문에 아는 척하다가 나중에 들키게 되면 부끄러움에 얼굴을 붉히며 어쩔 줄 몰라 하는 그 반전이 남자의 애간장을 녹이지. 말이 나와서 말인데…….”

그렇다. 요즘 대세는 팅기는 맛이 있는 미소녀란 말이다. 거기에 약간 일반 상식이 모자라는 캐릭터라면 더욱더 귀엽다. 더구나 그런 성격의 미소녀가 나중에 주인공에게 잘해주는 모습이나 부끄러워하는 반전이 죽여준단 말이다!!

제라늄이 그런 대세에 대해 설명하려고 할 때 마론이 급히 말을 끊으며 말했다.

“아니, 잠깐 스톱. 이해할 수 없는 네 취향은 더 듣고 싶지 않아. 그 이전에 방금 한 말, 은근슬쩍 내 이름이 여자 같다고 놀린 것이지?!”

이해할 수 없는 취향을 가져서 미안하군, 마론. 이 재미없는 놈 같으니…….

“아니, 순수하게 네 성격을 칭찬한 말인데.”

특정 부류만 납득할 수 있는 칭찬인 것이 마론에게 문제라면 문제지만.

“이상한 말로 주제 흐리지 마! 내 질문에는 대답 안 해줄 거야? 왜 리아트리스가 그런 이상한 취급을 받아야 되는 건데?!”

"역시 납득할 수 없는 거야?"

"납득 못하지."

"어째서 납득 못하는데? 어차피 마론, 너한테 피해가 가는 것도 아닌데 그냥 모른 체해도 되잖아?"

"그게 말이 되냐!!"

마론은 정말로 화를 내고 있었다. 순수한 분노, 그것은……

"같은 반 친구 일인데 신경 쓰이는 게 당연하잖아?!"

"그렇게 싸워대는 데도?"

"그거랑 이거는 별개! 아무튼 난 그런 차별은 도저히 납득 못하겠어!"

마론의 말에는 순수하게 같은 반 친구를 걱정하는 진심이 깃들어 있었다.

그 진심은 일부러 비아냥거리는 말을 하던 제라늄과 옆에서 가만히 듣고 있던 디옴에게 확실하게 전해졌다.

제라늄은 씩 웃으며 말했다.

"그렇게 생각하고 있다면 마론이 해야 될 일은 하나뿐이네."

"무슨 일?"

"마론부터 순수하게 같은 반 친구로서 친하게 그녀와 지낼 것."

"친하게 지내라니? 그건 무리다. 나랑 리아트리스는 앙숙이라고."

"그러니까 그 앙숙인 상태로 친하게 지내면 된다는 거야."

앞과 뒤가 맞지 않는 단어 나열에 마론은 이해 못하겠다는 표정으로 제라늄을 쳐다봤다. 그 표정이 재미있게 보였는지 제라늄은 쿡쿡거리며 웃었다.

"일단은 내 말대로 해봐. 그러면 네 걱정거리가 자연스럽게 사라질 거야."

"도대체 뭘 어떻게 하라는 건지 이해를 못하겠다."

마론은 지쳤는지 더 이상 따지고 드는 것을 그만뒀다. 그때 앞서 가던 제라늄은 문득 생각났다는 듯이 마론에게 물었다.

"그럼 마론은 어때?"

"뭐가?"

"그러니까 리아 양이 진심으로 마법사가 되겠다고 한다면 무슨 말을 해주고 싶어?"

"무슨 말이냐니?"

마론에게는 뜬딴지 같은 질문이었다. 앙숙한테 무슨 좋은 말을 해주란 말인가? 뭐, 그렇다고 나쁜 말을 해주고 싶을 정도로 미운 건 아니었다. 그저…….

"뭐, 열심히 해라 정도겠지."

"너한테는 그 정도가 한계구나."

"그 이상 뭘 바라는데?"

"꽉 껴안으면서 귓가에 달콤한 목소리로 속삭이는 거야.

남들이 뭐라고 하든 난 널 응원하고 있어. 열심히 해, 리아. 사랑하고 있어 정도는 해야지."

"…절대로 무리. 아니, 갑자기 사랑하고 있어는 또 뭐야?! 그게 그렇게 간단히 내뱉을 말이냐?"

"응? 난 매일 여자들에게 말하는데?"

"최악."

인상을 구긴 마론의 표정이 뭐가 재미있는지 제라늄은 키득거렸다.

"아, 그리고 말이야……."

거기서 잠시 말을 멈춘 제라늄은 잠시 생각하다가 고개를 저었다.

"아, 역시 관둘래."

"말하다가 말고 뭘 관둔다는 거야?"

"이 이상은 도와주기 싫다는 거야. 나도 리아 양이 마음에 들거든."

"하아아?"

여전히 이해 못할 녀석이다. 아니, 평생 가도 이해 못할 녀석이 될지도 모른다. 마론은 제라늄에 대한 인상을 그렇게 단정 지었다.

"자, 재미없는 이야기는 여기서 끝! 우리 함께 파라다이스로 어서 돌아가자!!"

"파라다이스?"

"가보면 알아~ 가보면~ 어이, 디옴! 빨리 가자! 파라다이스로 고, 고!!"

제라늄의 등쌀에 마론과 디옴은 거의 반 강제로 달렸다. 하지만 그 셋은 잊어버리고 있는 것 같았다, 사프란 마법 학교의 교칙 중 '복도에서 뛰지 말 것'이라는 항목이 있다는 것을.

아니, 잊어버렸다고 말하기 전에 제라늄은 애초에 모르고 있는 것 같았지만.

덕분에 세 명은 깐깐한 여선생에게 걸려서 복도에 서 있게 되는 벌을 받게 되지만 그건 별로 중요한 일이 아니다.

중요한 일은 마론 등이 사라진 복도의 교실 문이 열리면서 얼굴을 살짝 붉힌 리아와 그런 리아의 표정을 보며 킥킥 웃고 있는 바이올렛이 나왔다는 일이다.

두 사람은 리아가 잊은 물건이 있어서 돌아오는 길에 마론 등의 목소리를 듣고 '저런 녀석과 더 이상 얼굴 마주치기 싫다'는 이유로 빈 교실에 숨어 있었던 것이다.

"뭐야?"

자신을 쳐다보며 생글생글 미소 짓는 바이올렛이 마음에 걸리는지 리아는 볼멘 목소리로 물었다.

"아니, 그냥. 마론은 좋은 사람이다. 그치?"

"흥."

바이올렛의 질문에 리아는 코방귀를 뀌며 고개를 돌렸다.

하지만 부정은 하지 않았다. 아까 마론이 진심으로 외쳤던 말은 리아에게도 잘 전해진 것이다.

그것을 알아차린 바이올렛은 입가를 가리고 쿡쿡 웃었다.

"웬만하면 이제 안 좋았던 일은 잊어버리고 친하게 지내는 게 좋지 않아?"

"……."

"아침에 있었던 사건 때문인 건 이해하지만 그건 리아 쪽 잘못도 있어."

"……."

"그런데도 마론은 다른 사람처럼 리아를 색안경 끼고 보는 짓은 안 하잖아. 틀림없이 천성이 착한 사람일 거야."

"그, 그건 그 녀석이 단지 세상 물정을 잘 모르는 것뿐이야!"

"하지만 방금 설명을 듣고도 나쁘게 말하지는 않았잖아?"

"그, 그거야 그렇지만… 그래도… 그… 뭐냐… 그게……."

리아는 끝까지 뭔가 항변을 하고 싶은 마음이지만 솔직히 절반 정도는 바이올렛의 의견에 찬성하고 있었다. 자신의 출생에 대해서 전혀 신경 쓰지 않고 오히려 신경 쓰는 사람들이 이상하다는 말까지 해준 마론이 고맙게까지 생각됐다.

하지만 자존심 때문에 쉽게 긍정하기는 싫었다.

"재미없는 이야기는 그만 하자. 어서 돌아가지 않으면 방 배정 시간에 늦게 돼. 그 녀석, 흠흠, 마, 마로니에보다 늦게

가면 먼저 나온 우리 입장이 뭐가 되겠어? 어서 서두르자."

결국 자존심이 이겼는지 리아는 끝까지 인정하지 않고 새침한 얼굴로 말했다.

하지만,

'아주 조금은 인정한 건가? 뭐, 리아답지만…….'

리아가 항상 그 녀석이라고 말하던 마론을 이름으로 부른 것만으로도 크게 양보한 것이다.

'뭐, 그래도 마론 앞에서는 죽어도 저 모습을 안 보이겠지. 아깝다. 이렇게 귀여운데…….'

바이올렛은 자신보다 훨씬 어른스럽고 믿음직했던 친구가 지금 이 순간 정말로 귀엽게 보였다. 그러다 문득 이런 모습의 리아는 처음 본다는 사실을 생각해 내고는 다시 쿡쿡거리며 웃었다.

리아는 바이올렛의 웃음이 신경 쓰였지만 두려운 대답이 돌아올 것 같은 기분이 들어서 물어볼 수 없었다.

그렇게 서두르는 중에 리아는 문득 잊어버리고 있던 그 어떤 사실이 기억났다.

왜 그렇게 중요한 일을 잊어버리고 있었을까? 아니, 상식적으로 생각하면 말도 안 되는 일이라 생각 안 했을지도 모른다. 하지만…….

"저기, 바이올렛."

"응?"

"마로니에와 애들, 어느 기숙사에 들어가는 거야? 사프란 마법 여학교는 여자 기숙사밖에 없잖아."

정확히는 '였던 학교' 다. 비록 남자는 셋뿐이지만 오늘 부로 사프란 마법 여학교는 정식 남녀 공학이 된 것이다.

"어라? 그러고 보니… 에? 설마……?"

그리고 오늘 부로 남녀 공학이 된 사프란 마법 학교에 기숙사는 아직 하나뿐이다. 무엇보다 단 셋뿐인 남학생 때문에 새로 기숙사를 지을 리는 없고, 지었다는 소리도 듣지 못했다.

더구나 샤스타 교감도 이 문제에 대해서는 아무 말도 안 했다. 아니, 그전에 지금 생각하면 샤스타 교감은 은근히 그 문제에 대해 자세히 언급하기를 꺼려했던 것 같은 기분이 들었다.

세 남학생은 어느 기숙사에 들어가는 것인가?

상식적으로 생각하면 금방 답이 나온다. 당연히 남자 기숙사다.

다들 이 상식에 사로잡혀서 가장 중요한 문제를 놓쳤던 것이다.

첫째, 사프란 마법 여학교였던 학교에 남자 기숙사는 없다.

둘째, 샤스타 교감은 따로 남학생의 숙소에 대한 언급이 없었다.

셋째, 있는 숙소라고는 여자 기숙사밖에 없다.

힌트는 셋, 그리고 정답은 하나.

정답은 세 남학생은 여자 기숙사에서 지내게 된다는 것이
다.

"말도 안 돼!!"

리아는 자신도 모르게 복도에서 힘껏 소리쳐 버렸다.

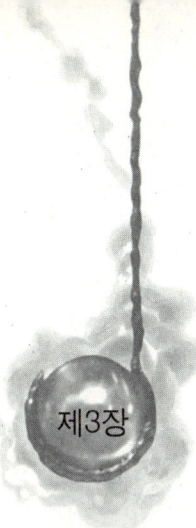

제3장

소년은 여자 기숙사에 들어갔다

소년은 여자 기숙사에 들어갔다 1

"여, 여, 여, 여자 기숙사?!"

마론은 자신도 모르게 거리에서 힘껏 소리쳐 버렸다.

남자가 경악할 만한 외침으로 말하기에는 여러 가지 문제가 많은 단어라 디옴이 급히 마론의 입을 막았다. 그리고 무슨 일인가 하고 쳐다보는 행인들에게 어색한 미소를 지으며 아무것도 아니라는 제스처를 취했다.

복도에서 달린 벌로 중년의 여선생님에게 잡힌 셋이 풀려난 것은 이미 기숙사 방 배정 시간을 한 시간이나 넘긴 후였다. 중년의 여선생은 풀어주면서 신입생이라 봐줬다고 했다.

그게 봐준 거라면 안 봐준 설교는 과연 어땠을까? 상상하기조차 두렵다.

아무튼 셋은 급히 기숙사로 달려가다가 마론의 '남자 기숙사는 어디 있어?' 라는 질문에 디옴이 곤란해하는 얼굴로 '남자 기숙사는 없고, 우리들이 지내야 될 곳은 여자 기숙사야' 라고 대답하는 바람에 지금의 소동이 일어난 것이다.

그런데 제라늄은 주위 시선은 전혀 신경 쓰지 않는 표정으로 마론과 디옴의 말을 정정했다.

"NO, NO, NO. 파라다이스 기숙사라고 해야 정답이지."

그다지 정정했다는 느낌은 들지 않았지만…….

마론이 조용히 말하겠다는 제스처를 디옴에게 전달하고서야 겨우 입에서 손이 치워졌다. 그리고 약속대로 조용히 물어보려고 했지만 목소리가 떨리는 것까지는 막을 수 없었다.

"어, 어, 어째서 우리가… 그 여… 기숙사에 들어가는 거야?"

"파라다이스니까!"

"그걸로 대답이 될 것 같냐?!"

마론은 반짝거리는 눈동자로 파라다이스의 꿈에 빠진 제라늄을 무시하고 정상인인 디옴을 쳐다봤다. 디옴은 볼을 긁적이며 알고 있는 대로 설명해 줬다.

"사프란 마법 학교의 마법 특별반은 이번에 급하게 신설된 거고, 우리 셋도 급하게 뽑았기 때문에 미처 남학생이 사용할 공간을 마련하지 못했다고 들었어. 물론 기숙사 문제도 마찬가지고, 이번 특별반의 성과에 따라 내년에 특별반의 규모가 커지고 남학생이 많이 입학하게 되면 기숙사를 따로 짓는다는 소리도 들었지만 어떻게 될지는 몰라."

"남학생 입학 절대 반대! 남자 기숙사가 지어지게 되면 우리의 파라다이스도 사라진단 말이다!"

제라늄은 그렇게 소리치며 마론과 디옴의 어깨를 잡으며 말했다.

"만약에 남학생이 입학할 것 같으면 수단 방법을 가리지 말고 방해하자! 사프란 마법 학교 파라다이스(여자 기숙사)거 주자는 우리 셋으로 충분해! 우리를 파라다이스에 내쫓으려는 적(내년에 입학할지도 모르는 남자 신입생)은 우리의 손으로 응징하는 거야!"

그렇게 외치는 제라늄의 눈은 진심이다. 이 인간, 내년에 남자 신입생이 입학하면 정말로 무슨 짓을 해서라도 방해를 할 것이다. 더구나 수단 방법을 가릴 것 같지도 않은 점이 무섭다.

"나는 빼줘."

그래서 마론은 진심을 담아 거절했다. 옆에서 디옴도 작은 목소리로 '나도' 라고 말했으나 한발 앞서 제라늄이 소리를 지르는 바람에 디옴의 말은 제라늄에게 전해지지 못했다.

"어째서냐, 동지 마론이여? 파라다이스를 지킬 성기사의 의무를 내던지겠다는 소리냐?!"

"아니. 어느 쪽이냐 하면 난 기사가 되고 싶은 게 아니고 마법사가 되고 싶거든."

"그럼 파라다이스를 지키는 성스러운 궁중 마법사가 되어라!"

"그러니까 그 이상한 것을 지키는 직책을 사양하겠다는 뜻이다!"

"이상하다니?! 파라다이스를 이상하다고 말하다니… 서, 설마 마론, 너? 설마?!"

제라늄은 과장된 동작으로 펄쩍 뛰면서 마론에게서 두세 걸음 떨어졌다.

그 모습에 마론은 물어보기도 겁나고, 그렇다고 안 물어보기는 찜찜한 마음이 들었다.

그래서 일단 물어보기로 마음먹었다.

"너, 도대체 무슨 생각을 한 거냐?"

제라늄은 양팔로 자신의 몸을 감싸고 부들부들 떨며 말했다.

"설마 남자 취향이라거나… 그래서 나를 노리고 있는 거지? 그렇지? 안 돼! 난 노멀이야! 미안하지만 마론의 욕망을 채워줄 수는 없어!"

제라늄은 과장된 제스처를 취하며 특정 부류만 이해할 수 있는 말을 했다.

그 모습을 제3자의 입장에서 한마디로 평하자면 '놀고 있네' 라고 말할 수 있다.

마론은 얼굴을 찌푸리며 놀고 있는 제라늄에게 말했다.

"그 남자 취향이라는 말뜻은 뭐야? 어쩐지 기분이 나빠지는데, 좋은 말 아니지?"

제라늄은 잠시 조용히 굳었다가 마론을 쳐다봤다.

마론은 기분 나쁜 표정을 짓고 있었지만 한편으로는 제라늄이 무슨 말을 하는지 정말 모르겠다는 표정이었다.

"아, 맞다. 너, 순수 배양이지? 그렇지만 BL 같은 기본 상식마저 모를 줄은 정말 몰랐다."

어떻게 하면 BL이 기본 상식에 들어가는지는 모르겠다만……

"뭐가 기본 상식이란 거야?"

"휴, 안 되겠군. 자세히 설명해 주마. 귀 좀 빌려줘."

"응? 아, 응."

마론은 순진하게 제라늄에게 귀를 내밀었다. 제라늄은 마론의 귀에 대고 지면으로 차마 설명할 수 없는 그 무언가를 설명하기 시작했다.

아니, 설사 편집부에서 괜찮으니까 마음껏 쓰라고 허락하더라도 남자와 남자가 사랑에 빠져서 서로의 몸을 쓰다듬다가 '하지 않겠는가?' 같은 말을 하며 엉덩이를 이용해(?) 사랑을 나눈다는 표현을 어떻게 지면으로 설명할 수 있단 말인가?

난 절대로 쓸 수 없다.

마론은 처음에는 제라늄의 설명을 이해 못하겠다는 표정을 짓다가 설명의 농도가 점차 짙어질수록 얼굴을 찌푸렸다. 그러다 더 못 듣겠다는 듯 제라늄을 뿌리치고는 소리쳤다.

"나, 나, 나도 노멀이야!"

"이야, 금방 배우네? 과연 수석 입학자다워. 상으로 날 너에게 주마!"

"뭐, 뭐야, 그 이상한 눈은? 가까이 오지 마! 너, 아까는 노멀이라며!!"

"과거는 과거, 현재는 현재. 현재의 나는 마론의 사랑스러움에 취한 죄 많은 남자라네."

정확히 일 분 만에 여자에 환장하던 제라늄이 과거가 되고 새로운 남자 취향의 제라늄이 탄생했다.

너무 빨라.

"가까이 오지 마! 불태운다! 진짜 불태워 버린다!"

"사랑은 뜨거운 하트를 불태우는 것! 기꺼이 그대 사랑의 불꽃에 내 몸을 던지리!"

"의미를 알 수 없는 헛소리하지 마! 이상한 눈빛으로 다가오지 말란 말이야!!"

어느새 공수가 역전된 마론과 제라늄의 대화를 들으며 디옴이 머리를 긁적이며 말했다.

"저기, 빨리 안 가면 농담으로 끝나지 않을 정도로 늦게 되는데······."

그러나 장난에 푹 빠진 제라늄과 정조의 위기를 느끼며 소
리 지르는 마론의 귀에 디옴의 말은 들리지 않았다.

디옴은 '하아' 하고 한숨을 쉬고 주위 통행인들에게 머리
를 숙이며 소란을 피워 죄송하다는 말을 했다.

그 후 셋은 저녁 식사 시간이 얼마 안 남았을 무렵에야 기
숙사에 도착하게 되었다.

기숙사에 도착한 셋은 한 여성 앞에서 깊게 고개를 숙이고
있었다.

"곤란하네요. 이러시면 안 돼요."

그렇게 말하는 여성은 전혀 곤란하지 않아 보이는 미소를
짓고 있었다.

"이렇게 늦게 도착하시면 진짜 곤란해요."

그런데 말에는 진짜 곤란하다는 기색이 섞여 있었다. 표정
과 말투가 일치하지 않는데도 이상하다는 생각이 들지 않았
다. 나름대로 훌륭한 기술이다. 어쩌면 천부적인 재능일지도
모르겠지만······.

마론들을 혼내고(?) 있는 여성은 어깨까지 내려오는 금발
에 머리 뒷부분에 귀여운 녹색 리본을 매고 있었다. 초록색의
눈동자와 옅은 분홍색의 작은 입술은 보는 이로 하여금 잊지
못할 정도로 아름다운 미소를 짓고 있었다. 하지만 입에서 나

오는 말은 앞에서 말했듯이 곤란하다는 중압감이 가득 들어
간 말투라 마론과 디옴은 잘못을 비느라 그녀의 아름다움을
느긋이 감상할 수는 없었다(그렇지 않고 그녀의 미소에 순수하
게 푹 빠져서 감상하는 사람이 약 한 명 있긴 하다).

중압감이 들어간 뼈있는 말투긴 하지만 기본적으로 그녀
의 말투는 약간 느릿한 것이 느긋한 성격임을 단편적으로 보
여주고 있었다.

옷의 기본 바탕은 분명히 메이드 복장이었을 거라고 생각
되는 옷이다.

본래 메이드 복보다 짧은 치마에 커다란 허리의 리본은 분
명히 기능성보다는 귀여움에 중점을 뒀다. 어찌 보면 술집에
서 노래하는 젊은 무희가 입어도 될 듯한 옷이지만 검은색 바
탕에 흰색 앞치마와 흰색 프릴 등이 본래 메이드 복장의 모습
을 아슬아슬하게 유지하고 있었다. 이 커스텀 메이드 복장을
디자인한 사람은 당연히 올리브 교장이다. 물론 샤스타는 이
메이드 복장을 실용화하는 데 엄청난 반대를 했지만 이미 만
들어진 샘플을 입어본 이 여자의 '와아! 너무나 귀여운 옷이
네요. 마음에 꼭 들어요' 라는 한마디로 그대로 낙찰돼 버렸
다.

그때 샤스타가 더 이상 반대할 수 없었던 이유는 일단 그녀
는 여자 기숙사의 모든 관리를 책임지는 사람이고, 또 하나의
이유는…….

"후, 정말에 정말로 곤란하지만 이만 하고 넘어갈게요. 그리고 제 이름은 데이지 레들라인입니다. 이 기숙사의 모든 관리를 맡고 있습니다. 지내기 불편하거나 건의 사항이 있으면 언제든지 말씀해 주세요."

"어? 데이지 레들라인… 씨?"

마론의 말에 데이지는 볼을 부풀리며 부부거렸다. 이것이 또 참을 수 없이 귀여웠다(라고 제라늄은 생각했다).

"성까지 다 붙여서 부를 필요는 없어요. 데이지면 돼요. 부~ 부~"

"아, 아니요. 그게 아니라……."

"네? 그게 아니라뇨?"

"그, 그게 샤스타 선생님이랑 성이 똑같아서요."

"네? 음… 아, 언니 말씀이시군요? 언니는 저의 언니라서 우리 자매의 성은 똑같답니다."

"네, 그러셨군요. 실례했습니다… 네?!"

그리 놀라도 되지 않을 사실이다. 그러나 데이지가 당연한 말을 뭔가 심하게 꼬아놓은 덕분에 말뜻을 바로 이해 못한 마론은 한참 후에야 말뜻을 깨닫고는 놀라 소리를 질렀던 것이다.

아무튼 그녀, 데이지는 샤스타데이지 레들라인의 동생으로 언니와는 반대인 느긋한 성격의 소유자였다.

"그러니까 언니가 저의 언니라서 우리 자매의 성은 똑같다고요."

데이지는 마론이 자신이 샤스타의 동생이라는 말뜻을 못 알아차렸나 싶어서 친절하게 아까와 똑같은 말을 똑같이 꼬아서 다시 설명했다. 방금 전 대사에 설명이라는 단어를 붙여도 되는가라는 의문이 들지만 그냥 넘어가자.

마론과 디옴은 그 말에 어떤 반응을 해야 할까 고민했다. 하지만 제라늄은 고민하지 않았다.

"이야, 그러셨군요? 이거, 자매 두 분이 똑같이 미인이라 어릴 때부터 동네 남자 분들의 마음에 불을 지르고 다니셨겠습니다."

고민은커녕 한발 더 앞서서 작업 멘트까지 친절하게 넣었다.

"어머나~ 그런 적 없어요~ 언니나 나나 그렇게 인기 없어요~"

"그거 주위 남자 분들이 보는 눈이 없어서 그런 거 아닙니까? 제가 같은 동네에 살았다면 두 분을 그냥 두지 않았을 겁니다. 절대로요!"

굳이 강조하지 않아도 제라늄은 정말로 그냥 두지 않았을 것이다. 마론과 디옴은 절대로 그러했을 거라는 생각이 들었다. 아니, 오히려 지금 이 순간 제라늄은 그녀를 그냥 둘 생각이 없었다.

"아잉~ 어떡하지? 저… 이런 거 처음이라 어쩐지 부끄러워요."

"부끄러워하실 필요 없습니다. 이럴 때는 마음이 느끼는 대로 따르시면 됩니다. 우리 둘의 사이를 좀 더 가깝게 하기 위해 지금 당장 찻집에 가서 좀 더 깊은 대화를 나눠보면 어떨까요? 마침 가까이에 분위기 좋은 카페를 알고 있습니다."

"그렇게 말씀하시면 곤란한데…… 어쩔까나~"

'어쩌기 전에 우리 방부터 가르쳐 주면 안 될까요?'

마론과 디옴은 그렇게 말하고 싶었다. 하지만 도저히 끼어들 공간이 보이지 않았다.

별수없이 둘은 제라늄의 실력(?)을 감상할 수밖에 없었다.

"아, 역시 곤란해요. 일단은 일이 먼저니까요."

다행히도 데이지는 일 처리 능력과 책임감은 샤스타와 꼭 닮았다. 아니, 오히려 책임감은 데이지 쪽이 더 강했다. 그래서 샤스타도 데이지가 하는 일은 신뢰하고 모든 것을 맡겼다.

뭐, 메이드 복에 대해서는 신뢰라기보다는 애초에 설득하기를 포기한 것 같지만…….

"그렇습니까? 이거 정말 안타깝군요. 하지만 다음에 기회가 된다면 반드시 같이 차를 마셨으면 합니다. 그 정도는 허락해 주시겠죠, 마드모아젤?"

"어머나! 저랑 차를 마셔도 재미있는 일은 없을 텐데……."

말은 이렇게 하지만 데이지는 확실히 기뻐하고 있었다.

"자, 그럼 내일 점심때 학교에서 차를 마실 일이 있는데 어떠세요? 음, 이름이……."

더구나 확실하게 제라늄의 미끼를 물었다.

"제라늄 카이란스입니다. 그냥 제라라고 부르셔도 됩니다. 아, 이왕이면 친근하게 제라 군~♡이라고 불러주세요."

그때 제라늄의 표정은 낚시꾼이 '월척이다!'라고 외치는 듯한 표정이었다.

"자, 그럼 제라 군~♡ 내일 점심시간에 학교 정원으로 와 주세요."

"물론입니다. 꼭 가겠습니다. 제가 모셔야 되는데 먼저 초대를 해주시다니 무한한 영광입니다, 마드모아젤."

"어머나~ 그렇게 대단한 일도 아닌걸요."

앞서 했던 말을 조금 정정해야 될 것 같다.

데이지는 일 처리 능력과 책임감은 샤스타와 꼭 닮았다. 다만 쉽게 샛길로 빠지기도 한다.

'그러니까 언제쯤이면 방에 들어갈 수 있는 거람?

마론은 수군거리며 자신들을 쳐다보는 여학생들의 시선에 압박을 느끼며 고개를 푹 숙였다.

해는 이미 져서 서서히 어둠이 깔리고 있었다.

소년은 여자 기숙사에 들어갔다 2

그 후 10여 분 정도 후에야 겨우 마론 등은 기숙사 방으로 안내됐다.

방으로 안내되면서 제라늄은 묘하게 들떠 있었다. 그 이유를 아는 마론은 그저 한숨만 쉴 뿐이었다.

'정말 괜찮을까?'

기숙사에 오면서 들은 것은 여자 기숙사에서 지낸다는 말뿐만이 아니었다. 기숙사는 기본으로 2인 1조가 같은 방이라는 말도 들었다.

덕분에 기숙사에 도착하기 조금 전 약간의 소동이 있었다.

"2인 1조? 잠깐, 우리는 셋이잖아? 그럼 한 명은 여자랑 같이 자야 된다는 거야?!"

기숙사로 오던 중에 제라늄에게 이 사실을 들은 마론은 경악하며 물었다.

"바로 그렇다네. 과연 천재. 하나를 가르치면 둘을 아는구나."

제라늄은 상큼하게 미소 지으며 마론의 어깨를 팡팡 두드렸다. 아까 2인 1조라는 말을 하고 난 뒤부터 제라늄은 묘하게 들떠 있었다.

"지금 그건 천재랑은 관계없잖아? 잠깐만, 그거 괜찮은 거야? 인륜적으로 문제가 없는 거냐고?!"

"하하하하! 걱정 말게나, 친구!"

"어째서?"

제라늄은 주먹을 불끈 쥐며 외쳤다.

"인륜은 나에게 있다!!"

그렇게 말하는 제라늄의 뒤로 황혼이 지고 있었다. 마론은 한숨을 쉬며 말했다.

"하아, 무슨 뜻인지 모르겠거든? 좀 더 알기 쉽게 설명해 주지 않겠어?"

"음? 의외로 시리즈에 자주 나와서 잘 통할 거라고 생각했는데 아직 마니악한 편에 속하는 건가?"

"무슨 이야기야?"

"아, 신경 쓰지 마. 저쪽 이야기니까."

아무튼 저쪽(?)의 이야기는 접어두고 제라늄은 설명을 계속했다.

"기숙사 방은 정해져 있기 때문에 매년 기숙사 방에 맞춰서 신입생을 받고 있다고 들었어. 뭐, 그래도 집에서 통학하는 아가씨도 있는 모양이지만……."

"잠깐, 그러면 방은 남잖아? 굳이 2인 1조로 남녀가 그…저기……."

어쩐지 마론은 같이 자지 않아도 되지 않느냐는 말이 나오지 않았다. 역시 사춘기 남자. 더구나 순진하기까지 한 마론은 남녀가 같이 잔다는 말을 간단히 내뱉을 수가 없었다.

"같이 자야 돼!"

그러나 제라늄은 너무나 간단하게, 그리고 힘까지 실어서 소리쳤다.

"생각해 봐. 남자 셋이 자는 것도 우울한 일이지만 그 때문에 한 명의 가련한 소녀가 혼자서 잠을 자게 되는 거야. 다른 친구들은 모두 2인 1조로 그날 있었던 일을 이야기하며 웃을 수도 있고, 슬픈 일은 서로 위로도 해줄 수 있지만 혼자 남게 되는 그녀는 그렇게 할 수 없겠지. 이 얼마나 잔인한 일이야? 가련한 그녀를 혼자 재우는 일 따위는 여성을 아끼고, 여성을 지켜주고, 여성을 사랑하는 나 제라늄 카이란스, 16세, 덧붙여서 애인 아직 없음. 절대로 할 수 없어!"

제라늄은 연극배우처럼 과장된 몸짓으로 한 손을 하늘로

뻗고 한 손을 가슴에 살짝 얹으며 외쳤다. 그렇게 외치는 제라늄의 뒤에는 여전히 황혼이 지고 있었다.

"아, 그래서? 아무튼 혼자 남게 되는 여성의 방에 네가 들어가고 싶다는 말이지?"

"에이, 설마 그럴 리가……. 이럴 때는 남자답게 제비뽑기로 결정하는 거야. 자, 남자라면 파팍 뽑아! 붉은색으로 칠해진 종이를 뽑으면 지는 거야! 덧붙여서 절대로 부정 따위는 없어!"

제라늄은 언제 준비했는지 손에 든 제비를 마론과 디옴에게 내밀었다. 극도로 흥분해서 눈에 핏줄까지 보이는 제라늄의 표정을 보며 마론은 생각했다.

'절대로 부정이 들어갔군.'

정답. 지금 제라늄이 들고 있는 제비는 세 장 모두 붉은색이 칠해져 있었다. 철 지난 유치한 속임수였다.

"자, 뭐 하는 거야? 어서 남자답게 뽑아! 아, 참고로 나는 맨 마지막에 뽑을게. 역시 이런 건 친구에게 양보하는 게 미덕이지. 하하하하하! 자자, 망설이지 말고 파팍 뽑아!"

"됐어. 난 디옴과 같은 방에 들어갈게. 디옴도 상관없지?"

"응? 아아, 나야 상관없지. 아니, 그전에 여자랑 같은 방이라는 건 조금 곤란해."

디옴은 곤란한 표정으로 빨개진 뺨을 긁적거렸다.

"나도 여자랑 같은 방은 곤란하지. 하지만……"

마론은 슬쩍 제라늄을 쳐다봤다. 제라늄은 반짝이는 눈에 눈물까지 글썽거리며 마론과 디음을 쳐다보고 있었다.

"아아, 이 얼마나 아름다운 우정인가?! 친구들이여! 난 지금 너희들과 친구가 된 것을 저 하늘의 신에게 감사드리고 또 감사드리고 싶은 기분이야!"

'하아, 신은 없다는 생각이 든다.'

여자랑 같은 방이라니 절대로 싫다. 하지만 그렇다고 저 A급 위험물을 여자 방에 밀어 넣어도 되는 걸까? 그렇게 생각하자 마론은 한없이 걱정됐다.

"야, 제라늄."

"응? 왜 그러지, 아름다운 내 친구여?"

"기분 나쁜 형용사는 빼! 그것보다 너 말이야, 그, 그, 그, 여, 여, 여자랑 같은 방이라고… 그 머시냐… 그… 저기……."

곤란하다. 정말로 물어보기 곤란하다. 공부만 한 순둥이라고는 하지만 그래도 마론은 사춘기 소년이다.

더구나 공부를 위해 책을 많이 읽다 보니 자연스럽게 인체에 관한 책도 보게 돼서 남녀가 뽀뽀하고 손잡고 잔다고 아이가 생기거나 하지 않는다는 것은 이미 알고 있다.

아기 만들기를 뜻하는 여러 가지 단어 중에서 적당한 단어하나 찾는 것이 지금 마론에게는 엄청나게 힘겨운 일이었다. 마법 학교 입학식 시험 문제보다 더 어려웠다.

그래도 제라늄은 눈치 하나는 빠른 편이라 마론이 무슨 말을 하고 싶어하는지 눈치 챘다.

제라늄은 부드럽게 미소를 지으며 마론의 어깨를 두드렸다.

"걱정 마, 마론."

그리고 웬일인지 평소 마론을 놀리던 양도 안 붙이고 풀네임으로도 안 불렀다.

"아무리 내가 여자에 환장했다지만 그래도 지켜야 될 선은 잘 알고 있어."

"그, 그래."

마론은 급속도로 변한 제라늄의 분위기를 따라가지 못하고 간신히 애매한 미소를 지으며 대답했다. 제라늄은 반짝이는 눈동자로 주먹을 꾹 쥐며 계속 말을 했다.

"당연하지. 난 짐승이 아닌걸. 마론 양, 오빠 믿지?"

나왔다! 대여성 결전용 최종 병기급 초구라 대사, '오빠 믿지?'.

이 거짓말 대사는 가장 위험한 일급 대사이다. 이 대사를 믿었다가는 그 여성의 순결은 99%는 끝장났다고 봐야 한다.

물론 일반 상식이 결여된 마론이 그 사실을 알 리가 없다.

"잠깐, 누가 오빠냐?! 난 남자라고! 여자 이름 같다고 놀리는 짓은 그만두라고 했지!!"

더구나 마론은 자신을 여자 취급하는 말에 더 발끈해 버렸다.

"마, 마론, 그것보다 먼저 따져야 될 게 있는데……."

디옴이 옆에서 방금 전 대사에 대해서 설명하려고 하자 제라늄은 눈을 빛냈다.

"자, 마론 양~ 이 오빠랑 같이 파라다이스 기숙사로 어서 가자꾸나~ 나 잡아봐라~"

"이, 이, 이 자식! 거기 서! 잡히면 죽여 버릴 거야! 반드시 박살 내버리겠어!"

"오호호호, 무서워라~ 아잉~ 마론 양은 너무 터프해~"

제라늄은 일부러 마론을 도발시키며 뛰어갔고, 훌륭하게 도발에 낚인 마론은 길길이 날뛰며 제라늄을 뒤쫓아갔으며, 마론에게 제대로 된 설명을 하고 제라늄을 같이 말릴 생각이었던 디옴 혼자만 길에 덩그러니 남겨졌다.

"이것참, 당해 버렸네."

혼자 남은 디옴은 어쩔 수 없다는 듯 볼을 긁적거렸다.

그렇게 해서 기숙사에 도착했고, 제라늄은 한 건(?) 올렸으며, 제라늄 덕분에 늦어진 자기소개가 끝나고 지금 드디어 금단의—남성 한정—성역으로 세 사람이 들어갔다.

"크으~ 초 감동!"

여자 기숙사 건물에 발을 들여놓는 제라늄은 황홀한 표정을 지으며 말했다. 자세히 보면 감동으로 울 것 같은 표정이다.

"살아 있어서 정말 다행이다."

아니, 진짜로 울고 있다.

'정말로 괜찮을까?'

마론은 한숨을 쉬었다. 아까 전에는 얼렁뚱땅 넘어갔지만 역시 남자가 여자랑 같은 방에서 지낸다는 것은 납득하기 어려운 일이다. 아니, 그전에 제라늄을 여학생과 같은 방에 넣는다는 건……

'굶주린 늑대와 어린 양을 같은 방에 집어넣는 일을 하고 있는 거 아닐까?'

마론은 슬쩍 제라늄을 쳐다봤다. 기분 탓일까? 제라늄의 엉덩이에서 시커먼 꼬리가 파닥거리고 있다는 느낌이 들었다.

'역시 정말로 위험할지도……'

마론은 필사적으로 고민했다.

하지만 고민해 봤자 아무런 답도 떠오르지 않았다. 정확히는 떠오른 방법이 있었지만 마론에게는 실행 불가였다.

바로 제라늄 대신에 자신이 여성과 같은 방을 쓰는 것.

제라늄이 절대로 동의할 리 없지만 억지로 밀어붙여서 성사되면 문제는 해결된다. 그러나 설사 천재지변이 일어나서 동의한다고 해도 마론은 여성과 같은 방을 쓸 용기가 없었다.

이러지도 저러지도 못하는 사이에 데이지는 한 방문 앞에서 걸음을 멈추고 세 사람을 돌아봤다.

"여기가 마론 씨, 디옴 씨, 그리고 제라 군~♡의 방입니다."

"네?"

"네."

"네에에에?!"

첫 번째는 순간 무슨 뜻인지 알아듣지 못한 마론의 반응.

두 번째는 무슨 뜻인지 알아듣고 담담하게 받아들이는 디옴의 반응.

세 번째는 무슨 뜻인지 단번에 알아듣고 경악하는 제라 군~♡의 반응이었다.

데이지 흉내 좀 내본 건데 역시 남자가 남자를 부르는 데 '~♡' 따위는 붙일 게 못 되는 것 같다. 이후로는 두 번 다시 사용하지 않겠다.

데이지는 경악의 비명을 지르는 제라늄을 걱정스런 눈으로 쳐다보며 물었다.

"제라 군~♡, 왜 그러세요? 어디 몸이라도 안 좋으세요?"

"그게 잘못 들은 것 같아서 그런데 다시 한 번 더 말씀해 주시겠어요?"

"뭐를요?"

"이 방의 주인이요."

데이지는 제라늄의 질문에 아까 했던 말을 반복해서 해줬다.

"여기가 마론 씨, 디옴 씨, 그리고 제라 군~♡의 방입니다. 뭔가 잘못됐나요?"

그렇게 물으며 데이지는 고개를 갸웃거렸다.

제라늄의 입장에서는 잘못되도 크게 잘못된 말이다. 하지만 사태를 겨우 이해한 마론은 옆에서 가슴을 쓸어내리며 안심했다. 남자 셋이 같은 방인 것이다. 이것으로 제라늄이 사고 칠 걱정이 줄었다.

"이의있습니다! 기숙사는 2인 1조가 아니었나요?"

"네, 맞아요. 2인 1조랍니다."

"그런데 어째서 저랑 마론과 디옴이 한 방인 거죠?"

"남자 분들이니까요."

간단하고 심플하면서도 반론을 허용하지 않겠다는 대답에 제라늄은 바닥으로 쓰러지며 좌절했다.

"이건 남녀 차별이야. 남녀 평등에 위배되는 행위야."

남녀 평등 어쩌고를 떠나서 얼굴도 모르는 남녀를 같은 방에 재우는 것은 인류적으로 문제가 있지 않을까 싶은데……

데이지는 바닥에 눈물로 샘을 만들고 있는 중인 제라늄을 상큼하게 무시하고 마론과 디옴에게 말했다.

"일단 책상과 간단한 생필품도 세 명 것을 준비해서 넣어뒀어요. 아, 방 자체는 제법 크기 때문에 세 명이 같이 써도 문제가 없어요. 하지만 미처 침대를 옮기지 못했습니다. 때마침 일을 도와주는 아게라 씨가 집안일 때문에 내일까지 쉬게 돼서 남자 분이 한 분도 없어 옮겨놓지를 못했습니다. 죄송하지만 침대를 세 분이서 직접 옮겨주실 수 있을까요?"

"네, 문제없어요."

걱정거리가 사라진 마론은 기숙사에 들어와서 처음으로 웃으며 말했다. 데이지도 덩달아 미소 지으며 말했다.

"감사합니다. 역시 남자 분들은 이런 점에서 믿음직하네요."

데이지는 그렇게 말하고 곧바로 미안한 표정으로 허리를 살짝 숙였다.

"그리고 미안해요. 원래 학생들이 들어오기 전에 완벽히 처리해 놔야 될 일인데, 워낙에 갑작스럽게 정해진 일이라 미처 준비가 완벽하지 못했습니다."

"아뇨, 아뇨. 남자인 저희들을 여자 기숙사에 묵게 해주시는 것만으로도 충분히 고마운걸요."

"난 부족해. 어째서 2인 1조로 묵게 안 해주는 거야?"

제라늄은 아직도 바닥에 엎드려서 투덜거렸다. 마론은 미소를 풀지 않은 채 제라늄의 머리를 지그시 밟아버렸다.

"크헉?!"

마론에게 밟힌 제라늄이 비명을 지르며 몸을 버둥댔지만 제라늄을 밟은 마론의 발은 꿈쩍도 하지 않았다. 가벼운 중력 마법을 발에 걸어서 밟은 거라 어지간한 힘으로는 마론의 발을 들 수가 없는 것이다.

"자, 그럼 저는 저녁 식사 준비를 하러 가야 되니 짐을 풀고 계세요. 아, 침대는 바로 옆방에서 옮기시면 됩니다. 방 주인에게는 미리 말해놨으니 침대를 옮기러 왔다고 하면 문을 열어줄 거예요."

"네, 알겠습니다."

"그럼 식사 시간까지 편안히 쉬고 계세요."

데이지는 허리를 깊숙이 숙이며 마론들에게 인사했다. 덩달아 마론과 디움도 데이지에게 허리를 굽히며 인사를 했고, 데이지는 마지막으로 아직도 마론의 발에 밟혀 있는 제라늄을 보며 풋, 웃으며 말했다.

"그럼 내일 같이 차 마실 시간을 기대하고 있을게요, 제라 군~♡!"

데이지는 아래층으로 내려가는 계단 쪽으로 걸어갔고, 그제야 마론은 제라늄을 밟고 있던 발을 치워줬다.

"무.슨. 짓.이.야?!"

마론에게 풀려나자마자 제라늄은 분노에 가득 찬 얼굴로 마론을 노려봤다.

"조용히 시킨 것뿐이야. 너, 아까 전에 그 이상 말했다가는 틀림없이 데이지 씨에게 미움받았을걸? 그걸 미연에 방지해준 거야."

제라늄은 흐트러진 머리를 손으로 다듬으며 고개를 저었다.

"마론, 무르군."

"에?"

"설령 내가 어떤 말을 한다 해도 날 미워할 여자는 이 세상에 없어!"

도대체 어떻게 지금까지 살아오면서 말도 안 되는 논리를 저토록 당당하고 자신감있게 주장할 수 있을까?

마론은 갑자기 제라늄 카이란스의 인생 16년을 연구해 보고 싶은 생각이 들었다.

"그러니 아까 전에 한 행위는 쓸데없는 짓이고, 이 멋진 얼굴에 흠집을 낼 수도 있었을 위험한 행위야! 어서 사과해, 마론!"

"그래, 알았다. 미안하다."

마론은 길게 이야기해 봐야 골치만 아플 것 같아서 얼른 사과하고 제라늄이 뭔가 더 말하기 전에 얼른 방 안으로 들어갔다. 다음은 진작에 들어가서 짐을 구석의 책상 위에 올려뒀다.

문 건너편에 커다란 창문 두 개가 외부로 연결되어 있고, 그 창문들 공간 사이사이에 책상이 놓여 있었다. 그리고 왼쪽 벽에는 1인용 침대 두 개가 조그마한 책장을 사이에 두고 놓여 있다. 방 색깔은 수수한 흰색으로 오른쪽 벽에는 옷장과 제법 큰 책장이 놓여 있었다.

옷장과 책장 사이에는 문이 하나 더 있었는데 욕실과 화장실을 겸용한 장소였다.

그리고 중앙에는 네 사람 정도가 책을 펼치고 공부를 해도 될 만한 크기의 테이블이 놓여 있었고, 소파도 세 개가 놓여 있었다.

침대가 놓여 있는 공간은 확실히 침대 한 개가 더 들어가고도 공간이 조금 남을 것 같았다.

데이지 말대로 세 사람이 써도 문제없을 정도로 방은 충분히 컸다.

"이 방을 원래는 두 사람이 사용했다는 건가?"

두 사람이 사용해도 되는 것일까라는 생각이 들 정도로 너무나 큰 방이었다.

"뭐 해, 짐 안 풀고?"

마론이 압도적인 방 크기에 헤~ 거리고 있을 때 제라늄이 가까이에 있는 침대 위로 자기 가방을 던지며 말했다.

"응? 아, 응. 데이지 씨 말대로 그냥 방이 진짜 크다 싶어서……."

"그런가? 확실히 크긴 하지만 보통 아닌가?"

"보, 보통이냐? 이 크기가?"

"예전에 다녔던 중학교는 한 사람이 이 정도 공간을 썼는 걸."

"하, 한 사람?!"

격심한 문화적 충격에 마론의 머리는 혼란에 빠졌다. 마론의 집은 그리 유복하지는 않았지만 그래도 중산층 정도 되는 편이다. 그런데도 마론의 방은 지금 있는 기숙사 방의 6분의 1도 안 되는 크기다. 그런데 이 정도 방을 단 한 명이 사용하다니……. 마론에게 있어서 그건 엄청난 공간 낭비로 생각됐다

"확실히 그때는 좀 짜증날 정도로 심심했지. 방은 큰데 혼자서 덩그러니 뭘 하라는 건지……."

"그, 그래?"

방이 넓어서 심심했다라……. 참 배부른 투정이었다. 마론은 친구라고는 하지만 어쩔 수 없는 신분의 차이에 제라늄과 디음이 갑자기 멀게 느껴지기 시작했다.

"그래서 내가 이 학교에 입학할 때 얼마나 기대했다고!! 2인 1조니 절대로 심심할 리 없을 테니 말이야. 진짜 아쉽다."

"어? 지금 세 명이서 한 방이니 소원대로 된 거 아니야? 심심할 일은 절대 없을 것 같은데."

"남자랑 같은 방인 건 의미없다고!!"

"아, 그래."

덧붙여서 제라늄은 다른 의미로 더 멀게 느껴졌다.

"하아, 기운 빠진다."

제라늄은 그대로 침대에 털썩 엎어져서 한숨을 푹푹 쉬었다. 어지간히 기대하고 있었던 것 같다.

"마론, 제라늄, 책상은 어떤 걸 사용할래?"

"아, 난 아무 데나 상관없어. 제라늄은?"

"나야말로 이제 뭐가 어떻게 되든 상관없어. 훌쩍훌쩍."

제라늄은 침대 위에 있던 모포를 끌어당겨 뒤집어쓰고는 훌쩍거렸다. 마론은 '어쩔 수 없군'이라고 생각하며 가운데를 선택했다. 자동적으로 남은 왼쪽 편 책상이 제라늄 것이 됐다. 그리고 침대는…….

이미 문 가까이에 있는 침대는 제라늄이 차지하고 있었다.

"혹시 마론도 구석 쪽이 아니면 자지 못하거나 해?"

라고 묻는 것은 디옴 자신은 구석이 아니면 자지 못한다는 소리였다.

"아니, 딱히 잠자리를 가리지는 않아. 그럼 옆방에서 가져 오는 침대를 디옴이 쓰면 되겠다."

"그렇네."

"그럼 지금 침대를 가져올게."

그렇게 결정한 마론은 바로 옆방으로 향했다.

디옴이 따라오자 마론이 손을 흔들며 말했다.

"나 혼자면 돼."

"어? 혼자서 어떻게?"

"중력 마법으로 공중에 띄워서 가져올 거야. 그러니 혼자 서 가도 돼."

"어? 중력 마법, 할 수 있어?"

디옴이 깜짝 놀란 눈으로 마론을 쳐다봤다. 그리고 마론의 말에 모포를 뒤집어쓰고 한탄하던 제라늄이 모포를 집어 던지고 일어나서 소리쳤다.

"아, 그러고 보니 아까 날 밟을 때도 중력 마법을 사용한 거구나! 어쩐지 너무 무겁게 느껴져서 이상하다고 생각했다."

"그걸 이제 눈치 챈 거야? 그 정도 되면 보통 그 시점에서 눈치 채지 않나?"

제라늄과 디옴은 어이없다는 표정으로 마론을 쳐다봤다. 마론은 자신이 뭔가 이상한 말을 했나 곰곰이 생각해 봤지만 딱히 이상한 말을 한 기억은 없었다.

"왜 그런 눈으로 쳐다봐?"

"아무리 수석 입학이라고 해도 갓 입학한 학생이 그 어려운 중력 마법을 썼다는 걸 눈치 채라고? 보통은 그 정도까지 생각 못하는 게 당연한 거야."

"에? 에!"

제라늄이 놀람 반 당황 반인 표정으로 소리치자 마론은 당황한 표정으로 디옴을 쳐다봤다. 디옴도 제라늄과 비슷한 표정이었다.

"나도 확실히 아까 마론은 힘이 세구나라고만 생각했어. 왜냐하면 마론은 아까 주문을 외우지도 않았잖아? 보통 주문을 외운다 해도 쓰기 힘든 중력 마법을 썼다는 것도 믿기 어려운데, 무영창으로 사용하다니……. 보통 학생은 그런 거 못해."

"에? 어, 어라?"

다늄의 설명에 당황하는 마론에게 제라늄이 질문했다.

"마론, 너 정말 우리랑 똑같은 점수를 받은 거야?

제라늄이 의혹이 가득한 얼굴로 한 질문은 마론을 더 당황하게 만들었다.

"그, 그러니까… 그… 뭐냐, 난 그게 당연히 쓰는 건 줄 알고. 아, 확실히 처음 중력계 마법을 독학할 때는 정말 힘들었어. 쓸 수 있게 되는 데 꼬박 반년이나 걸렸다. 그리고 무영창으로 쓰게 되는 데는 일 년 넘게 걸렸고."

하지만 마론의 필사적인 변명은 오히려 제라늄의 질렸다는 표정을 더 짙게 만들 뿐이었다.

"내가 알기로 보통 마법 학교에 다니는 사람도 중력 마법을 쓸 수 있게 되는 데 3년이 걸린다고 들었어. 중력 마법은 아무리 수재라고 해도 쓰는 데 일 년 이상 걸린다는 어려운 마법이지. 물론 무영창은 말도 못하게 더 어렵고."

"어?"

지금까지 독학으로 공부를 한 마론이 일반적인 마법사의 상식을 알 리가 없다. 그래서 지금까지 자신의 능력이 어느 정도 수준이 되는지 모르고 있었다. 그래서 항상 자신은 정식으로 학교에 다니는 학생들에 비해서 떨어진다고 생각하며 공부하고 또 공부만 했다.

그런데 그 결과물은 마론의 예상을 아득히 웃도는 실력이 돼버렸다.

"마론, 이건 내 생각인데 말이야, 지금 마법 학교를 다니는 것이 너에게 무슨 필요가 있을까 하는 생각이 들 정도로 실력이 뛰어나. 오히려 학교에 다니기보다는 유명한 마법사의 제자로 들어가는 것이 나을걸?"

제라늄은 진심으로 말했다. 그것이 마론의 미래를 위해서도 좋은 일이었다.

"어, 나, 나는……."

불안한 표정으로 말을 더듬거리던 마론은 결국 입을 다물어 버렸다. 방 안은 조용한 적막에 휩싸였다.

"나, 침대 가져올게."

한참 입을 다물고 있던 마론은 겨우 그 한마디를 내뱉고는 그대로 방 밖으로 나갔다.

복도로 나온 마론은 길게 한숨을 쉬었다. 방금 전 대화로 제라늄과 디옴과의 거리가 더 멀어진 듯한 느낌이 들었다. 더구나 이번에는 자기 자신이 둘에게 느끼는 거리가 아니다. 제라늄과 디옴이 자신을 멀게 느끼는 것 같았다.

"하아, 도대체 뭐지? 뭐가 어떻게 된 거지?"

오늘 하루는 마론의 인생 16년 중에서 가장 많은 일이 일어난 하루다.

마론은 오늘 하루 일어난 일이 자신의 머리 용량을 가볍게 초과했을 거라는 생각을 하며 옆방으로 향했다.

이곳 사프란 마법 전 여자 기숙사는 총 5층으로 되어 있고, 중앙의 직사각형의 공간이 넓게 텅 비어 있었으며, 방은 사각형 테두리를 둘러싸듯이 배치되어 있다.

이런 건물이 총 세 개가 있고, 각각 1학년, 2학년, 3학년의 기숙사다.

한 층에 방은 30개로 한 건물의 방 수는 총 150개다. 즉, 한 건물에서 300명의 학생이 생활한다.

물론 일부 집에서 통학하는 학생도 있기 때문에 빈방도 있다. 하지만 나중에 전학생이나 추가 입학생이 들어올 경우도 있기 때문에 비어 있는 방은 여유 분으로 놔둔다.

마론들이 쓰는 방은 5층, 맨 구석진 장소에 위치한 방이었다. 아무래도 여자들만 있던 곳에 남자가 들어오게 되어서 최대한 구석방을 준 걸까?

척 보기에도 비싸 보이는 양탄자가 깔린 복도와 화려하게 세공된 복도 난간을 보며 마론은 한숨을 쉬었다. 계급이 다르고 자신과 다른 세계에 살고 있는 친구들, 그리고 엄청나게 비싸 보이는 학교의 시설과 이 기숙사 공간, 자신의 실력이 이미 마법 학교 학생을 뛰어넘었다는 사실, 그리고 지금 생각하면 꽤나 귀여웠던 리아의 강아지 팬티.

"마, 마지막 건 관계없잖아! 난 뭘 생각하는 거야?! 이 바보! 바보!!"

마론은 자신의 머리를 치며 팬티 영상을 머릿속에서 지웠다. 저 아까운 영상을 왜 지운담?

그런다고 순진한 사춘기 남자가 쉽게 잊어버릴 수 있는 영상은 아니었지만……

마론은 침대를 가져가기로 한 방문 앞에 서고 심호흡을 했다. 중요한 볼일 때문이기는 하지만 여자만 있는 방에 들어가기에 마론의 배짱은 여유가 없었다.

역시 디움과 같이 올까 하는 생각도 순간 들었지만 아까 제라늄과 디움의 표정을 생각하고는 쓴웃음을 지으며 작게 고개를 저었다.

지금 다시 가서 같이 가달라는 소리는 도저히 할 수 없다.

결국 각오를 굳힌 마론은 노크를 하기 위해 손을 들었다.

529호.

문 앞의 팻말 숫자를 다시 확인하고 마론은 침을 꼴깍 삼키며 조심스럽게 노크를 했다.

"시, 실례합니다."

하지만 마론의 입에서 나온 말은 심호흡을 해서 마음의 준비를 마친 것 치고는 형편없이 작았다. 작은 노크 소리에까지 묻힐 정도로 개미만한 목소리로 말을 한 자신이 부끄러워졌다.

'나란 놈은 뭘 하고 있는 거람?

노크 소리가 들리지 않았는지 안에서는 아무 대답이 없었다. 하긴, 안에 있는 사람이 어지간히 조용히 있지 않는 한 방금 전 노크와 말소리는 절대로 들릴 리 없을 것이다.

'좋아, 다시 한 번. 진정하고 겨우 방에 들어가서 침대를 가져오는 것뿐이야. 겨우 그뿐이야.'

아무것도 아닌 일이라고 자기 자신에게 되뇌이면서 마론은 좀 전보다 조금 더 크게 노크를 했다.

"누구세요?"

반응이 바로 왔다.

마론은 그 말에 대답하려고 입을 열다가 문득 어디선가 들어본 목소리라는 것을 눈치 챘다.

"누구? 바이올렛이니?"

마론이 목소리 주인공이 누군지 생각하고 있는데 다시 한 번 들어본 적이 있는 목소리가 들렸다. 더구나 이번에는 익숙한 이름까지 나왔다.

바이올렛. 오늘 사귀게 된 남자 이외의 같은 반 여자 친구의 이름이다. 그리고 그런 바이올렛의 절친한 친구는 불행한 사고로 마론과 으르렁거리게 된 소녀.

'리, 리아트리스의 방이었냐?!'

우연의 신이 있다면 멱살을 잡고 '당신 무슨 생각이야?! 그렇게 날 괴롭히는 게 좋아? 재밌어?!' 라고 소리치고 싶었다. 그럼 아마 우연의 신은 '맞아. 너란 소재는 꽤나 재미있거든' 이라고 대답했을 것이다.

아, 어디까지나 우연의 신이 그렇다는 거지 결코 필자 취향이 괴롭히는 것을 좋아한다는 뜻은 절대로 아니다.

어쨌든 이때 마론은 엄청난 실수를 했다. 방 주인이 리아트 리스라는 것을 알고 잠시, 아주 잠시 이를 갈며 흥분을 가라 앉히느라 대답을 못했다는 것이다.

시간상으로는 겨우 2초.

그 겨우 2초가 또 마론의 중요한 인생의 분기점이 됐다.

그리고 그 2초간 대답을 빨리 못한 덕분에 마론은 자동으로 원하지도 않던 최악의 선택지를 선택하게 됐다.

"저기……."

마론이 뭔가 말을 하기 위해 입을 열었을 때 갑자기 문이 벌컥 열렸다.

소년은 여자 기숙사에 들어갔다 3

리아는 기숙사 방 침대에서 베개를 끌어안고 깊은 한숨을 쉬었다.

땅이 꺼져라 한숨을 쉬는 리아를 보며 바이올렛은 뭐가 그리도 즐거운지 연신 싱글벙글이다.

"뭐야?"

"아니, 별로~"

리아는 친구의 즐거운 표정에 불만을 표했다. 무엇보다 바이올렛이 즐거워하는 이유가 짐작이 가서 불만이 더 컸다.

리아가 한숨을 쉬며 고민을 하고, 바이올렛이 즐거워하고 있는 이유.

그것은 전부 마론 때문이었다.

마로니에 루드베키아. 좀 여자 같은 이름에 사프란 마법 여학교였던 학교의 수석 합격자.

첫 만남은 최악이었다.

집에서 나오는데 한바탕 소동이 일어나는 바람에 입학식에 늦고 말았다. 사프란 마법 학교는 예전에 몇 번 와봤기 때문에 입학식이 열리는 강당으로 가는 지름길을 잘 알고 있었다. 그리고 그 지름길은 그 시간에 사람이 잘 다니지 않는다는 것도.

그래서 전속력으로 달렸다.

그런데 사람이 있었다. 더구나 남자에 더더구나 그 남자가 갑자기 그 자리에 멈춰 서 앉는 바람에 그만 뒤통수를 무릎으로 가격하고 말았다.

여기까지만 해도 공작 가문의 영애로서 충분히 부끄러운 행위다. 그러나 더 부끄러운 일은 상스럽게 남자에게 속옷을 보인 것이다.

그것도 생각나지 않지만 꽤나 꼴사나운 모습으로 보였을 것이다. 그리고 그 남자가 바로 지금 리아의 고민거리인 마로니에 루드베키아—자칭 마론이라는 애칭으로 불러달라고 했지만 아직 리아는 그렇게까지 친하게 부를 생각이 없었다—였다.

리아는 입학식에서 마론이 수석 입학자라는 사실도 알게 됐다. 내심 입학 시험은 나름대로 자신이 있었다. 그런데 수석 입학자가 한 사람도 아니고 세 사람. 더구나 세 사람 다 남자고, 그중 한 명이 최악의 만남을 가진 마론이다.

마론이 수석이라는 것을 안 리아는 그 후 마론에게 묘한 경쟁심이 생겼다. 거기에 아침의 일까지 합세해서 사소한 것까지 마론의 행동이 모두 거슬렸다.

지금 생각하면 참 어이없는 일까지 트집을 잡았다는 생각에 리아는 부끄러웠다.

그렇게까지 트집을 잡았는데도 마론은 다른 사람과 달랐다.

리아 자신이 가장 싫어하는 일을 부정했다. 아니, 오히려 가장 듣고 싶은 말을 해줬다.

그래서 마론은 리아에게 짜증나는 남자에서 같은 반 친구 마로니에로 승격했다(물론 마론은 아직 이 사실을 모른다). 여기까지라면 그다지 문제될 것도 없고, 리아가 한숨 쉴 일도 없으며, 바이올렛이 이렇게 즐거워할 일은 더 더욱 없다.

문제는 기숙사에 와서 방 배정을 받았을 때 생겼다.

기숙사를 관리하는 데이지 씨로부터 자신의 옆방에 남학생 셋이 묵게 되고, 그래서 침대가 모자라니 자신의 방 침대 하나를 남학생 방에 주라는 말을 들은 것이다.

리아 자신이 홀로 독방이라는 문제는 문제도 아니었다. 오히려 바이올렛과 같은 방이 아니라면 홀로 독방이 더 편했다.

문제는 하필 마론이 옆방이라는 것이다.

마론이 리아가 듣고 싶었던 말을 해주기는 했지만 그렇다고 당장에 하하~ 호호~ 웃으며 이야기할 수는 없었다.

"리아는 보기와는 달리 남자와 관계된 일은 부끄러움을 잘타는구나. 난 리아가 연애에 순진하다는 사실을 오늘 처음 알았어."

"바이올렛, 좀 조용히 해줬으면 좋겠는데……."

리아는 볼을 잔뜩 부풀리며 말했다.

하지만 자신의 부탁대로 남학생, 즉 마론 등이 침대를 가지러 올 때까지 같이 있어 달라는 부탁을 선선히 들어준 바이올렛이 고맙다.

저 재미있어 죽겠다는 표정만 그만두면 훨씬 더 고맙겠지만…….

그거야 어쨌든 넘어가더라도 더 큰 문제가 생겼다.

"우우! 늦어!!"

리아는 들고 있던 베개를 벽을 향해 던졌다. 베개는 벽에 부딪치고는 곧 침대 위로 떨어졌다. 리아의 불만대로 마론들은 꽤 시간이 지났는데도 아직도 안 오고 있었다.

소파에 앉아 있던 바이올렛이 이상하다는 말을 했다.

"그러네. 곧 있으면 저녁 식사 시간이 될 텐데 어디서 뭘하고 있는 걸까?"

그 시각에 마론 등은 거리에서 한창 소란을 피우고 있는 참이었다. 그것을 알 리 없는 리아는 불만이 가득한 표정으로

"네~"

바이올렛은 크게 웃으며 얼른 나가 버렸다.

"하아아아!"

바이올렛이 나가고 난 뒤 리아는 침대에 쓰러졌다. 그리고 손을 뻗쳐 아까 던진 베개를 끌어와서 가슴에 꼭 안았다.

"신분 차이? 나원참, 다들 이상한 데 신경을 쓰는구나."

'그게 마로니에한테는 이상한 일이구나.'

"그래, 이상하잖아. 마법을 배우고 싶은데 어째서 신분 차이에 신경을 써야 되는 거야?"

'그렇지. 이상한 일이지? 하지만 그런 이상한 일이 당연한 곳이 귀족 사회라는 곳이래.'

"뭐, 열심히 해라 정도겠지."

제라늄은 거기까지가 마론의 한계라고 말했지만 리아의 생각은 달랐다.

'그거면 충분해.'

그렇게 생각하며 리아는 안고 있던 베개를 더욱 세게 끌어

안으며 중얼거렸다.

"고마워."

그렇게 중얼거리는 리아의 얼굴은 귓불까지 빨개졌다. 아마도 지금 이 모습을 바이올렛이 봤다면 '꺄아! 너무 귀여워!' 라고 탄성을 질렀으리라.

그리고 아주 잠깐 깜빡 잠이 들었다.

옅은 잠에 빠진 리아는 들었다.

[가문의 수치다!]

리아는 아니라고 소리치고 싶었다.

[그런 무슨 생각을 하는지도 모르는 자식은 필요없다!]

'알려고 하지도 않았잖아!' 라고 소리치고 싶었다.

[오늘부터 정식 후계자는⋯⋯.]

그만! 그만! 그만! 그만! 그만해! 빼앗지 말아줘! 없애지 말아줘!

그것은! 그것은!

"시, 싫어!!"

리아는 벌떡 일어나며 외쳤다.

"하아! 하아! 하아!"

온몸에서 식은땀이 흘러내렸다.

"어째서 그런 꿈을⋯⋯."

기분이 나빴다.

"하아! 하아!"

리아가 다시 욕실로 들어가려고 할 때 다시 한 번 노크 소리가 들렸다.

"누구세요?"

그렇게 물으며 리아는 문 쪽으로 다가갔다. 역시 아까는 고민을 하느라 노크 소리를 못 들은 거라 생각했다.

그리고 문득 바이올렛이 오기로 했다는 사실이 생각났다.

"누구? 바이올렛이니?"

리아는 대답도 기다리지 않고 문 쪽으로 다가갔다. 어차피 이 기숙사에서 아는 사람은 바이올렛뿐이다.

어차피 다른 사람은 자신의 가문 때문에 자신을 대하기 어려워하려는 사람들뿐. 그래서 리아는 자신의 방에 바이올렛 이외에 올 사람이 없다고 생각했다.

그래서 아무런 망설임 없이 문을 열었다.

"어서 와. 생각보다 빨리 왔네? 난 이제 막 샤워를 마……."

리아는 웃으면서 바이올렛을 쳐다봤다. 그러나 문밖에 서 있는 사람은 바이올렛이 아니었다.

"헉!"

리아의 방문 앞에 서 있던 마론이 헛바람을 삼키며 눈을 크게 뜨고 뒤로 한 발짝 물러났다.

'어… 라?'

지금 앞에 있는 건 누구?

어째서 바이올렛이 자기 방에 오겠다고 했더라?

아, 그러고 보니 나 혼자 자는데 침대가 두 개.

누군가에게 침대를 줘야 한다고…….

바이올렛이 웃으면서 날 놀렸었지.

날 놀리던 주제가 뭐였더라?

아니, 애초에 바이올렛이 날 놀렸던 이유가…….

열심히 하라고 말해줬던 남자가 있었지.

아침에 그 남자에게 팬티도 보였고.

샤스타 선생님은 화내면 엄청나게 무서웠어.

사사건건 거슬렸지만 그래도 듣고 싶은 말을 해줬던 남자.

온갖 생각과 기억이 복잡하고 어지럽게 리아의 뇌를 휘저었다. 그러나 곧바로 모든 생각과 기억이 사라졌다.

리아의 머리 속은 새하얀 백지가 돼버렸다. 더 이상의 생각조차 할 수 없었다.

그저 문을 열던 모습 그대로, 미소 짓던 표정 그대로 그 자리에 굳어버렸다.

그리고 마론은 다시 한 번 더 한 발짝 뒤로 물러났다.

하지만 시선을 떼지는 않았다. 아니, 뗄 수가 없었다.

수건으로 틀어 올린 머리칼에서 흘러내리는 물방울은 홍조를 띤 볼을 타고 내려왔다. 그리고 마론의 시선은 무심코 그 물방울의 궤적을 좇아갔다. 천천히…….

물방울은 머리카락에 가려서 보이지 않던 목덜미를 지나

쇄골을 거쳐 지금 리아의 몸을 가린 단 한 장의 타올로 흡수됐다.

몸을 가린 단 한 장의 타올은 물을 많이 흡수해서인지 리아의 몸에 딱 붙어서 몸의 굴곡을 그대로 드러내고 있었다. 아마도 몸을 닦지 않고 바로 문을 연 것 같다.

타올 위로 강조된 가슴은 옷 위에서 보던 것보다 훨씬 더 컸다. 덕분에 타올이 가슴을 완전히 다 가리지 못해 가슴 계곡이 마론의 눈앞에 펼쳐졌다. 이런 걸 벗으면 의외로 섹시 다이너마이트라고 하던가? 물론 마론이 그것까지 알 리는 없다. 그저 마론은 '굉장히 크다'라고 원초적인(?) 감상을 할 뿐이었다.

그리고 허리는 한 손으로도 안을 수 있을 만큼 가늘었고, 큰 가슴에 비해서 엉덩이는 비교적 무난한 크기였다. 그리고 수건 아래로 쭉 뻗은 새하얀 허벅지가 눈이 부셨다. 양말과 신발에 가려서 보이지 않던 가느다란 다리와 작은 발이 앙증 맞아 보인다.

그렇게 아래쪽까지 내려가서 모든 감상을 마친 마론의 시선이 다시 한 번 천천히 위로 올라가며 복습을 시작했다.

자라는 청소년에게 복습이란 굉장히 중요한 일이다.

그런데 볼 것 다 봐놓고도 마론은 여전히 지금의 상황을 못 믿겠다는 표정을 하고 있었다.

그건 리아 역시 마찬가지였다.

예상하지 못했던 사람의 얼굴을 예상하지 못한 타이밍에 본 충격이 뇌의 허용량을 넘어서서 머리 속이 완벽히 백지 상태였다.

하지만 마론과 다시 한 번 시선을 마주친 리아는 서서히 제정신을 차렸고, 왜 마론이 자기 방 앞에 서 있는지에 대한 이유가 생각났다. 침대를 가지러 온 것이다. 그리고 혼자서 마론을 만나는 게 껄끄러워서 바이올렛에게 같이 있어달라고 부탁했었다.

그런데 선잠을 자다 악몽을 꾸고, 그것을 깨끗하게 잊어버렸다가 지금 막 생각난 것이다.

더불어 지금 자신이 어떤 복장을 하고 있는지 간신히 생각해 냈다.

리아의 얼굴이 급속도로 붉어졌다. 아니, 온몸이 복숭아 빛으로 물들어갔다.

그 모습이 또 묘하게 섹시한 것이…….

라는 생각을 마론이 할 여유는 더 이상 없었다.

"꺄……!"

리아의 눈망울에 투명한 물기가 어리면서 울 것 같은 표정으로 바뀌고, 입술이 열리고 비명의 전주곡이 될 소리가 새어나왔다. 마론은 급히 한 발짝 더 물러나며 손을 저었다.

"저기! 잠깐! 마음은 이해하지만 이건 사고야! 알지? 사고라는 것은 알고 있지? 그러니까 조금 진정하고 내 말부터 들어줘! 대화를 하자! 대화를 하면 틀림없이……."

"꺄악아아아아아아아아아!"

교섭이 결렬됨을 알리는 리아의 비명 소리가 기숙사를 뒤흔들었다.

소년은 여자 기숙사에 들어갔다 4

"자, 잠깐, 리아트리스! 조용히 좀 해줘! 안 그러면 큰일 난다고!!"

"꺄악! 꺄악! 가까이 오지 마! 변태!"

"가까이 안 갔어! 그리고 난 변태가 아니야!"

"당장 저리 꺼져!!"

크게 소리를 지르며 리아는 왼손을 들어서 손가락에 끼고 있던 반지에 입을 맞추고는 마론을 향해서 손바닥을 폈다. 그러자 엄청난 바람이 리아의 손에서 쏟아져 나왔다.

"어, 어라? 어라? 으, 으아아악!"

이번에는 마론이 비명을 질렀다. 엄청난 속도의 바람에 마론의 옷과 머리카락이 마구 휘날렸다. 아니, 그 정도의 수준이 아니다. 마론은 바람에 날려 뒤로 날아갔다.

하지만 곧 복도 난간에 몸이 걸렸다.

"어, 어, 어떻게 이런……."

마론은 손으로 얼굴을 막고 리아를 쳐다봤다. 이 마법은 상급계 바람 마법 같았다. 방금 그걸 리아는 아무런 영창도 시도하지 않고 사용했다.

그리고 그전에 리아가 했던 처음 보는 행위, 그것은…….

"스, 스크롤 마법인가?"

스크롤 마법. 보석이나 촉매가 되는 마법 아이템에 마법을 넣어두고 특정한 행동으로 넣어둔 마법을 단숨에 방출하는 상급 마법이다.

이렇게 만든 마법은 긴 주문 영창을 사용하지 않아도 된다는 장점이 있지만 사용되는 보석이나 촉매용 마법 아이템이 굉장히 비싸다는 단점이 있다. 그중 말 그대로 일반적인 스크롤을 사용한 마법은 1회용이라는 단점까지 있다. 그러나 보석은 달랐다.

보석의 종류와 순도, 그리고 강도에 따라 여러 개의 마법을 중복으로 넣어둘 수 있다.

물론 그런 보석은 천문학적인 가격으로 거래된다.

'과연 부자는 다르구나.'

하지만 감탄만 하고 있을 상황은 아니었다.

"꺄악! 꺄악! 저리 가! 저리 가아!!"

리아는 거의 패닉 상태로 바람 마법을 연속으로 사용했다. 마론의 몸을 지탱하고 있던 복도 난간에서 우지직 하는 소리가 들렸다.

이대로 간다면 마론은 5층 높이에서 떨어지게 될 것이다.

"제, 제길, 어떻게 하면 좋지?"

"무슨 소리지?"

리아의 비명 소리와 바람 마법 소리에 기숙사생들이 하나둘 복도로 나왔다. 그중에는 마법 특별반 여학생들도 있었다.

"어머? 저게 뭐지?"

"우와아! 마법이다!"

"아니, 감탄하고 있는 너도 마법 학교 학생이잖아? 더구나 특별반."

"그렇지만 이론만 공부했을 뿐 실제로 쓰는 걸 보기는 이번이 처음인걸."

"뭐, 나도 크게 다르지는 않지만… 그나저나 도대체 무슨 일이지? 뭣 때문에 저런 위험한 마법을 쓰고 있는 걸까나?"

"음, 여기서는 잘 안 보여. 뭔가 비명 소리는 들리는데……."

"뭐, 저렇게 사납게 바람이 불어대고 있으니 가까이는 못 가겠다."

여학생들이 궁금하지만 가까이 가지 못하고 있을 때, 아래층에 내려갔던 데이지 역시 위층에서 일어나고 있는 소동을 알게 됐다.

"어머나, 뭔가 큰일이 났네?"

긴장감없는 얼굴에 느긋한 목소리로 '큰일 났네'라고 말을 해도 큰일이 난 것 같은 분위기는 아니지만.

"서둘러야겠네."

그렇게 말한 데이지는 총총걸음으로 위층으로 올라갔다. 제3자의 입장에서 보자면 단순히 살짝 빠른 걸음이지만 그것이 데이지에게는 진짜로 서두르고 있는 걸음인 것이다.

그리고 소동이 일어나고 있는 바로 옆방에서 제라늄과 디옴이 나왔다.

"뭐지?"

"이 비명 소리는 분명 리아 양인데……."

"앗! 마론!"

디옴이 위기에 빠진 마론을 발견하곤 마론을 부르며 달려갔다. 하지만 곧 무시무시한 바람의 위력에 더 이상 다가가지 못했다.

"마론, 이게 무슨 일이야?!"

"서, 설명… 하… 자면… 긴데……."

마론이 사나운 바람을 맞으며 간신히 입을 열었다.

제라늄이 짧게 물었다.

"덮쳤냐?"

"아.니.야!"

"그럼 쓰러뜨렸냐?"

"죽.인.다!"

제라늄의 심플하게 짧고 간결하며 야한 질문에 마론이 발끈하며 대꾸했다. 만약 이런 상황만 아니라면 마론은 제라늄의 입을 불태워 버렸을 것이다.

"마, 말도 안, 되는 소, 소리는 그만 하고! 크윽! 이, 상황부터 어, 어떻게 해줘!"

"어떻게 해달라고 해도 말이지, 난 이론 위주인걸. 실전 마법은 기대하지 마."

제라늄이 머리를 긁적이며 말했다.

"미안. 난 연금술이 특기라서 지금 이 상황에서는 도움이 될 만한 마법이 없어."

역시 디옴이 난처하다는 표정으로 말했다.

결국 마론은 누구의 도움도 기대할 수 없게 됐다.

우지직!

다시 한 번 난간이 불길한 소리를 냈다. 힘겹게 고개를 돌려서 보니 눈에 보일 정도로 금이 가고 있었다.

"꺄악! 꺄아악!"

정말이지, 리아는 지치지도 않고 비명을 지르며 계속해서 마법을 써댔다. 아무리 스크롤 마법이라고는 하지만 상급 마법을 이 정도까지 넣을 수 있다니 천문학적으로 비싼 보석인 것 같다.

그리고 계속해서 있는 힘껏 비명을 지르는 리아는 체력도 좋은 것 같고.

'그건 관계없나?

우지지직!

'끄, 끝이다!'

마론은 자신의 몸이 일순간 붕 뜨는 것을 느끼며 눈을 질끈 감았다.

"마, 마론!"

"위험해! 떨어진다!"

난간이 부서지고 마론이 공중으로 밀려나는 모습을 보며 제라늄과 디옴, 그리고 여학생들이 비명을 질렀다.

"에? 어?"

자신보다 더 큰 비명의 합창에 리아는 순간 제정신으로 돌아왔다. 그리고 그녀의 눈에 비친 것은 부서진 난간 밖으로 밀려나서 막 떨어지려고 하는 마론의 모습이었다.

"어, 어라? 아, 안 돼!"

한순간에 상황을 파악한 리아는 바람을 내뿜던 손바닥을 뒤집으며 팔을 끌어당겼다. 그러자 바람이 역풍으로 바뀌었다. 공중에서 팔을 허우적거리던 마론은 바람이 역풍으로 바뀌는 것을 감지하고는 이판사판이라는 생각으로 자기 자신에게 역중력 마법을 걸었다.

역중력 마법으로 몸이 가벼워진 마론은 가볍게 리아의 바람을 타고 돌진했다.

리아의 품으로⋯⋯.

"어?"

"아?"

리아가 마지막으로 본 것은 날아오는 마론의 얼빠진 얼굴 표정이었고, 마론이 마지막으로 본 것은 리아가 뺨을 붉히며 놀라는 모습이었다.

그리고 둘은 머리를 부딪치며 쓰러졌다.

"리아 양! 괜찮아?"

"마론! 괜찮아?! 앗!"

제라늄이 제일 먼저 달려오고, 뒤이어 디옴이 달려와서 방 안의 광경을 보고 말을 잃었다.

"으윽."

"으음."

리아는 고통스런 표정으로 쓰러져 있었다.

타올은 흐트러져서 새하얀 허벅지의 아슬아슬한 경계선까지 올라가 있다. 아마도 가슴 쪽은 완전히 흘러내린 것 같지만 보이지가 않았다.

마론이 리아를 덮치듯이 덮고 있었기 때문이다.

마론과 리아는 머리를 심하게 부딪쳤는지 의식이 없었다. 간간이 신음 소리만을 내뱉을 뿐이었다.

"…진짜 덮쳤네."

"아니, 저건… 사고 아닐까?"

"아, 그럼 사고로 덮쳤다고 말하면 되겠다."

"제라늄, 그 말, 마론이 들으면 틀림없이 화낼 거야."

"괜찮아, 괜찮아. 기절해 있으니 못 듣잖아? 그것보다 저거, 우리가 손댈 수 없겠지?"

"그, 그렇지."

디옴은 심하게 흐트러진 리아의 옷매무새에 얼굴을 붉히며 고개를 돌렸다. 마론만이라도 일으켜 세워서 데리고 나와야겠지만 그랬다가는 리아의 반 누드를 보게 될 것이다.

디옴은 제라늄이 이 기회를 놓치지 않고 '자, 어서 기절한 마론을 옮기자' 하고 나서지 않을까 조금 신경 쓰였다. 그걸 눈치 챘는지 제라늄이 씩 웃으며 말했다.

"기절한 여성의 몸을 허락없이 보는 것은 남자로서 할 짓이 못 되지."

"그럼 말이야, 이제 그만 보고 돌아서야 되지 않겠어?"

디옴은 진작에 돌아서 있지만 제라늄은 여전히 제자리에 서서 마론과 리아를 쳐다보고 있었다.

"응? 아, 괜찮아, 괜찮아. 지금은 마론을 쳐다보고 있는 거니까."

훌륭한 자기 합리화다.

그때, 소동이 진정되자 멀찌감치 떨어져서 구경하던 여학생들이 웅성거리며 다가오고 있었다. 웅성거리는 소리에 밖을 본 다음이 말했다.

"위험해. 이 모습을 사람들에게 보일 수는 없잖아?"

"별수없지, 일단은 얼버무릴 수밖에. 다음, 넌 그 이 틈에 얼른 아래층으로 내려가서 데이지 씨를 불러와."

"그런데 이대로 놔두고 가도 될까?"

지금 마론을 치워서 리아의 반 누드를 보는 것도 문제지만 그보다 저 모습 그대로 두는 것은 다른 의미로 위험한 상태였다. 하지만 제라늄은 별일 아니라는 투로 말했다.

"상관없잖아? 어차피 둘 다 기절한 상태인걸. 쉽게 깨어날 것 같지도 않고. 그것보다 얼른 가. 시간을 끌면 정말 큰일이 날지도 모르니까."

"알았어. 그럼 뒤는 맡긴다."

다음은 서둘러서 아래층 계단으로 달려 내려갔다.

제라늄도 방 밖으로 나와서 방문을 꼭 닫았고, 여학생들이 자연스럽게 제라늄을 둘러싼 형태로 모였다.

"저… 무슨 일이 일어난 거죠?"

"무언가 큰 비명이 들렸는데 어떻게 된 거죠?"

"제라늄님, 말씀해 주세요."

"자, 자, 여러분, 진정해 주세요. 어이쿠! 그쪽 부서진 난간은 위험하니까 이쪽으로 서주세요. 네, 네, 그렇게요. 자, 그럼 바로 설명해 드릴 테니 잠시만 조용히 해주세요. 이렇게요. 쉿~"

제라늄이 입에 손가락을 대고 쉿, 하고 말하자 여학생들도 따라했다. 순식간에 주변이 조용해졌다.

"자, 그럼 설명하겠습니다. 아니, 그전에 소동을 일으켜서 죄송하다는 말부터 드려야겠군요. 레이디들을 놀라게 만들어서 정말로 죄송합니다. 모든 것은 저의 불찰이며 판단 미스였습니다."

제라늄은 한 손을 정중히 가슴에 대고 허리를 깊숙이 숙여서 사죄했다. 그리고 설명—물론 위조된—을 시작했다.

"실은 이름 높은 사프란 마법 학교에 입학한 기념으로 저희 수석 삼총사는 성대한 입학 축하 선물을 준비하고자 이야기를 했었습니다. 마법 학교 학생이 됐으니 선물은 멋있는 마법 시연회가 낫겠다는 의견이 나와서 즉시 준비에 들어갔습니다. 그리고 리아트리스 양의 도움도 받아서 문제없이 진행될 거라 생각했습니다. 하나 저는 판단 미스를 범하고 말았습니다. 바로 친구 마로니에의 마력과 실력이 제 예상을 훨씬 웃도는 것이었습니다."

제라늄은 고통스런 표정을 지으며 고개를 숙였다.

"저는 이론 위주라 실전 위주의 마법에 대해서 그리 많이 접하지 못했기 때문에 이 정도면 되겠지, 하고 마로니에에게 연습을 부탁했습니다. 너무 안이했습니다. 그 때문에 마로니에는 죽을 뻔했습니다. 저는… 저는……."

그리고 두 손으로 머리를 쥐어뜯으며 외쳤다.

"모든 것은… 모든 것은 저의 실수입니다! 저의 잘못입니다! 저는 하마터면 가장 소중한 친구를 죽일 뻔했습니다! 으흑!"

그렇게 외치는 제라늄의 눈에서 눈물이 떨어졌다. 머리를 쥐어뜯고 있는 제라늄의 손 사이에 작은 안약 병이 숨겨져 있다는 것은 모른 척하자.

"제라늄님, 그 정도까지 책임을 느끼시다니……."

라며 여학생들은 울고 있는—우는 척하는—제라늄을 동정하는 눈으로 쳐다봤다.

낚시(?)에 걸렸다고 말하면 여학생들에게 실례가 될까나?

어쨌든 연기인 것을 모르는 여학생들은 제라늄의 얼굴과 말발, 그리고 눈물에 완벽하게 속아넘어갔다.

그 후 제라늄은 리아의 비명은 마법 제어가 안 되어서 마론이 위험에 빠지게 되자 지른 것이었고, 지금은 기절한 마론을 안에서 간호하고 있다는 거짓말 등을 덧붙였다.

"리아트리스님이 마로니에님의 간호를 하고 있다고요?"

여학생들은 사납게 싸워대던 둘의 모습을 기억하고는 지금 마론을 간호하는 리아의 모습을 상상해 봤다.

아무도 상상 못했다.

당연했다. 오늘 하루 마론과 리아의 험악한 관계와 분위기를 몸으로 체험했는데 둘의 다정한 모습을 상상할 수 있다면 그쪽이 이상한 것이다.

"뭐, 싸움 속에 싹튼 우정이라고나 할까요? 하지만 남녀 관계에 우정이란 애정으로 가는 발판이나 마찬가지죠. 그렇게 생각하지 않습니까?"

그러나 제라늄은 상상할 수 없는 광경을 상상하게 만들었다.

"꺄악! 그럼 두 분, 그렇게 되는 걸까요?"

"그 정도로 격렬하게 싸웠으니 사랑도 배로 격렬하다든가."

"어머나~"

"꺄아~ 상상하는 것만으로도 부끄럽고, 부러워!"

여학생들은 어느새 완전히 제라늄의 말을 믿으면서 저마다 상상의 나래를 펼치며 깍깍거렸다.

"자, 그럼 둘을 방해하면 안 되니까 우리들은 이만 퇴장하죠. 그리고 이번에는 실패했지만, 반드시 입학 기념으로 멋있는 것을 보여드릴 것을 약속드립니다."

"네, 기대하고 있겠습니다."

"그럼 제라늄님, 평안하세요."

"평안하세요, 제라늄님. 다음에 뵙겠습니다."

겨우 여학생들을 돌려보낸 제라늄은 안도의 한숨을 쉬었다.

"이걸로 일단은 한 건 해결인가? 남은 건 데이지 씨가 와서 저 아수라장을 정리만 해주면 되는데 왜 이리 늦는 거지?"

시간상으로는 지금쯤 도착해야 될 시간인데 디옴과 데이
지는 아직까지 오지 않고 있었다. 그도 그럴 것이, 데이지는
아직 4층에 있었다.

"저기, 데이지 씨."

디옴이 부르는 소리에 데이지는 미소를 지으며 돌아봤다.

"네?"

"조금 더 서두르는 게 좋을 것 같은데요?"

"어머나, 그렇군요. 자, 그럼 어서 서둘러요."

"…네."

말은 서두르자고 했지만 여전히 걸음 속도는 느긋했다. 하
지만 데이지 본인은 그 속도가 진짜로 서두르고 있는 것이었
다.

아까부터 디옴과 데이지의 대화는 이렇게 반복되고 있었
다.

나중에 데이지가 말하기를, 그날은 태어나서 처음으로 빨
리 달려봤다고 했다.

아무튼 겨우 데이지와 디옴은 5층에 도착했고, 둘이 올라
오는 것을 발견한 제라늄은 한숨 놓았다.

"휴, 좀 늦었지만 간신히 세이프인가?"

그때,

"꺄아아아아아악!"

방 안에서 리아의 비명 소리가 터짐과 동시에 사나운 바람 소리가 울려 퍼졌다.

"아웃이군."

제라늄은 어깨를 축 늘어뜨리고 방문에 손을 대며 말했다.

"미안, 마론. 이제 내가 할 수 있는 일은 더 이상 소동이 커지지 않게 막는 길뿐이다."

제라늄은 할 줄 아는 마법 중에서 광역 침묵 마법인 사이엘스를 걸었다. 이것으로 리아 방 안에서 무슨 소리가 나든 간에, 예를 들면, 마론이 죽음의 비명을 지른다고 해도 밖으로 새어 나갈 염려는 없어졌다.

"마론, 살아남아라."

마법 주문 영창을 끝낸 제라늄은 방문을 향해 두 손을 모아 기도했다.

그전에 구해주러 들어가야 되지 않겠냐고 말하고 싶지만……

그 사나운 마법을 보고 난 뒤니 목숨 걸고 구하러 들어가고 싶지 않은 마음이 조금은 이해가 간다. 더구나 구해야 될 상대방이 남자라면 더 더욱 말이다.

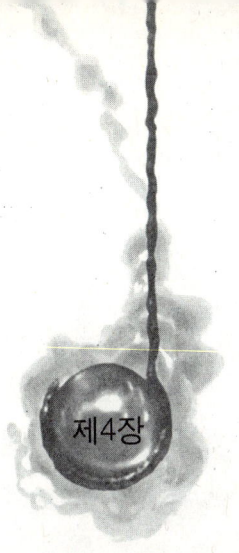

제4장

소년은 소녀를 화나게 만들었다

소년은 소녀를
화나게 만들었다 1

마론은 간신히 살아남았다.

그러나 지금 상황이 살아남아서 다행일까라는 의문이 든다.

옆자리에서 뿜어져 나오는 불길한 압박을 느끼면서 마론은 숨 쉬기도 힘들었다. 그 기분은 반 학생들도 마찬가지로 느끼고 있었다.

마론의 옆에는 온갖 복잡한 마음이 버무려져서 말로 설명하기 힘든 압박을 뿜어내는 리아가 앉아 있었다.

어제 샤스타가 말한 대로 오늘 새로운 자리 배치를 위해 방금 전 제비뽑기가 막 끝났다. 그러나 결과는 신의 장난인지,

악마의 장난인지 마론과 리아는 어제와 다를 바 없는 짝꿍 자리에 배치됐다.

하지만 리아의 기분이 나쁜 것은 단지 그것 때문이라고는 설명할 수가 없다.

사정을 알고 있는 제라늄들과 샤스타만이 지금 상황을 애써 모른 척할 뿐이다. 덕분에 사정을 모르는 데다가 어제 제라늄에게 '둘이 좋은 분위기이다' 라는 거짓말까지 들은 같은 반 친구들은 지금의 불길한 압박의 이유를 알 수가 없었다. 그저 이 원인 모를 공포가 어서 빨리 제거되기를 바라는 마음에 제라늄을 바라보며 무언의 부탁을 하거나 쉬는 시간마다 '어떻게든 해주세요' 라고 직접 부탁할 뿐이었다.

하지만 제라늄이라고 해서 별달리 할 수 있는 일은 없었다. 아니, 사정을 잘 알고 있기 때문에 더욱 손댈 수 없다.

어제 리아에게 있어서는 재난과도 같은 사고와 마론이 죽을 뻔한 일은 데이지가 방으로 들어감으로써 간단히 해결됐다.

제라늄은 도저히 말릴 수 없다 판단하고 마론의 명복을 빌어주는 게 고작이었지만, 데이지가 와서 겁없이 방문을 열어보고는 '어머나~ 큰일이네' 라고 말하고는 들어가 문을 닫고 안에서 잠갔다.

그리고 몇 분 뒤 아무 일 없었다는 얼굴로 나와서는 '학교에 가서 샤스타 언니를 데려와 주세요' 라고 말했다.

그때 제라늄은 데이지의 어깨 너머로 슬쩍 방 안을 볼 수 있었는데, 마론과 리아는 둘 다 바닥에 쓰러져 있었다.

저 둘을 도대체 무슨 수로?

제라늄이 묻자 데이지는 수줍은 미소를 지으며 '메이드이니까요' 라고 대답도 되지 않는 말을 했다.

후에 제라늄이 마론에게 물어봤지만 마론은 '기억 안 난다' 라는 불분명한 대답을 했다. 덕분에 그 일은 이후 영원한 미스터리로 남았다.

아무튼 그 후 샤스타가 소환되고 '또 당신 둘입니까?' 라는 말이 오간 뒤 사건의 전황에 대해서 듣게 됐다.

결국 이번 일 역시 쌍방 과실로 마무리됐고, 학교 기물을 파괴한 일과 기숙사 방을 어지럽힌 일은 나중에 처리하기로 했다.

물론 리아가 순순히 받아들일 리가 없다. 더구나 마론도 이번만큼은 가해자라는 자각을 스스로 뼈저리게 느끼는지 평소처럼 리아에게 따지고 들지 않았다.

그때 살기 위해서 본능적으로 역중력 마법을 자기에게 건 것 때문에 리아를 덮치는 형태로 쓰러지게 된 것, 마론은 그 것을 자신의 큰 실수라 생각하고 있었다.

그래서 마론은 무조건적으로 리아의 악담을 묵묵히 들을 뿐이고, 마지막에는 항상 미안하다는 말로 마무리 지을 뿐이었다.

그러나 마론의 반성은 역효과를 낳았다.

아무리 악담을 퍼부어도 마론이 미안하다는 말 이외에는 하지 않자 오히려 리아의 스트레스는 더욱더 쌓여간 것이다. 그 결과물이 바로 건드리면 폭발하기 일보 직전 상태의 리아를 만든 것이다.

"자, 그럼 첫 수업을 시작하겠습니다."

샤스타는 최대한 부드럽게 웃으면서 기념할 만한 마법 특수반 첫 수업을 시작했다.

물론 잘될 리가 없었다.

기념할 만한 첫 수업은 학생들도, 심지어 수업을 진행하는 샤스타 선생마저도 기억에 남지 않는 수업이 돼버렸다.

그렇게 4교시 수업까지 숨 막히는 시간이 지나갔다.

"여어, 마론! 점심 먹으러 가자!"

"아, 응."

제라늄이 부르는 소리에 마론은 얼빠진 사람처럼 대답하며 일어섰다. 그때 때마침 자리에서 일어나던 리아와 눈이 마주쳤다.

마론은 저절로 시선이 내려가면서 작은 목소리로 '미안'이라고 말했다. 어제부터 마론은 몇 번이나 리아와 시선만 마주쳐도 사과를 했다.

샤스타가 쌍방 과실로 결정짓고 서로 사과하기를 권했지만 끝까지 사과는 마론 쪽에서만 했다.

'어째서 어제처럼 밉살맞게 굴지 않는 거야?!'

리아는 하마터면 그렇게 소리칠 뻔했다. 리아는 간신히 그 말을 삼키고는 흥! 하고 코방귀를 뀌며 교실을 나갔다. 바이올렛은 서둘러 리아의 뒤를 따라 나갔다.

리아가 나가자 반 학생들은 겨우 안도의 한숨을 쉴 수 있었다.

아직 오후 수업이 남아 있지만 그래도 학생들은 지금 이 순간의 해방감에 감사했다.

"여어."

제라늄이 드물게 망설이는 표정으로 마론의 곁으로 왔다.

"너무 걱정하지 마. 언젠가는 리아도 어쩔 수 없는 사고였다는 것을 알아줄 거야."

거기다가 드물게 농담이 아닌 진심으로 마론을 위로하는 말을 건넸다. 아마도 평소의 마론이라면 '뭐, 잘못 먹었어?'라고 반문했겠지만 지금 마론에게는 그럴 기운도 없었다.

그저 씁쓸한 웃음을 지으며 '고마워'라고 짧게 말하며 학생 식당으로 향했다.

어제 샤스타는 학교의 여러 가지 시설에 대해서 설명해 줬다.

그중 점심 식사는 급식제이지만 선택 사항이라고 했다. 그날 아침 식당의 메뉴판을 보고 메뉴가 마음에 들면 신청서에 반 이름을 적어서 넣고, 마음에 들지 않으면 그냥 학생 식당

"어젯밤 그렇게나 귀여웠으면서……."

"무슨 소리를 하는 건지 모르겠어!"

"홋, 마론 요 부끄럼쟁이~♡!"

"귀에 숨 불어넣지 마!!"

제라늄과 마론의 끈적끈적한 애정 행각에 여기저기서 여학생들의 감탄사가 터져 나왔다. 물론 대부분은 장난이라는 것을 알고 있지만 키득키득 웃으면서 짐짓 모른 척하고 상황을 즐겼다(진짜로 믿고 있는 여학생도 일부 있다는 사실은 그냥 덮어두자).

"그만두세요."

리아가 조용한, 그러나 분노에 찬 음성으로 말했다.

'어라? 역효과인가?

기대했던 리아의 분위기는 변하기는커녕 아까와 다를 바 없는 무거운 분위기에 제라늄은 당황했다.

'애구, 평소처럼 바보 취급을 해주길 바랐는데… 하아, 몸 바친 보람이 없구나.'

제라늄은 한숨을 쉬며 마론의 가슴에 얼굴을 비볐다.

"얼굴 비비지 마!"

"지금 막 크나큰 실망을 한 참이니 위로 좀 해주라."

"무슨 뜻인지 모르겠어!"

"그만두라고 했습니다!"

리아는 식탁을 소리 나게 치면서 일어나서 마론과 제라늄을 노려봤다.

그 기세에 제라늄은 놀라서 마론에게서 떨어졌다.

'우와, 이건 진짜 위험하다.'

아까부터 충분히 진짜로 위험했다.

잠시 그렇게 분노의 눈길로 마론과 제라늄을 노려보던 리아는 팔짱을 끼고 고개를 돌리며 말했다.

"내참, 이래서 몰락 귀족이란……."

조용히 내뱉는 말이었지만 바로 앞에 앉은 마론과 제라늄이 못 들을 리가 없다. 아니, 적어도 같은 식탁에 앉은 전원이 리아가 한 말을 들었다.

"어?"

듣기는 했지만 마론은 리아의 말뜻을 이해하지 못했다. 바이올렛은 새파랗게 질려서 리아를 말리려고 리아의 팔을 붙잡았다. 하지만 리아는 바이올렛의 손을 떨쳐 내며 소리쳤다.

"몰락 귀족이라고 했습니다. 루드베키아가! 제가 모를 줄 알았나요? 한때 이름이 좀 높았는지 모르지만 지금은 평민이나 마찬가지인 몰락 귀족이죠! 도대체 여학교에 남학생이 입학한 것도 전대미문인데 입학한 자가 식사 예절도 모르는 무식한 사람이라니 믿고 싶지 않군요!! 어째서 몰락 귀족 따위……."

거기까지 말을 내뱉은 리아는 입을 다물었다. 순간 자신이 무슨 말을 내뱉고 있는지 정신이 들었다.

'내가… 내가… 내가 도대체 무슨 말을…….'

믿고 싶지 않았다.

평소 리아의 아버지가 하급 귀족들을 욕할 때 쓰던 말, 그리고 자신의 소중한 사람에게 내뱉던 폭언.

지금 리아는 그렇게도 싫어하던 아버지와 똑같은 말을 자신이 했다는 사실이 믿기지 않았다.

믿기지 않는 것은 주변 사람들도 마찬가지였다. 계급 차를 가지고 폭언을 하는 인물이 리아라는 사실을 믿고 싶지 않았다. 하지만 지금 일어난 일은 진실이다.

사이가 나쁘기는 했지만 애초에 리아에게 계급 차이 같은 것을 느끼지 못했다. 리아는 어디까지나 인간 대 인간으로서 마론에게 싸움을 걸고, 반격하고 했었다.

그것은 마론이 리아를 바이올렛처럼 계급이 아닌 한 사람의 인간으로 대해줬기 때문이다. 마론이 아예 귀족 계급의 차이 같은 것을 모르기에 가능했던 일이다.

하지만 지금의 마론은 어느 정도 친구들에게 들은 얘기가 있는지라 자신과 친구들의 차이에 고민하고 있었다.

'아, 아, 그렇구나. 이것이 차이라는 것인가?

마론은 어느새 이 차이가 어쩔 수 없는 거리라고 생각했다.

'사, 사과해야 돼. 어서 사과해야 돼. 어서…….'

리아는 필사적으로 입을 열어 사과를 하려고 했지만 말이 나오지 않았다. 무슨 말을 해야 될지 몰랐다. 리아는 자기 혐

오로 눈물이 나올 것 같았다.

식당은 삽시간에 침묵에 잠겼다.

거북한 침묵을 깨고 마론이 자리에 일어났다.

"분명……."

떨리는 목소리로 마론이 입을 열었다.

"분명히 리아트리스의 말대로 난 여기 어울리지 않는 인간일 거야."

그 말에 제라늄의 눈이 번쩍하고 빛났다. 늘 싱글싱글 웃는 제라늄이 드물게 진짜 화가 난 표정으로 자리에서 일어났다.

"야, 마론! 무슨 소리를 하는 거야?!"

마론은 성난 기세로 일어나는 제라늄의 어깨를 잡고는 고개를 저었다.

"내 꿈은 사람을 도와주는 마법사가 되는 거야. 아무 보답도 바라지 않고 어려운 사람을 도와주는 그런 마법사가 되는 것이 꿈이야. 많은 어른들이 바보 같다면서 내 꿈을 비웃었어. 하지만 바보 같은 꿈이라고 해도 나는 절실해. 좀 더 많이 배우고 싶고, 많은 체험을 하고 싶어. 하지만 우리 집안 형편이 그리 넉넉지 않아서. 그래서 수석이 되면 입학금과 수업료가 면제되는 이 학교로 올 수밖에 없었어. 그래서 미안해. 리아가 날 보기 싫어할지 모르지만 난 이 학교를 그만둘 수가 없어."

리아의 얼굴이 새파랗게 질렸다. 보기 싫지만 그런 이유로 보기 싫은 것은 아니다. 절대로 그런 더러운 이유가 아니다. 어서 사과하고 아니었다고 말해야 된다.

그러나 여전히 리아는 말이 나오지 않았다. 아예 마론의 얼굴도 똑바로 볼 수가 없었다.

"마론, 방금 일은 네가 사과할 일이 아니야!"

다시 한 번 제라늄은 성난 기세로 일어나서는 마론의 멱살을 잡으면서 말했다. 그는 지금 진심으로 분노하고 있었다.

"심한 취급은 네가 받았으면서 어째서 네가 사과를 하는 거야?! 지금 것은 명백히 리아 양이 잘못한 거야! 제발 부탁이니 그 이상 말하지 마! 네 말은 너만……."

마론은 손으로 제라늄의 입을 막으며 말했다.

"리아트리스는 어제 일로 신경이 날카로운 것뿐이야. 그리고 어제 일은 명백히 내 잘못이고."

제라늄은 자신의 입에 놓인 마론의 손을 거칠게 뿌리치며 외쳤다.

"야! 자기 비하는 적당히 해둬! 어제 일은 불행한 사고였어! 그리고 오늘 일은 어제와 관계없어! 그리고 부탁인데, 내 말부터 좀 들어!!"

"그렇기는 해도… 그래도 어제 일로 피해를 본 건 리아트리스뿐인걸."

"평소에는 둔한 주제에 이럴 때는 왜 그렇게 날카롭냐?! 그냥 평소대로 둔한 채로 '리아 양이 왜 화내는지 모르겠어' 라고 말하면서 바보같이 한숨 쉬어! 그게 너한테 가장 어울리는 모습이야!"

"저기, 네 말도 좀 심한 편인데……."

마론은 쓴웃음을 지으며 말했다. 하지만 기분 나쁘지는 않았다. 샤스타가 제라늄을 평가했던 말이 생각났다. '좋은 친구를 얻었군요' 라는 말.

그때는 샤스타의 말을 믿지 못했지만 지금은 잘 알 것 같았다.

제라늄은 자포자기식으로 자기 비하를 하는 마론에게 진심으로 화를 내고 있었다. 친구이기 때문에 친구의 잘못에 진심으로 화를 내고 있었다. 지금까지 제대로 된 친구 한 명 없던 마론에게 제라늄의 행동은 신선하고 고마웠다.

"고마워. 하지만 적어도 지금은 내가 여기에 있어서는 안 될 것 같아."

마론은 식탁에 놓인 바구니에서 큰 빵 하나를 꺼냈다.

"난 이거면 충분해. 역시 복잡한 것보다는 간단한 게 좋아. 리아트리스, 내 얼굴을 보기 싫겠지만 그래도 난 이 학교는 포기할 수가 없어. 그러니까 미안. 지금은 이 정도로 용서해 줘."

"야, 마론!"

"마론!"

"마론!"

제라늄과 디옴, 그리고 바이올렛이 마론을 말리기 위해 일어났다. 그러나 마론은 쓴웃음을 지으며 친구들이 내민 손을 거절했다.

"미안. 이렇게 큰 소동을 벌이고 말하기는 뭐하지만 그래도 다들 식사 맛있게 해."

그 말을 남기고 마론은 식당 밖으로 나갔다.

마론이 나가고 난 뒤 제라늄은 한동안 굳은 얼굴로 서 있었다.

"저 바보 녀석!"

그렇게 소리치며 굳은 표정을 짓고 있던 제라늄은 곧 표정을 풀었다. 그리고 마론과 똑같이 바구니에서 둥근 빵 하나를 꺼내서 나이프로 반으로 갈랐다.

"제라늄, 뭐 하는 거야?"

바이올렛의 질문에 제라늄은 한숨을 쉬며 말했다.

"저 바보, 빵만 갖고 갔잖아. 자기 입으로는 바보 같은 꿈이라고 했지만 난 그렇게 생각 안 해. 마론의 꿈은 정말 멋진 꿈이라고 진심으로 생각해."

그렇게 말하며 제라늄은 눈을 감고 숨을 몰아쉬며 흥분된 자신을 진정시켰다. 그리고 다시 눈을 떴을 때 그곳에는 평소처럼 싱글싱글 웃고 있는 제라늄의 얼굴이 있었다.

"꿈을 이루기 위해 열심히 하려면 많이 먹어둬야 힘을 낼 수 있잖아? 빵만 가지고는 모자랄걸."

제라늄은 그렇게 말하며 자른 빵에 자신의 고기와 마론 몫의 고기를 넣고는 마론의 빵을 자를 나이프 하나를 챙겼다.

"자, 그럼 난 가볼게. 본의 아니게 마론에게 차였지만 그 정도로 포기하면 카사노바인 내 별명이 울지."

"저기, 마론은 여자가 아닌데……."

바이올렛이 곤란한 표정으로 제라늄의 말을 수정했다. 그 이전에 여자들 앞에서 당당하게 자신을 카사노바라고 말해도 되는 걸까? 왜 아무도 그 부분에 태클을 안 거는 거야?!

"괜찮아, 괜찮아. 여자 이름 같고, 얼굴도 자세히 보면 귀여운 데가 있어. 그러니 전혀 문제 없어."

만약 제라늄이 진심으로 하는 말이라면 그것만으로도 엄청나게 큰 문제다.

"마론이 들으면 틀림없이 화낼 거야."

"하하하, 그렇게 튕기는 점이 바로 마론의 매력이거든. 그리고 그렇게 된다면 다행이지. 그게 평소의 마론이니까."

그렇게 말하며 나가던 제라늄은 잠시 리아를 쳐다봤다. 리아는 아까부터 왼손을 자신의 오른쪽 팔을 붙잡은 자세로 고개를 푹 숙이고 있었다.

"아까 소리 질러서 미안해. 하지만 리아가 잘못했다는 말을 바꿀 생각은 없어. 아마도 그건 리아가 가장 잘 알고 있겠지. 그리고 아까 하고 싶었던 말인데 마론 녀석, 워낙에 순진하고 바보 같아서 그런 자기 비하적인 말이 자신만 상처를 입는다고 착각하고 있어. 걱정 마. 내가 잘 말해줄게. 마론은 착하니까 틀림없이 사색이 돼서 너한테 사과하러 올 거야. 그때는 너, 진심을 꼭 말해줘."

그렇게 말하며 제라늄은 밖으로 나갔다. 리아의 몸이 약간 떨렸다.

"리아."

바이올렛은 리아를 보다가 부스럭거리는 소리에 시선을 돌렸다. 디옴이 야채를 챙기면서 겸연쩍은 미소를 지으며 말했다.

"고기랑 빵만 가지고는 아무래도 영양이 불균형하니까. 왠지 제라늄은 싫어할 것 같은 느낌이지만 그래도 야채 좀 가져가야 되겠다는 생각이 들어서……."

디옴 역시 리아를 쳐다보며 말했다.

"지금 마론도 마음이 복잡할 거야. 그리고 미안해. 솔직히 우리 잘못도 있어."

"잘못?"

바이올렛의 의문에 디옴이 후회하는 표정으로 말했다.

"어제 마론의 엄청난 마법 실력을 보고 나도 모르게 거리감을 두는 표정으로 마론을 쳐다봤어. 그래서는 안 되는 거였는데……. 그러니까 마론이 저런 말을 하게 된 것은 우리 잘못도 있어. 그래서 정말 미안해. 하지만 리아도 반드시 사과하는 게 좋을 거라고 생각해. 앞으로 3년간 같이 공부할 친구

잖아? 그래서… 저기… 말은 잘 못하겠지만 어쨌든 그러는 게
좋을 거라 생각해."

그렇게 말하고는 디옴도 제라늄의 뒤를 따라 나갔다.

디옴까지 나가 버리고 난 뒤에 바이올렛은 리아를 쳐다봤
다. 여전히 리아는 고개를 푹 숙이고 있어서 얼굴이 보이지
않았다. 리아 자신의 몸을 껴안고 있는 팔이 부들부들 떨리고
있었다.

"울어?"

"…안 울어."

"응, 리아는 강하니까 안 울 거라고 생각했어. 하지만 후회
하지?"

"……"

이번에는 대답이 없었다.

"보통 때의 리아라면 자기가 잘못했다는 걸 알면 바로 사
과하는 애였어. 그런데 오늘은 왜 그럴까나?"

"……"

"역시 상대방이 마론이라서 그런가?"

"…너, 방금 그 말, 조금 제라늄을 닮았어."

"음, 조금 영향을 받은 것 같긴 해. 하지만 역시 닮았다는
말을 들으니 조금 쇼크다."

"저기… 그거 제라늄이 들었다면 상처받을 말 같은
데……"

급격한 사태 변화에 못 따라가서 멍하니 듣기만 하던 아네모네가 겨우 정신을 차리고는 바이올렛의 말을 지적했다. 바이올렛은 일부러 알고 한 농담이기에 헤헤 웃으며 혀를 날름 내밀었다.

"뭐, 괜찮잖아? 제라늄이라면 농담이라는 것을 알아차리고 장난으로 상처받은 척할 뿐 진심으로 상처받지는 않을 것 같거든."

"아, 나도 그렇게 생각했어. 통이 큰 남자라는 느낌이거든. 그리고 의외로……."

"친구를 잘 챙겨준다는 느낌이지. 진짜 그 점이 의외지만."

"응, 응."

본인이 듣는다면 칭찬인지 험담인지 헷갈릴 말을 바이올렛과 아네모네가 주고받을 때 리아는 몰래 손등으로 눈에 고인 눈물을 훔쳤다. 그리고 고개를 들었다.

어느새 그곳에는 평소와 똑같은 약간 무뚝뚝한 표정의 리아가 서 있었다.

"…실 것."

"응?"

조금 정정. 평소와 같이 무뚝뚝한 얼굴이지만 미묘하게 부끄러워하고 있었다.

바이올렛에게는 오래 사귄 친구의 이 신선한 변화가 꼭 껴안고 싶을 정도로 귀여웠다. 비록 동성끼리라는 것은 잠깐만 접어두자.

"그, 그 애들, 마, 마실 것 안 가져갔잖아. 목, 목이라도 메이면 어떡해."

리아는 더듬거리며 간신히 말했다. 뺨은 이미 새빨개져 있었다. 그 귀여운 모습에 바이올렛은 저도 모르게 탄성을 질렀다.

"우와아!"

"뭐, 뭐야?"

"이렇게 귀여운 리아는 처음 봐. 꼭 껴안고 싶어졌어."

"그 기분, 나도 이해할 것 같아."

바이올렛과 아네모네가 황홀한 표정으로 말하고, 다른 여학생들도 고개를 끄덕이며 동의했다.

"시, 시끄러워! 아무튼 갈 거야, 안 갈 거야?!"

"물론 갈 거지. 아, 아네모네도 같이 갈래?"

"응, 지금 식당에 가서 보온병 빌려올게."

세 여자는 샌드위치도 만들고 마실 것을 챙겼다. 그리고 서둘러 식당 밖으로 나가려고 할 때 다른 여학생들이 박수를 쳤다. 그것도 기립박수로.

"에? 에?"

갑자기 웬 기립박수?

더구나 여학생들은 한결같은 목소리로 '힘내! 꼭 화해해!

파이팅! 남자는 여자 하기 나름이야! 둘이 잘 어울려!' 같은
말들을 외쳤다.

"그, 그, 그······."

리아는 얼굴이 새빨개져서 말을 더듬었다.

"그런 사이 아니야!"

그리고 눈을 질끈 감고 소리쳤다. 하지만 리아의 목소리는
여학생들의 박수 소리와 환호성에 묻혀 버렸다.

소년은 소녀를
화나게 만들었다 2

사프란 마법 여학교였던 학교의 정원.

바로 어제 마론과 리아가 멋지게 접촉했던 장소다.

"왜 여기로 온 걸까?"

마론은 빵을 뜯어 먹으면서 씁쓸한 미소를 지었다.

학교가 워낙에 넓기 때문에 꼭 이 정원이 아니더라도 밥 먹을 곳은 많다.

그런데 왜 마론은 하고 많은 장소 중에 이곳에 오게 된 걸까?

마론은 그냥 생각없이 걷다 보니 도착한 곳이 이곳이었다. 장소를 옮길까 하는 생각도 들었지만 곧 귀찮아서 그만두고 정원에 마련된 벤치에 앉았다.

그리고 정원을 감상하며 마른 빵을 씹었다.

하지만 다른 일로 머리가 복잡한 마론에게 정원의 아름다움은 눈에 들어오지 않았다.

리아트리스.

첫 만남부터 순탄치가 않았다. 그리고 무슨 놈의 인연인지 가는 곳마다 리아와 얽히게 되고 대립하게 되고……

결국에는 대형 사고까지 치고 말았다.

눈을 감으면 어제의 일이 선명하게 되살아난다. 마론이 떨어지려고 할 때 리아는 제정신을 차리고 바람의 힘을 바꿔서 마론을 끌어당겼다.

그때 마론은 제정신이 아니라서 바람이 끌어당기는 힘을 느끼고는 반사적으로 자신의 몸을 가볍게 만들었다. 그러나 지금 생각해 보면 그럴 필요가 없었다.

어제 몸으로 체험한 리아의 마법이라면 충분히 마론을 안전하게 끌어당겼을 것이다.

그런데 엉겁결에 체중을 줄이는 바람에 본의 아니게 리아를 덮치는 형태로 충돌한 것이다.

물론 그때의 상황은 타올 한 장으로 몸을 가렸으면서 생각 없이 확인도 안 하고 문을 열어준 리아에게도 절반의 책임이 있다. 하지만 결국 피해를 본 건 리아뿐이다.

마론은 어느 쪽이냐고 묻는다면 조금 이익을 본 쪽이라고

나 할까나?

'제길, 또 생각나 버렸다.'

마론은 어제 정신을 차리면서 봤던 리아의 새미 누드가 다시 생각나 버렸다. 마론은 코피가 날 것 같은 기분이 들어서 고개를 뒤로 젖혔다.

오늘도 리아의 얼굴을 보자 어제의 그 모습이 생각나서 죄책감 반 곤란함 반으로 리아의 악담에 아무 반론도 할 수 없었던 것이다.

하지만 식당에서 들은 말은 조금 충격이 컸다. 그렇지 않아도 자신은 친구들과 사는 세계가 다르다는 것은 어제 충분히 경험했고, 그 일로 고민 중이었다. 그런데 그 고민이 해결되기도 전에 새로운 고민거리가 생겼고, 결국 자신은 그들과 사는 세계가 다르다는 선고를 직접 말로 듣게 돼버렸다.

그리고 그 충격의 선고를 한 것은 리아였다.

왜일까? 리아가 그런 말을 했다는 사실이 가장 충격이 컸다.

'한번 꼬이기 시작한 마력은 계속 꼬이게 된다였지.'

마론은 혼자서 책으로 공부하던 시절에 봤던 문구가 떠올랐다.

어떤 마법사가 했다던 말인데 마법을 쓰기 위해서 마력을 쓸 때 실수를 하면 마력이 엉망으로 흩트러진다고 한다. 그걸 두고 마력이 꼬인다는 표현을 쓰기도 한다는데, 한번 꼬인 마력은 마법으로 쓰기도 힘들고 취소하기도 어렵다고 한다.

그렇게 꼬인 마력은 자칫 잘못하면 치명적인 독으로 자기 자신에게 돌아온다.

어쩐지 지금 마론 자신과 리아의 관계가 꼬인 마력 같다는 생각이 들었다.

이대로 지내기도 어렵고, 그렇다고 다시 풀기는 더욱 어려운 관계.

'그렇지만⋯ 역시 그렇게 나와 버린 것은 심했어.'

마론은 빵을 우물거리면서 생각했다. 마지막으로 나오면서 슬쩍 리아의 표정을 봤다. 어째서 그런 표정을 짓고 있었을까? 그때 리아의 표정은 도저히 심한 말을 한 가해자로 보이지 않았다.

오히려 자리를 피한 자신이 나쁜 것같이 느껴질 정도로 슬퍼 보이는 표정. 만난 지 이틀밖에 안 됐지만 그렇게 금방이라도 무너질 것 같은 리아의 표정이란⋯⋯. 마론으로서는 도저히 상상할 수 없는 것이었다.

그런 표정을 봐버린 덕분에 마론의 마음은 더욱더 복잡해져 갔다. 그리고 복잡한 감정은 깊은 한숨으로 바뀌었다.

"하아⋯⋯!"

"아, 역시 한숨 쉬고 있다."

갑자기 뒤에서 들리는 목소리에 마론은 소스라치게 놀라서 돌아봤다.

그곳에는 제라늄과 디옴이 싱글벙글 웃으며 서 있었다.

"너, 너희들……."

어떻게 내가 여기 있는 걸 알았어? 왜 온 거야?

어느 것부터 물어봐야 될까?

마론이 뭐부터 물어봐야 될지 알 수 없어 혼란스러워할 때 제라늄이 마론 옆에 털썩 앉으면서 마론의 손에 들린 빵을 가져갔다.

"어?"

"잠깐만 내 빵 들고 있어."

그렇게 마론의 빵을 가져가고 자신의 빵을 마론에게 들게 한 제라늄은 가져온 나이프로 솜씨 좋게 마론의 빵을 절반으로 자르고 그곳에 스테이크를 끼워 넣었다.

"고급 스테이크 햄버거 완성! 이거 요리사가 보면 자신의 고급 요리가 햄버거가 됐다고 절규하려나?"

"저기, 잠깐만."

"제라늄, 여기 야채도 넣어야지?"

"이잉, 엄마! 양상추는 싫어요~"

"그렇게 말을 해도……."

디옴이 야채 싫어하는 어린애 흉내 내는 제라늄을 보고 곤란한 표정으로 쓴웃음을 지었다.

마론에 비하면 정말로 담백하고 특징 없는 태클이다. 아니, 오히려 요즘은 이런 캐릭터가 귀하려나?

"저기, 잠깐만. 너희들 말이야."

"그나저나 다음, 굉장한데? 어떻게 마론이 여기 있는 줄 안 거야?"

"마론은 아직 학교에 대해서 잘 모를 테고… 아, 그건 우리도 마찬가지지만, 그래서 가깝고 익숙한 장소로 가지 않았을까 생각한 거야. 솔직히 정말로 여기 있을 줄은 몰랐어."

다음은 마론과 제라늄의 고급 스테이크 햄버거에 양상추를 비롯한 각종 야채를 넣으며 대답했다. 이것으로 마론의 의문 하나는 풀렸다.

그러나 더 큰 의문이 하나 남았다.

"저기 말이야, 너희들! 내 말 좀 들어!"

마론이 큰 소리로 외치자 둘이 왜 그러느냐는 표정으로 쳐다봤다.

"마론, 왜 그래? 말은 계속 듣고 있어. '내 노래를 들어!' 라고 외치면 노래도 들어줄게."

"지금은 노래 부를 기분 아니야!"

제라늄의 농담에 마론이 약간 화를 내면서 외쳤다.

"아, 실은 나도 지금 노래 듣고 싶은 생각은 없어. 그냥 해본 말."

"노래 이야기는 이제 됐어! 그것보다 어째서 여기에 온 거야?"

마론의 질문에 제라늄은 정말로 아무것도 아니라는 듯이

대답했다.

"고급 스테이크 햄버거 같이 먹으려고."

"하아?"

너무나 간단한 일상적인 대답에 마론이 따지고 들 힘을 일순간에 잃었다.

디옴이 곤란한 표정으로 웃으며 말했다(하지만 여전히 표정을 읽기 힘든 실눈이다).

"마론이 그냥 빵만 들고 나가서 그것 갖고는 모자라겠다싶어서, 그래서 고기랑 야채를 싸들고 따라 나온 거야."

"단지 그것뿐?"

"뭐, 그거랑 설교 좀 하려고."

"설교?"

지금 이 순간 가장 설교라는 단어와 안 어울리는 인물인 제라늄의 입에서 설교라는 말이 나왔다.

오히려 설교를 들어야 되는 쪽이라면 납득이 가는 인물이지만…….

"뭐야, 그 설교를 하기는커녕 들어야 되는 쪽 아니냐는 듯한 표정은?"

제라늄이 마론의 표정을 읽고는 불만 섞인 목소리로 말한다.

"제라늄, 네 평소 행동에 대해서 생각하며 가슴에 손을 얹고 다시 말해봐."

마론의 말에 제라늄은 자신의 가슴에 손을 얹고 엄숙한 표정으로 말했다.

"마론에게 설교를 좀 하려고 따라 나왔어."

"자신의 평소 행동에 아무런 문제가 없다는 거냐?!"

"전혀 문제 없는걸."

제라늄의 눈은 진심이다. 그는 진심으로 자신이 하는 행동에 한 치의 잘못도 없다고 굳게 믿고 있었다.

제라늄 카이란스. 16세. 정말이지, 알면 알게 될수록 과거를 연구해 보고 싶은 인물이다.

"마론, 아까 식당에서 그냥 나가 버린 것은 심했어."

그렇지만 지금만큼은 제라늄의 말은 옳은 말이었다.

"……."

"리아가 진심으로 하는 말이 아니라는 것은 너도 잘 알고 있었잖아? 그런데도 너만 상처받은 것처럼 말하고 나가면 리아만 나쁜 사람이 되잖아. 너도 나가면서 봤지? 금방이라도 울 것 같은 리아의 표정."

"……."

마론은 무겁게 고개를 끄덕였다.

어제 그 사고보다 아까 전 식당에서의 리아의 표정이 현재 마론의 마음을 가장 많이 괴롭히고 있었다.

"뭐, 너도 어제부터 뭔가 고민하고 있었던 것 같은데 리아가 정신없이 했던 말이 방아쇠가 된 것 같더라. 덕분에 뭐가 고민인지는 대충 알게 됐다."

제라뉴은 진지한 표정으로 마론을 쳐다봤다. 마론은 이런 제라뉴의 표정은 처음 본다. 정말 동일 인물이 맞나 의심이 갈 정도로 인상이 달라 보였다.

"어제는 정말 미안했다. 네가 출신이 다르다는 것을 고민하게 된 것은 우리 탓이야."

제라뉴은 고개를 숙이며 사과했다.

"어? 어, 저기……."

"하지만 이것만은 알아줘. 나랑 디옴은 네가 몰락 귀족이니 뭐니 하는 계급 때문에 꺼려했던 것은 아니었어. 너의 상식을 벗어난 뛰어난 마법사의 재능에 놀란 것뿐이야."

"제라뉴."

"그리고 너, 자기 스스로 자신이 바보라고 하는 녀석이 어디 있냐? 자신을 가져. 나는 네 꿈이 정말 멋진 꿈이라고 생각해. 네 꿈은 살아 있는 전설이라 불리는 아가씨 마법사 베고니아님처럼 되겠다는 꿈이잖아? 정말 멋진 꿈이야!"

"…고, 고마워."

마론은 눈물이 나올 것 같은 것을 꾹 참았다. 어릴 때부터 마법 공부를 할 때 주위에는 그의 꿈을 바보 같다고 말하는 사람들뿐이었다.

그래서 은연중 마론도 자기 꿈이 바보 같다고 생각해 버렸다. 하지만 제라뉴의 진심이 들어간 말에 마론은 구원을 받은 것 같았다.

마론은 지금 이 순간 진심으로 제라늄을 절친한 친구라고, 너무나 좋은 친구라고 생각했다.

"그리고 그걸 전혀 모르고 있던 너의 순진무구한 귀여움에 놀랐어. 남자도 귀여워 보일 수 있구나라는 놀라운 사실을 깨닫게 되어서 나도 적지 않게 당황했어. 이대로 위험한 길로 들어서는 게 아닐까 싶을 정도로 말이야."

잘 나가다가 삼천포. 제라늄답다.

"여보세요."

마론은 극상의 허무함에 힘이 쭉 빠졌다. 옆에 앉은 디옴은 후반 내용은 자신과 관계없다는 제스처를 열심히 보내고 있었다.

물론 그것을 모를 정도로 마론은 바보가 아니다.

"마론, 이 기회에 여성이 되는 것은 어떻겠냐?"

"말이 되냐?!"

"마법으로 성전환을 하는 거야. 마론, 네 실력이면 할 수 있어."

"실력 이전에 문제가 있어."

"걱정 마! 나는 과거는 신경 쓰지 않는 남자야! 내가 널 행복하게 해줄게! 그러니 그 성격 그대로 여자가 돼라!"

마론은 제라늄을 힘껏 후려쳤다. 그것도 힘을 강화시키는 마법을 주먹에 걸어서.

"으어어억!"

제라늄은 벤치 뒤쪽 수풀 속으로 날아갔고, 손에 들고 있던 햄버거가 공중을 날았다. 제라늄을 날린 마론은 햄버거를 훌륭한 솜씨로 공중에서 잡아냈다.

그리고 쓰러진 제라늄을 째려보며 말했다.

"한 번만 더 헛소리하면 다음에는 진짜로 날려 버린다?"

"이건 진짜로 날린 게 아니란 말이야?"

제라늄은 불만 섞인 목소리로 울먹거렸다.

"아아, 다음에는 대륙 끝까지 날려줄게."

어쩐지 마론이라면 정말로 그렇게 해버릴 것 같은 느낌이 든다.

마론은 비틀거리며 간신히 일어난 제라늄에게 햄버거를 건네주며 나지막하게 속삭였다.

"뭐, 그건 그거고, 와줘서 고맙다."

제라늄은 마론의 진심이 담긴 감사 인사에 깜짝 놀라서 마론을 쳐다봤다. 마론은 얼굴을 약간 붉게 물들인 채 시선을 딴 데 두고 있었다. 늘 소리만 질러대던 제라늄에게 감사 인사를 하는 것이 어지간히도 어색했던 것 같다.

제라늄은 마론의 부끄러워하는 모습이 어쩐지 진짜로 귀여워 보였다. 제라늄은 자신도 모르게 중얼거렸다.

"이야, 정말 여자가 돼도 괜찮을지도. 으아아악! 농담! 농담!! 방금 것은 무심코 나온 농담이야!!"

제라늄은 마론의 손에 붉은색 마력의 빛이 모이는 것을 보고 비명을 지르며 손을 저었다.

"무심코 나온 말이 농담일 리가 없잖아? 내가 방금 전에 분명히 경고를 했는데도 제라늄, 너란 녀석은!"

마론의 손에 모이는 마력은 마치 손이 불타며 울부짖는 것처럼 보였다. 마치 제라늄을 날려 버리라고 외치는 것처럼.

"나, 나는 농담도 무심코 해버리는 사람인걸. 친구가 무심코 농담을 했다고 샤O닝 핑거를 날려 버리는 짓은 진짜로 안 할 거지? 그거 그냥 농담 삼아서 모으는 거지?"

"샤O닝인지 뭔지는 모르겠다만 어쨌든 난 지금 진심이야. 자, 각오나 다지시지?"

"포, 폭력 반대!!"

"어머나, 제라 군~♡. 벌써 오셨나요? 어머나, 마론 군과 디옴 군도 있었군요?"

제라늄이 대륙으로 날려가기 일보 직전, 느긋한 말투의 여성 목소리가 제라늄의 목숨을 살렸다.

"어라?"

"에?"

"데이지 씨?"

디옴의 말대로 어느새 데이지가 생글생글 웃으며 세 사람에게 다가왔다.

여전히 아슬아슬하게 메이드 복의 모습을 유지하고 있는

커스텀 메이드 복을 입고, 느긋한 미소를 지으며 느긋한 걸음 걸이로 걸어와서 느긋한 목소리로 세 사람에게 인사를 했다.

"평안하세요, 마론 군, 디옴 군, 그리고 제라 군~♡?"

"데이지 씨, 반갑습니다! 어서 오세요! 평안하고 있습니다!"

지옥에서 부처를 만난 것처럼 제라늄은 호들갑을 떨며 데이지에게 달려가서 인사했다.

"어머나! 역시 남자 아이는 활발하네요."

아니, 방금 제라늄의 인사는 활발이라기보다는 필살에 가까웠는데…….

그리고 데이지가 등장하자마자 느긋한 공기가 주위를 맴돌았고, 그 덕분에 마론은 이미 마법을 푼 상태였다.

"그나저나 빨리도 오셨네요. 아직 이쪽은 준비도 안 됐는데……."

"네?"

제라늄은 순간 데이지의 말을 이해하지 못했다. 제라늄이 기억 못하는 것을 알아차린 데이지는 조금 서운한 목소리로 말했다.

"어젯밤에 그렇게 격렬하게 저를 유혹하시고는 이제 와서나 몰라라 하시다니 너무해요."

분명 틀린 말은 아니지만 데이지의 단어 선택에는 옐로카드를 제시하고 싶은 심정이다.

아무튼 데이지가 말하는 것은 어제 제라늄과 차를 같이 마시자는 약속이었다.

"물론 기억하고 있습니다. 죄송합니다, 마드모아젤. 조금 소란스러운 일이 있어서 잠깐이지만 약속을 깜박해 버렸군요. 미녀와의 약속을 깜박하다니 저는 신사로서 실격입니다. 어떻게 하면 이 잘못을 용서받을 수 있을까요? 그대의 아름다운 입술로 저를 질타하셔도 좋습니다. 아니, 오히려 질타해 주십시오. 비록 질타의 말이라도 데이지 씨의 아름다운 입술로 들을 수 있다면 그것 또한 저에게는 무한한 영광입니다."

제라늄 부활 완료. 지금 이 자리에 카사노바 제라늄이 다시 눈을 떴다.

"어머나~ 아름다운 입술이라니, 그런 말 처음 들어요~"

"그럼 제가 최초로 그대의 입술을 칭찬한 남자로군요. 무한한 영광입니다, 마드모아젤."

제라늄은 데이지의 손등에 입을 맞추며 그윽한 눈길로 데이지를 쳐다봤다. 그리고 마론과 디옴은 기가 막히다는 표정으로 제라늄을 쳐다보고 있었다.

"그럼, 이르기는 하지만 이렇게 오셨으니 서둘러 차 준비를 할게요. 그런데 페튜니아 양은 평소 시간대로 올 테니 먼저 시작하는 것도 미안하고."

데이지는 제라늄의 손에서 자신의 손을 빼면서 말했다.

"어? 페튜니아? 혹시 페튜니아 나이트슈마허 선배님 말인가요?"

마론이 페튜니아의 이름에 반응했다. 데이지는 마론의 질문에 이상하다는 표정으로 입술에 손가락을 갖다 대고 고개를 갸웃거리며 말했다.

"페튜니아는 저한테 선배가 아닌데요?"

"그, 그거야 당연히 그렇겠죠."

정말이지, 대화하기 힘든 사람이다.

"페튜니아 나이트슈마허님이라면 학생회장님이군요?"

제라늄의 말에 데이지는 방긋 미소 지으며 고개를 끄덕였다.

"네, 맞아요. 그리고 페튜니아 양은 홍차도 무척이나 잘 끓여요. 점심때 그녀가 끓인 홍차를 마시는 것이 일과 중 하나랍니다."

하지만 제라늄은 대화가 가능한 것 같다.

"이야, 그러셨군요? 그러고 보니 페튜니아 선배님도 굉장한 미인이라고 들었는데 저는 미인들의 다과회에 초대됐던 거군요?"

"어머나~ 제라 군~♡은 참. 어제부터 계속 아니라고 했는데도 저를 미인이라고 하는군요?"

"하하하, 보는 그대로 말을 할 뿐인걸요. 저는 거짓말은 못하거든요."

'침이라도 바르고 말을 하지.'

어느새 소외된 마론은 벤치에 앉아서 햄버거를 썹으며 생각했다.

묘하게 핀트가 어긋나는 데이지의 말을 억지로 핀트를 맞춰가며 거기에 플러스로 꼬심 대사까지 넣어가며 대화하는 제라늄의 화술에 마론은 그저 혀를 내두를 뿐이었다.

"어머나, 마로니에 군. 이런 곳에서 뭐 해요?"

갑작스레 뒤에서 들리는 말에 마론은 깜짝 놀라서 튀어오르듯이 일어나서 뒤를 돌아봤다. 그곳에는 흑발의 긴 생머리 미녀가 미소 짓고 있었다.

그녀는 지금 이야기의 화제가 되고 있는 페튜니아였다.

소년은 소녀를 화나게 만들었다 3

마론은 갑자기 나타난 페튜니아를 보고 깜짝 놀라며 소리쳤다.

"아, 페, 페튜니아 선배님!"

"네, 마로니에 후배 군. 후후후후후."

페튜니아는 마론의 옆으로 와서 연신 방긋방긋 미소를 지었다.

"뭐, 뭔가 기분 좋은 일이 있으신가요?"

페튜니아의 아름다운 미소 때문에 얼굴이 붉어진 마론이 불을 긁적이며 물었다.

"음, 남자 후배가 생겼다고 생각하니 뭔가 신선하고 멋진 느낌이 들어서요. 뭐랄까, 지금부터 즐거운 일이 잔뜩 생길 것 같은 기대감이 든다고나 할까요?"

"아, 그렇……."

"네, 여기 신선하고 멋지고, 귀여운 남자 후배 제라늄 카이란스! 애칭 제라 군~♡이 왔습니다. 반갑습니다, 페튜니아 선배님. 과연 소문대로 아름다우신 분이군요."

빠르다!

이 한마디 이외에는 방금 제라늄의 움직임을 설명할 말이 없다.

분명히 뒤쪽에서 데이지에게 열심히 작업 중이던 제라늄은 페튜니아가 등장하자마자 데이지에게 양해를 구한 뒤 부리나케 마론을 밀어내고 페튜니아를 꼬시기 위한 사전 작업을 시작했다.

'대단한 행동력이다'라기 이전에 이건 당당히 양다리 선언?!

페튜니아는 무언가 생각하는 표정을 짓다가 곧 생글생글 웃으며 말했다.

"카이란스라는 성이 어감이 좋은데 카이란스라고 불러도 될까요?"

"여부가 있겠습니까? 줄여서 란스라고 부르셔도 됩니다."

"그건 어딘가 위험한 냄새가 나서 싫어요."

"개인적으로는 란스도 괜찮을 거라 생각하지만 선배님이

원하시는 이름으로 부르세요. 원하신다면 오늘 당장 카이란스라는 성을 이름으로 쓰겠습니다."

"후후후, 재미있는 후배네요."

"하하하, 다들 저를 재미있다고 하더군요. 어떻습니까? 저와 함께 좀 더 재미있는 이야기를 할까요?"

제라늄의 권유에 페튜니아는 생글생글 웃으며 말했다.

"사양할게요."

망설이거나 고민하지도 않고 바로 즉답이다.

"그럼 그쪽에 있는 후배는 이름이 뭐죠?"

페튜니아는 제라늄에게 잡힌 손을 슬그머니 빼고는 디옴쪽을 쳐다보며 물었다. 지금까지 개성있는 친구들 곁에 있다보니 가뜩이나 약한 인상이 더욱더 약해져서 어쩔 때는 있다는 사실조차 잊어버리는, 심한 경우 필자조차 '아, 이 상황에서 디옴이 한마디 했어야 되는데 같이 있다는 사실을 잊어버렸다' 라는 경우가 생기는 인상 약한 킹 오브 스텔스 디옴을 페튜니아는 분명하게 인식하고 있었다.

"온, 온시디옴 폰 다이가드입니다."

그 점이 다소 놀랐는지 디옴은 약간 놀란 표정으로 자기 이름을 말했다.

"다이가드?"

순간 미소 짓던 페튜니아의 표정이 아주 잠깐 굳어졌다. 하지만 너무나 순식간의 일이라 아무도 페튜니아의 표정이 변했다는 사실을 알지 못했다.

페튜니아도 아무 일도 없었다는 듯이 미소를 유지하며 디옴에게 말했다.

"발음하기 어려운 이름이네요. 성 쪽도 어쩐지 딱딱한 느낌이고요. 미안하지만 디옴이라고 불러도 될까요?"

"아, 그게, 어차피 친구들에게는 디옴이라 불리고 있습니다."

디옴은 쑥스러운 표정을 지으며 말했다. 페튜니아의 아름다운 미소는 마지막 남학생인 디옴마저 격추시켰다.

한편, 제라늄은 단박에 거절당한 충격으로 굳어 있었다. 마론은 아무 말 없이 제라늄에게 다가가서 어깨를 두들겼다.

마론은 지금만큼은 제라늄을 동정했다. 정확히 말하자면 동병상련이라고 할까나.

"있을……"

굳어 있던 제라늄이 뭔가를 중얼거렸다.

"응?"

"이 나를 거절하는 여자가 있다니 있을 수 없는 일이야!!"

"……"

동정심은 순식간에 사라졌다.

"그렇군. 그녀는 특별한 거야! 그래서 평범한 방법은 안 됐던 거야!! 그렇다면 이쪽도 실력 발휘를 해주지! 간다! 80%의 힘을 보여주마!"

타오르고 있다. 지금 제라늄은 진심으로 타오르고 있다. 단순히 껄떡대던 모습을 한 꺼풀 벗고 전력을 다해 여자를 꼬시기 위해… 어라?

어째 진심으로 됐다 해도 내용물은 껄떡대던 모습과 그다지 달라진 것 같지 않다.

"응, 열심히 해라."

마론은 이제 말리기도 귀찮다는 표정으로 조용히 옆으로 물러섰다.

"페튜니아 선배님!"

제라늄은 기세 좋게 페튜니아에게 달려갔다. 그리고 말을 걸었다.

"사양하겠습니다."

그리고 2초 만에 깨졌다.

"이, 이럴 수가……."

"그래도 1초 늘었네. 축하해."

좌절하고 있는 제라늄을 보며 마론은 심드렁한 목소리로 말했다.

"후후후후, 오랜만이군."

어느새 회복했는지 제라늄은 일어나서 턱을 손으로 쓰다듬었다.

"응?"

"오랜만이야. 진심으로 내 모든 힘을 다해 전력으로 부딪칠 상대를 만난 것은 말이야."

제라늄은 진지한 눈으로 페튜니아를 쳐다봤다. 페튜니아
는 데이지와 이야기를 하며 차 마실 준비를 하고 있었다.

"옛날에도 그런 상대를 만난 적이 있는 거야?"

마론은 제라늄과 같이 페튜니아와 데이지가 차 마실 준비
를 하는 것을 보며 물었다.

"아아, 열한 살 때 만났었지."

"헤에, 꽤나 조숙했네? 상대는 학교 친구? 아니면 소꿉친
구?"

"옆집 미망인."

"……?!"

마론은 말도 나오지 않는지 입만 뻐끔거리며 제라늄을 쳐
다봤다. 그건 이미 조숙하다 이전의 문제였다.

"그때는 참 힘들었지. 뭐, 결국 함락시켰지만……."

"……!!"

함락까지 시켰습니까?!

"후후후후, 오랜만에 전심전력이다! 이것이 나의 100%
다!!"

후광이다. 지금 제라늄은 황금빛 후광을 등에 업은 것처럼
빛나 보였다.

제라늄은 정말로 진지하고 우수에 찬 표정을 짓고 있었다.
평소에는 늘 능글능글 웃는 얼굴이라 알아차리지 못했다. 진

지한 표정의 제라늄은 평소보다 몇십 배는 더 멋져 보였다.

남자인 마론과 디옴조차 넋을 읽고 쳐다보게 될 정도로 그 모습은 흠잡을 데 없이 멋졌다.

만약에 제라늄이 늘 이런 모습이라면 그 인기는 지금 이상, 아니, 아마도 사프란 마법 학교의 모든 여학생들을 사로잡았을지도 모른다는 생각마저 든다.

"자, 간다. 그녀는 얼마나 날 즐겁게 해줄지 기대되는군. 우하하하하하!"

그러나 역시 속 내용물은 변한 게 없다.

"페튜니아 선배님."

"어머나? 에, 또 카이란스 군?"

페튜니아도 갑자기 달라진 제라늄의 분위기에 놀란 듯한 표정이다. 옆에서 찻잔을 꺼내던 데이지가 '어머나!' 하며 탄성을 질렀다.

제라늄은 살짝 미소를 지었다. 살짝 벌린 입술 사이로 새하얀 이가 빛나 보였다.

"앞서 행동했던 무례한 점은 진심으로 사죄드립니다. 그것도 전부 페튜니아 선배님이 너무 아름다우셔서 제가 그만 이성을 잃어버렸기 때문입니다. 아까의 제 무례를 용서해 주시겠습니까?"

페튜니아는 어느새 평소처럼 미소를 지으며 고개를 끄덕였다.

"어머, 폐라거나 무례라고는 생각하지 않았는걸요. 하지만 제가 용서를 해주기 원하신다면, 네, 용서할게요."

"감사합니다, 페튜니아 선배님. 아아, 이 얼마나 아름다운 마음씨란 말인가?! 그럼……."

"죄송하지만 사양할게요."

이번에는 본론으로 들어가기도 전에 격침. 100%는 그 자리에서 깨졌다.

"저, 저기… 전 아직 아무 말도……."

"내용이야 다르겠지만 마지막 결론은 시간을 내달라는 말 아닌가요?"

"아니, 그… 저기……."

"자자, 방해되니 저쪽에 가 계세요."

그리고 산뜻하게 무시.

페튜니아 나이트슈마허. 그녀는 강하다!

제라늄은 혼이 빠진 모습으로 힘없이 터벅터벅 걸어서 마론과 디옴 사이에 앉았다.

"저기 말이야……."

자업자득인 모습이지만 그래도 역시 안돼 보였는지 마론은 볼을 긁적이며 말을 꺼냈다.

"페튜니아 선배님, 아무래도 좋아하는 사람이 있는 걸까?"

"에?"

그 말에 혼이 빠진 모습의 제라늄이 반응했다.

"아니, 솔직히 말하면 아까 제라늄의 모습은 남자인 내가 봐도 멋있었어. 그런데 저렇게 딱 잘라 거절한다는 건 역시 좋아하는 사람이 있는 거 아닐까?"

"그런가?"

"음, 아마 그럴 거야. 아마도 틀림없이."

마론은 입학식 때 페튜니아에게 들었던 '마로니에 군과 저는 그런 사이가 절대로 아니에요' 라는 말이 생각났다.

보통 부정하는 데 절대로라는 말까지는 잘 안 쓴다. 그 정도까지 완벽하게 부정한다는 것은 역시 좋아하는 사람이 있다는 뜻 아닐까?

그렇게 생각하자 마론은 어쩐지 한숨이 나왔다.

다시 생각해도 정말로 짧은 봄이었다.

그리고 마론의 예상은 완전히 틀리지는 않았다. 다만 그 상대가 같은 동성인 로우즈라는 사실까지는 모르고 있다. 아니, 보통은 그 정도까지는 생각 못하는 게 당연한 거지만.

만약에 진실을 알게 되면 어떤 표정을 짓게 될까나?

그건 그것대로 재미있을지도…….

'뭔가 사악한 느낌이 드는데… 기분 탓인가? 어라?'

마론은 옆에서 중얼거리는 제라늄의 이상한 분위기를 눈치 챘다. 처음에는 무척이나 작은 소리라서 알아채지 못했다. 그러나 지금은…….

"호호호호, 그렇군. 그런 거였군. 나의 매력이 떨어진 게 아니었어."

제라늄이 어느새 평소의 모습으로 돌아와 그렇게 중얼거리고 있었다. 평소대로 돌아온 모습이 불안해 보이는 것도 이상하기는 하지만 그래도 원래대로 돌아왔으니 잘된 걸까?

마론이 그렇게 생각하자 제라늄이 벌떡 일어났다.

"남친 없음. 여성 상대법으로 대했기 때문에 실패한 거야! 작전 수정! 작전명, '그이보다 제라 군이 좋아~♡'! 작전, 지금 여기서 실행을 승인한다!"

"하아?!"

"그리고 이것이 나의! 100% 중에 100%다!!"

그렇게 외치는 제라늄은 온몸에서 황금색 빛이 뻗어 나가는 것 같은 모습이다. 그리고 제라늄은 힘차게 페튜니아를 향해서 돌격했다.

마론은 얼빠진 표정으로 중얼거렸다.

"그냥 놔두는 게 세계 평화를 위해서 좋았을까?"

"아니, 세계 평화까지 들먹일 건 없을 것 같은데……."

디옴은 언제나처럼 곤란한 표정으로 말했다.

"페튜니아 선배님!"

"자꾸 귀찮게 구시면 싫어할 거예요."

페튜니아는 제라늄을 돌아보며 생글거리는 얼굴로 차갑게 말했다. 아마도 진짜로 귀찮았던 것 같다.

그 무시무시한 파괴력에 달려가던 제라늄은 단번에 얼어버렸다.

이것으로 완전 격침. 소생 여부 불투명. 간신히 주위는 조용해졌다.

아니, 좀 더 멋지게 나레이션 해보자면 '그리고 세계는 평화로워졌다' 이려나?

"그러니까 그 정도까지 말할 정도로 큰일은 아닌 것 같은데……."

여전히 디움이 곤란하다는 표정으로 말했다.

"준비 다 됐어요! 어서 이리들 오세요!"

그때 데이지가 활기차고 느긋한 목소리로 마론 등을 불렀다.

어떻게 하면 활기차고 느긋한 목소리를 낼 수 있는지는 나도 모르겠으니 부디 묻지 말기를 바란다.

"준비?"

제라늄이 정신없게 굴어서 신경 쓰지 못했는데 어느새 차마실 준비가 완벽하게 끝나 있었다.

바닥에는 돗자리가 깔려 있었고, 찻잔 여섯 개가 놓여 있었다.

"항상 여유 분을 잔뜩 가지고 다녀서 다행이네요."

데이지는 그렇게 말하며 미소 지었다.

그전에 하나 넘겨짚고 가야 될 문제가 있는데…….

"데이지 씨."

"네, 마론 씨. 왜 그러세요?"

"이거 다 어디서 꺼낸 거죠?"

"여기서요."

데이지가 내놓은 물건은 조그마한 피크닉용 손가방이었다.

마론은 잠시 그 물건을 쳐다보고는 돗자리와 컵 여섯 개, 그리고 어느새 페튜니아가 뜨거운 물이 담긴 병을 차 주전자에 붓고 있는 것을 쳐다봤다.

아마도 저 병과 차 주전자도 이 가방에서 나온 것이리라.

…가능한 거야?

"저기……."

"네?"

"어떻게 꺼내는 거죠?"

"네?"

"어떻게 여기서 저런 걸 꺼내는 거죠?"

마론은 차 주전자 하나 들어가면 꽉 찰 것 같은 가방을 들어 보이며 말했다.

"그거야… 이렇게요."

그런데 데이지는 그 작은 가방에 손을 넣더니 컵 하나를 꺼냈다. 그리고 생글생글 웃었다.

음, 가능하다. 이걸로 문제는 해결됐다… 일 리가 없잖아!!

"그러니까 어떻게 이 작은 가방에서 저게 다 나오는 거죠?"

마론은 다시 한 번 이번에는 정확하게 물었다.

"아, 그건요? 이 가방 언니가 마법을 걸어줬거든요."

"네?"

"음, 무슨 물질 변화 어쩌고 하면서 무척이나 어려운 말을 했는데 잘 모르겠어요."

데이지는 정말로 골치 아프다는 듯 얼굴을 찌푸렸다.

그러나 마론은 그 설명만으로도 알아들었다.

"물질 변화 마법. 물질의 크기와 모양을 자유자재로 변화시키는 마법, 그걸 이 가방에 걸었단 말이야?!"

마론은 그 마법을 쓰는 법을 공부한 적이 있었다. 터무니없이 어려운 마법이었다.

한 번 쓰기도 힘들고, 유지시키는 것에도 터무니없이 많은 마력을 잡아먹던 마법이다.

"그런데 그 마법을 영구적으로 가방에 걸었단 말이야? 말도 안 돼!"

"네 실력도 마법 학교 학생으로는 충분히 말도 안 되는 실력이야."

어느새 부활한 제라늄이 옆에 와서 말했다.

"이게 어제 내가 말한 샤스타 선생님의 실력이야. 어때, 눈으로 직접 확인한 느낌은?"

"응, 정말 대단한 분이야. 나 지금 이 학교에 와서 정말 다행이라고 생각해."

"그렇게 생각한다니 다행이다."

디옴이 웃으며 말했다.

"이제 리아와 화해하는 일만 남았네?"

"쿨럭! 아, 맞다. 아직 그 일이 남아 있었지?"

정신없는 일의 연속이라 까맣게 잊어먹고 있었다.

"사과할 거지?"

"그거야 할 거지만… 리아트리스가 받아줄까?"

마론이 어두운 표정으로 말했다.

"글쎄, 진심으로 말하면 통하지 않을까? 아니면 '워워'라고 해보는 것도 괜찮을걸."

"뭐야, 그건?"

"그런 게 있어."

제라늄은 야생마 달래듯이 리아를 달래던 바이올렛을 생각하며 킥킥 웃었다. 마론은 그런 제라늄을 보며 이상한 녀석이라고 중얼거렸다.

물론 정말로 했다가는 농담으로 끝나지 않을 뒷일이 기다리고 있겠지만.

"뭐 해요? 빨리 안 마시면 차가 식어요."

페튜니아는 차를 컵에 따르며 말했다.

"네? 아, 저기… 저희들도 마셔도 되나요?"

"물론이죠. 그러려고 컵을 사람 수 맞춰서 내놨는걸요. 아직 한 사람 안 왔지만 마로니에 군들, 빵만 먹으려면 목이 메이지잖아요. 그러니 차랑 같이 드세요."

마론은 아직 안 온 사람이 아마도 로우즈 선배일 거라는 생각을 했다. 하지만 그전에 마론은 페튜니아의 말을 듣고서야 마실 것이 없다는 사실이 생각났다.

"그럼 염치 불구하고 얻어먹겠습니다."

"네, 부디 사양하지 마세요. 많이 있으니까요. 아, 쿠키도 있어요. 식사가 끝나면 간식 삼아 같이 먹어요."

"넵, 감사합니다!"

제라늄은 냉큼 앉아서 차를 마시며 빵을 먹었다. 마론과 디옴도 자리에 머뭇거리며 자리에 앉았다. 페튜니아는 풋, 하고 웃으며 말했다.

"그거 오늘 나온 신입생 환영 요리죠?"

"네? 아, 네."

"야심차게 만든 스테이크가 햄버거가 되어 있다는 걸 알면 크라스 아저씨가 어떤 표정을 지을지 상상하니 조금 우스워요. 아, 크라스 아저씨한테는 비밀이에요."

"크라스 아저씨요?"

"여러분이 먹고 있는 햄버거를 만드신 분이에요."

정확히는 햄버거가 되기 이전에는 고급 요리였다.

"우와! 페튜니아 선배님, 왕국 요리사도 알고 계세요?"

제라늄이 감탄하며 말하자 페튜니아는 별거 아니라는 듯

이 말했다.

"입학식 때만이 아니라 학교 행사 때 가끔 오시거든요. 교장 선생님과 친구 분이세요. 저는 학생회장이라 행사 때 자주 보게 된 거죠. 요리에 굉장한 정열을 가지신 분이에요."

"그런데 그 요리를 이렇게 만들었으니 많이 미안하네요."

마론의 말에 페튜니아는 고개를 저었다.

"처음에야 어이없어하기겠지만 나중에는 껄껄 웃으실 거예요. 요리란 어떻게 하든 마지막에 맛있게 먹는 게 제일 중요하다고 하시는 분이거든요. 맛있게만 드신다면 별로 문제 없어요. 아, 마론 군, 볼에 소스 묻었어요."

"에? 네."

마론은 무심코 소매로 볼을 닦으려 했다. 그러나 페튜니아가 그 손을 잡았다.

"못써요. 여기 손수건 있으니까 닦아드릴게요. 이쪽 보세요."

"아, 아뇨. 제, 제가 닦을게요."

"자, 얌전히 있어요."

그 모습을 본 제라늄은 들고 있던 햄버거의 소스를 손가락으로 찍어서 자신의 볼에 묻혔다.

"페튜니아 선배님, 저도 볼에 소스 묻었어요."

"네, 여기 여분의 손수건 있으니 닦으세요."

페튜니아는 제라늄의 손에 손수건을 들려주고 다시 마론

쪽으로 돌아섰다. 혹시 아까 귀찮게 한 걸로 미움받고 있는 건가?

제라늄은 우울한 얼굴로 스스로 묻힌 소스를 스스로 닦았다.

"자, 저쪽 보고 움직이지 마세요."

"아, 네, 네."

마론의 얼굴이 빨갛게 됐다. 페튜니아가 가까이 다가오자 달콤한 향기가 났다. 심장이 크게 두근두근 울리고 있었다. 혹시라도 페튜니아가 이 소리를 듣게 될까 두려웠다.

"자, 다 됐어요. 깨끗하게 됐네요."

소스를 다 닦고 떨어지는 페튜니아의 목소리가 꿈결처럼 들렸다. 그리고 검은색 물체가 맹렬한 속도로 날아오고 있는 것도 꿈결처럼 보였다.

…어라?

콰앙!

검은색 물체는 정확하게 마론의 얼굴을 강타하고 떨어졌다.

"물병?"

제라늄이 마론의 얼굴을 강타한 물건을 들었다. 그것은 물병이었다.

"크윽! 뭐, 뭐야? 도대체 누가?"

마론은 눈물이 날 것 같은 걸 억지로 참고 물병이 날아온 방향을 쳐다봤다.

그곳에는 화가 잔뜩 났는지 씩씩대고 있는 리아와 당황한 표정으로 허둥대고 있는 바이올렛과 아네모네가 서 있었다.

그리고 한 가지 덧붙이자면 리아는 뭔가를 던진 자세였다. 그 뭔가는 당연히 마론의 얼굴을 강타한 물병이었다.

소년은 소녀를 화나게 만들었다 4

　리아들은 마론들을 찾아 식당을 나왔지만 처음부터 난관에 부딪쳤다.

　어디에 가면 마론 등이 있을 것인가?

　솔직히 이 학교는 꽤 넓다. 마음먹고 돌아다녀도 건물까지 전부 다 돌아보려면 반나절은 넘게 걸린다. 학생들을 위한 야외 쉼터도 다섯 곳이나 된다.

　평소대로라면 편리한 편의 시설이지만 사람을 찾아야 되는 지금은 방해가 되는 요소다.

　도대체 어디부터 찾아야 되는가?

　"일단 야외 식당부터 가볼까?"

바이올렛은 가장 가까운 장소를 들며 동의를 구했다. 그러나 리아는 그 의견에 고개를 저었다.

"나한테 짐작 가는 장소가 있어."

"짐작 가는 장소?"

"화, 확실한 건 아니지만… 아마도……."

리아는 얼굴을 살짝 붉히며 말을 삼켰다. 그 모습에 바이올렛은 장난기 가득한 표정을 지었다.

"혹시 그거… 사랑하는 여자의 감?"

"바이올렛! 나 진짜 화낸다?!"

이미 화내고 있습니다만…….

바이올렛은 부끄러움 때문인지 분노 때문인지, 아니면 혹은 둘 다인지 시뻘게진 얼굴로 씩씩대는 리아를 달래듯이 말했다.

"미안, 미안. 가벼운 농담이야. 그렇게 화낼 것은 없잖아?"

"농담이라도 너무 심해!"

"나, 심한 농담 했었어?"

바이올렛은 아네모네에게 도움을 요청했다. 아네모네는 고개를 저었다.

"별로. 그 정도 농담은 평범하잖아?"

"응, 평범했지."

"입장 바꿔 생각해 봐!!"

리아의 외침에 바이올렛과 아네모네는 잠시 생각했다. 그리고 결론이 났다는 듯 말했다.

"마론과의 그런 소문이라면 별로 상관 없는데."

"응, 약간 부끄럽지만 마론 군이라면 괜찮아."

"얼굴도 그 정도면 합격선이고, 마법사로서 실력도 좋고, 무엇보다 착하고 상냥하지."

"응, 응. 어쩐지 애인한테 잘해줄 것 같은 타입이야. 제라늄과는 달리 바람 피울 걱정도 없고."

그렇게 결론지은 바이올렛은 리아를 쳐다보며 물었다.

"리아도 그렇게 생각하지?"

"몰라!!"

리아는 뺙 소리를 지르고는 성큼성큼 걸어갔다. 솔직히 반론할 말이 없었다. 애인한테 잘해줄 것 같으니 바람 피울 걱정 없다느니까지는 동의할 마음이 없어도 마법 실력 좋고 착하다는 것은 어느 정도 동의하고 있었다.

하지만 '맞아'라고 맞장구칠 생각은 없었다. 그랬다가는 또 사랑하는 어쩌고라는 말을 듣게 될 테니까.

'아까부터 왜 다들 나랑 마로니에를 그런 사이로 보는 거야? 나랑 그 녀석은 앙숙이라고!' 고래고래 소리치고 싶다.

그렇다. 마론과 리아는 자칭 앙숙이다.

어제의 사건 때문에 관계가 더 악화되기는 했지만 그건 이제 용서해 줄 생각이다.

하지만 그래도 앙숙이라는 생각에는 변함없었다. 용서는

할 거지만 그래도 앙숙이라는 생각은 변함없다······.

정말 복잡한 여자의 마음이다.

하지만,

"신분 차이? 나원참, 다들 이상한 데 신경을 쓰는구나."

"그래, 이상하잖아? 마법을 배우고 싶은데 어째서 신분 차이에 신경을 써야 되는 거야?"

"뭐, 열심히 해라 정도겠지."

마론이 했던 말, 비록 자신에게 직접 한 말은 아니지만 마론의 진심은 제대로 확실히 전해져 왔다. 자신에게 용기를 주었던 따뜻한 말.

'앙숙이라······. 어쩐지 애들 같다. 그냥 쓸데없이 열 올리는 것은 관둘까? 확실히 마론은 착하고 마법 실력도 좋고··· 아니, 그러니까 어디까지나 같은 반 친구로 친하게 지내기 괜찮다는 의미로 좋다는 거지, 절대로 그런 관계로 생각하는 건 아니야. 응, 절대로 아니야.'

그렇게 생각하고 있는 리아의 표정은 굉장히 부드럽고 쑥스러운 미소를 짓고 있었다. 지금 리아는 바이올렛과 아네모네의 앞에서 걷고 있었기 때문에 둘에게 표정을 보이고 있지 않았다. 만약에 둘이 보고 있었다면 부끄러워서 절대로 이런 표정을 짓지 못했으리라.

하지만 리아는 모르고 있었다, 분위기가 부드러워져서 발걸음이 가벼워져 있다는 것을.

그리고 그 분위기로 대충 무슨 생각을 하고 있는지 뒤의 두 사람이 알아채고 있었다는 것을.

차라리 진짜로 알아채면 다행이다. 바이올렛과 아네모네는 '역시 싫어하는 것 같지는 않지?', '의외로 잘 어울릴 것 같지 않아?' 같은 말을 하고 있었다.

리아가 둘의 대화를 듣는다면 또 기겁을 하며 '그런 사이 아니야!' 라고 비명을 지를 것이다.

그것도 모르고 걷고 있던 리아는 걸음을 멈췄다. 정말로 정원에 마론이 있었다.

"어머나! 정말로 있네? 리아, 굉장하다! 역시 사랑하는… 아, 미안. 이제 더 안 할게."

리아는 사나운 눈빛으로 바이올렛의 입을 다물게 하고는 마론을 쳐다봤다. 솔직히 정말로 여기에 있을 거라고는 생각 못했다. 하지만 만약에 마론이 가는 곳이라면 여기가 아닐까라는 생각이 막연히 들었다.

이곳은 둘이 처음 만난 장소다. 비록 최악의 만남이었지만……

하지만 리아는 마론이 여기 있을 거라고 생각했다. 그리고 마론은 실제로 그곳에 있었다.

쑥스럽지만 기뻤다. 그런데 마론 등과 같이 있는 저 여자들은 도대체 누구?

"어? 마론들뿐만이 아니네. 저 사람은 데이지 씨다."

아네모네의 말에 바이올렛도 놀란 듯이 말했다.

"정말이다. 거기다가 페튜니아님도 계셔. 마론 등과 아는 사이인가?"

마론들과 페튜니아는 뭐가 그리 즐거운지 웃으면서 즐겁게 이야기를 나누고 있었다.

왜일까? 리아는 순간 가슴속에서 무언가 부글부글 끓어올랐다.

'뭐야, 침울해져 있을 거라고 생각했는데, 뭐야? 저렇게 즐거운 듯이 웃고⋯⋯. 걱정해서 손해 본 느낌이야!'

리아는 원인 모를 짜증을 손해 봐서라고 해석했다. 분명 그것만이 아닐 텐데 참으로 귀여운 변명이다.

"어머나?!"

"꺄아~"

갑자기 바이올렛과 아네모네가 탄성을 질렀다.

둘이 탄성을 지른 이유를 리아 역시 똑똑히 목격했다. 갑자기 마론의 얼굴에 가까이 접근하는 페튜니아의 얼굴.

또 리아의 가슴속에서 무언가 부글부글 끓어올랐다.

둘의 행동을 보고 있자니 페튜니아가 마론의 뺨에 묻은 무언가를 닦아주고 있었다. 단지 그것뿐인데 왜 저렇게 다정하게 보일까?

아니, 뺨을 닦아줄 정도니 다정하게 보이는 것일까? 어느 쪽이든 상관없다. 지금은 그저 무언가 폭발할 것 같은 기분을 억누르는 게 먼저였다.

마론은 얼굴을 붉게 물들이며 쑥스러운 표정을 지었다.

마론의 그 표정을 보는 순간 리아의 머리 속에서 무엇인가 가 끊어졌다.

진부한 표현이긴 하지만 지금 이 상황에 가장 어울리는 단 어는 이것이리라.

리아는 들고 있던 물병을 있는 힘껏 마론을 향해서 던졌다. 순식간에 일어난 일이라 바이올렛과 아네모네가 말릴 틈도 없었다.

그리고 물병은 정확하게 마론의 얼굴을 강타했다.

훌륭한 컨트롤과 속도였다. 열심히 갈고닦으면 전국대회 에서도 통할 실력이다(어떤 대회?).

"크윽! 뭐, 뭐야? 도대체 누가?"

마론은 눈물이 날 것 같은 걸 억지로 참고 물병이 날아온 방향을 쳐다봤다.

그리고 화가 잔뜩 난 리아와 눈이 마주쳤다.

"리아, 어째서 여기에……?"

마론은 리아가 던진 것이 분명한 물병에 대한 의문보다 어 째서 리아가 이곳에 있는지에 대한 의문이 먼저 들었다.

리아는 여전히 화가 난 표정으로 마론에게 걸어갔다.

그 공포스런 위압감에 아무도 말조차 꺼내지 못했다.

"어머나, 무서워라!"

데이지 씨 빼고.

"왜 저렇게 화가 났을까요?"

…페튜니아 선배도 제외.

"미녀가 화를 내니 그것 또한 아름답군."

…제, 제라늄도 열외.

"마론, 일단 무조건 사과부터 해."

온시디움, 너마저!!

넷은 리아의 무서운 얼굴을 보고도 태평스럽게 할 말을 다했다. 아마도 은연중에 리아가 화내고 있는 본질이 다르다는 것을 느낀 것 같았다.

확실히 리아는 아까 전의 건드리면 반경 몇 킬로미터 초토화급 분노와는 다른 성질의, 그것도 마론 한 사람을 향해서 적의를 드러내고 있었다. 탁 까놓고 말해서 질투라는 분노인 것이다.

그러는 사이에 리아는 마론의 앞에 섰다. 디옴이 사과하라고 했지만 도저히 말을 꺼낼 타이밍이 보이지 않았다. 마론은 뱀 앞의 개구리마냥 얼어서 분노에 이글거리는 리아를 쳐다볼 뿐이다.

잠시 동안 마론을 노려보던 리아는 드디어 입을 열었다.

"방금 그걸로 끝이야."

"어?"

"어제 있었던 모든 일, 방금 그 한 방으로 끝낼게."

리아는 어제 발생했던 부끄러운 사건들이 생각나서 얼굴을 붉혔다. 하지만 분노로 이미 얼굴이 붉어져 있었기 때문에 마론은 그 미묘한 변화를 눈치 채지 못했다.

마론 이외에 몇 명은 눈치 챈 것 같지만.

그리고 눈치 챈 사람들은 여유를 갖고 흥미진진한 표정으로 구경할 자세를 잡았다. 이건 여간해서는 보기 힘든 청춘 남녀의 라이브 무대인 것이다.

자기 일 아니라고 즐겁게 구경하는 사람들은 일단 제쳐 두고, 둔한 마론이지만 두 가지는 확실하게 알아차렸다.

첫째는 리아가 어제 일을 방금 전에 날린 한 방으로 없었던 일로 하겠다는 것.

솔직히 믿어지지 않았다. 방금 전의 한 방이 아프기는 했지만 그 정도로 어제 일을 없었던 일로 하겠다면 마론에게는 굉장히 싸게 먹힌 셈이다.

그리고 두 번째는 리아가 존댓말 쓰기를 그만둔 것이다.

"뭐야, 마로니에? 내 말, 듣고 있는 거야?"

더구나 풀네임으로도 안 부른다.

마론은 계속해서 날리는 리아의 연타 공격에 정신을 못 차릴 지경이었다.

"내 말 듣고 있냐고?!"

짜증 섞인 외침에 마론은 간신히 대답했다.

"네, 네. 듣고 있습니다."

"왜 존댓말이야?"

내가 하고 싶은 말이 그겁니다.

"아니, 그 뭐랄까? 그 저기… 분위기랄까… 뭐랄까……."

"알아듣지 못하는 말, 오래 들을 생각 없어. 내가 하고 싶은 말은 아까 다 했어. 난 대답만 들으면 돼. 내 말, 알아들었지?"

"네, 네. 잘 알아들었습니다."

"존댓말도 금지. 마로니에가 존댓말이 거북하다고 해서 안 쓴 건데 마로니에가 쓰면 어쩌자는 거야?"

"넵. 죄, 죄송합니… 가 아니라 미안."

마론은 리아가 노려보는 덕분에 간신히 존댓말을 관둘 수가 있었다.

"그래서 대답은?"

"응, 고마워. 용서해 줘서 정말 고마워."

마론은 진심으로 감사의 인사를 했다. 리아는 쑥스러운 기분에 고개를 돌리며 말했다.

"그리고 아까는 심한 말 해서 미안해. 저, 절대로 난 그런 말을 하고 싶어서 한 게 아니야. 그저 그냥… 부끄… 다 아니라 그냥 화가……."

"저 말 해석하면 부끄럽고 화가 나서라는 말이겠지?"

제라늄이 홍차를 마시면서 냉정하게 분석했다.

"응, 리아는 남녀 관계에 부끄러움을 많이 탄다는 사실을 처음 알았다니까."

바이올렛이 그 말을 받아서 고개를 끄덕이며 보충 설명을 붙였다.

"외야는 입 닫아!"

"네."

"미안."

무시무시한 기세로 제라늄과 바이올렛의 입을 다물게 한 리아는 마론의 눈치를 살피며 조심스레 말했다.

"저기… 그리고 조건이 하나 있어. 아니, 이건 부탁이라고 해야… 될까나? 아니, 몰라. 어쨌든 조건이야, 조건!"

'역시 너무 쉽게 용서해 주더라니……'

마론은 자기도 모르게 안도의 미소를 지었다.

리아가 사과를 받아주었고, 그리고 사과까지 해줬다. 무슨 조건인지는 모르겠지만 절대로 지키겠다고 마음먹었다.

"어, 어, 어제 본 거 다 잊어줘."

그렇게 말하는 리아의 얼굴은 하얀 부분을 찾아볼 수 없을 정도로 빨갛게 물들어 있었다.

"……."

"뭐, 뭐야? 설마 못 잊겠다는 건 아니겠지?"

마론이 아무 대답이 없자 불안해진 리아가 재차 물었다.

방금 전에 마론은 리아가 어떤 조건을 제시하더라도 지키겠다고 맹세했다. 하지만 겨우 기억의 저편으로 묻어뒀던 일을 도로 끄집어내면서 잊어달라고 하면 곤란하다.

　부끄러운 추억은 잊으려고 애를 쓰면 쓸수록 더 생각나는 법. 리아 덕분에 다시 한 번 어제의 일이 생각난 마론은 얼굴을 붉혔다(제길, 어제의 일을 다시 묘사하고 싶다. 그것도 간행물 윤리 위원회에서 레드카드를 제시할 정도로 강도 높여서 묘사하고 싶다아아아아아!!).

　*편집부 주:그랬다가는 출판 못합니다.

　마론이 얼굴을 붉힌 뜻을 알아챈 리아는 다시 한 번 화가 나서 소리를 빽 질렀다.

　"잊으라고 했는데 왜 도로 생각하는 거야?!"

　"그, 그렇지만 겨우 잊고 있었는데 리아트리스가 말하는 덕분에 도로 생각난 거라고."

　"뭐야? 내 탓이라는 거야?"

　"그, 그런 말은 안 했어."

　"하지만 내 탓이라는 것처럼 들리잖아! 마로니에 바보!"

　"저기……."

　"변태! 저질!"

　빠직!

　아, 마론의 이성이 끊어졌다.

　"누가 변태야?! 누가! 애초에 어제 일의 모든 원인 제공자는 리아였어!"

"누구 마음대로 은근슬쩍 애칭을 부르는 거야?! 그리고 어제 일의 피해자는 전부 나였어! 마론은 가해자야!"

"그쪽도 마음대로 애칭을 부르잖아! 나는 피해 안 받았는 줄 알아? 갑자기 뒤통수를 가격당했지, 원인도 모른 채 치한 취급당했지! 거기다가 떨어져서 하마터면 죽거나 크게 다칠 뻔했다고! 오히려 내 쪽이 피해자야!"

"멋대로 애칭으로 먼저 부른 것은 마론 쪽이 먼저야! 그리고 마론은 내 속옷도 보고, 엉덩이도 만지고, 결국에는 시집도 안 간 처녀의 알몸을 마음껏 음미했잖아! 원래는 죽어도 싼 죄였어!"

"이름이 길어 발음하기 힘들어서 불렀다! 불만있어? 그리고 오해받을 만한 어투는 집어치워! 음미하긴 뭘 음미했다는 거야?! 날 그렇게도 범죄자로 몰고 싶어?! 어제도 말했지만 날 제라늄과 똑같이 취급하지 마!"

"내 허락없이 불렀잖아! 그러니 불만있어! 그리고 어제 분명 날 덮쳤잖아! 그건 어떻게 변명할 생각이야?! 마론은 제라늄과 똑같은 저질에 변태에 치한이야!!"

"치한까지 덧붙였어?! 그렇게 하지 말라고 했는데 끝까지 제라늄과 똑같이 취급할 거야?!"

"치한이니 치한이라고 한 거다, 뭐! 이쪽도 거듭 말하지만 제라늄과 마론은 똑같아!!"

마론과 리아는 사나운 기세로 서로를 쏘아봤다. 그리고 다른 사람들은 어떻게 하고 있었냐 하면…….

"우와! 페튜니아 선배님, 이 홍차… 너무 맛있어요!"

"후후후, 고마워요. 자, 데이지 씨도 더 드세요."

"고마워요. 역시 페튜니아 양이 끓이는 홍차는 정말 맛있어요."

"과찬이세요."

"그나저나 날씨가 슬슬 따뜻해지는 것이 곧 있으면 완전한 봄이군요."

디옴의 말에 모두 고개를 끄덕였다.

"평화롭네요. 이런 날이 계속되면 좋겠어요."

데이지의 말에 또 한 번 모두가 고개를 끄덕였다.

하지만 제라늄은 방금 전 마론과 리아의 폭언에 구석에서 훌쩍거리고 있었고, 그 옆에서 바이올렛이 열심히 제라늄을 달래고 있었다. 그리고 잠시 쉬었던 마론과 리아가 말싸움 2차전을 벌이기 시작했다.

이른 봄날의 평화로운 점심시간이다.

"하아, 하아!"

"하아, 하아!"

마론과 리아는 숨을 고르며 서로를 노려봤다. 시간이 흘러 2차전도 끝나고 바야흐로 제3차 말싸움 대전 '종언의 봄날로'가 시작되기 직전이다. 하지만 그전에 페튜니아가 둘을 불렀다.

"자, 두 사람 다 그만 하고 이리 와서 차 좀 드세요. 그리고 식사도 해야죠?"

이미 바이올렛과 아네모네는 싸가지고 온 샌드위치—속 내용물은 역시 고급 스테이크—를 꺼내서 먹고 있었다. 그리고 남자들은 많이 먹을 거라는 생각에 잔뜩 만들었기 때문에 제라늄과 디옴에게 좀 더 먹기를 권하는 중이었다.

"아뇨. 나중에 먹겠습니다."

"그전에 해결해야 될 일이 있어요."

페튜니아의 권유를 사양한 마론과 리아는 호흡을 고르고 싸움을 시작하기 위해 입을 열었다.

"수업 중에 뱃속에서 꼬르륵 소리가 나면 어쩌실 거죠?"

페튜니아의 말에 리아는 즉시 입을 닫았다. 확실히 수업 중에 그런 소리를 냈다가는 죽을 만큼 부끄러울 것 같다는 생각이 들었다.

마론은 별 상관 없다고 생각했지만 문득 여기가 여학생들이 압도적으로 많은 무늬만 남녀 공학이라는 것이 생각났다. 수많은 여학생들 앞에서 꼬르륵 소리를 낸다라……

잠시 고민하던 마론과 리아는 무언의 정전 협정을 맺고 자리에 앉았다. 그리고 얌전히 식사를 시작했다.

아까와 다를 바 없는 이른 봄날의 평화로운 점심시간이다.

"마론은 이거 마셔."

바이올렛이 검은 물병의 뚜껑을 열며 말했다. 아까 마론의 안면을 강타했던 물건이다.

"바, 바이올렛!"

리아는 깜짝 놀라며 바이올렛의 손에서 물병을 빼앗으려고 했다. 그러나,

"자, 리아 양. 이거 먹어봐요. 제가 손수 구운 거예요."

"리아 양, 홍차 한 잔 더 마시세요."

페튜니아와 데이지가 각각 쿠키와 홍차를 권하며 리아와 바이올렛 사이에 벽을 만들었다. 훌륭한 디펜스다. 이 정도면 충분히 전국대회에서도 통할 것이다(그러니까 무슨 대회?).

"이거 바이올렛이 만든 거야??"

바이올렛이 따라주는 차에서 달콤한 장미 향기가 은은하게 퍼져 나왔다.

"아니, 리아가 만들었어. 마론과 '아아아악!' 하기 위해서."

"에?"

중간에 '아아아악!'은 리아가 지른 소리였다. 어지간히도 말하기 부끄러운 내용인 것 같다.

그것을 알아차린 마론은 기회를 잡았다는 표정을 지었다.

"바이올렛, 잘못 들었는데 다시 한 번 말해줄래?"

"응, 이 차는 리아가 '아아아아아아아악!' 위해서야."

이번에도 소리를 질러서 방해했다. 하지만,

"리아 양, 숙녀가 그런 상스러운 비명을 지르면 못써요."

데이지에게 지적받았다.

"미녀의 비명이라……. 이것도 나름대로 짜릿한 느낌이 드는군요."

그리고 결정타로 제라늄의 평가에 리아는 더 소리 지르고 싶은 생각이 싹 사라졌다. 마론 역시 그걸 알아차렸다. 마론은 제라늄을 쳐다보며 엄지손가락을 치켜들었다.

'굿 잡!'

제라늄도 마론에게 엄지손가락을 치켜들며 눈으로 말했다.

'뭘 이 정도 가지고.'

그리고 마론은 다시 한 번 바이올렛에게 물었다.

"미안, 바이올렛. 다시 한 번만 말해줄래?"

바이올렛은 기다렸다는 듯이 웃으며 말했다.

"이 차는 리아가 마론과 화해하기 위해서 정성을 다해서 만든 차야. 자, 그러니 어서 쭉 마셔. 이왕이면 맛과 함께 리아의 정성도 음미해서."

"그, 그렇게까지 정성을 쏟지는 않았어!"

리아가 급히 정정하기 위해 소리쳤다.

"어머나, 그렇게까지 정성을 많이 쏟지 않았다면 적당히 쏟았다는 뜻이군요. 네, 뭐든지 적당한 것이 최고로 좋은 거예요."

"선배님, 말을 이상하게 바꾸지 말아주세요!!"

리아는 울 것 같은 목소리로 페튜니아에게 사정했다. 하지만 페튜니아는 '내가 뭘요?'라는 표정으로 모른 척했다. 그리고 마론은,

"마론, 얼굴 빨갛다."

제라늄이 능글능글 웃으며 말했다.

"뭐, 뭐가?"

일단 부정은 해보지만 확실히 붉어져 있다. 리아의 약점이라고만 생각했던 물건이 실은 양날의 검으로 마론 자신도 피해를 입은 것이다.

"자, 자, 식기 전에 리아 양의 정성을 쭉 하고 들이켜야지?"

"이상한 말!"

"쓰지 마!"

"어머나, 사이좋기도 해라. 호흡이 척척 맞네요?"

"그렇죠? 보고 있는 저희가 다 부끄럽다니까요."

데이지의 말에 바이올렛이 맞장구를 쳤다.

"뭐, 부부 싸움은 칼로 물 베기라는 말이 맞긴 맞군요."

그리고 제라늄까지 가세.

지금 이 순간 마론과 리아는 속수무책으로 사람들의 안줏거리가 됐다. 아니, 지금은 티타임이니까 간식거리라는 게 맞을 것 같다.

"잠깐, 다들 너무하잖아! 뭐야? 마치 짜고 하는 것처럼 사

람을 놀리고!!'

"마른 말이 맞아! 이건 우리 둘 문제인데 다들 너무한 거 아니야?"

그 말에 제라늄은 조금 언짢은 표정을 지으며 말했다.

"이건 벌이야."

"벌?"

"무슨 뜻이야?"

제라늄은 정말 모르겠냐는 표정으로 한숨을 쉬었다.

"너희 둘 때문에 오늘 오전 수업이 어땠는지 기억 못하겠다는 말은 아니지?"

"윽!"

"……."

반론 없음. 할 말 없음.

"거기다가 친구들 걱정까지 끼친 죄, 그러니까 점심시간 끝날 때까지 얌전히 벌칙이나 받으라고."

제라늄이 직접 말은 안 했지만 덧붙이자면 아까 자신을 잔인하게 깎아 내렸던 개인적인 원한까지 포함이다.

"자, 잠깐. 아무리 그렇다고 하더라도……."

"아참, 그리고 보니 아까 리아 양이 '우리 둘 문제' 라는 말을 썼죠?"

"썼어요! 썼어요!"

"꺄아악! 우리 둘 문제래~ 나도 꼭 한번 그런 말 써보고 싶었는데……."

데이지의 지적에 바이올렛이 맞장구를 치고, 아네모네의 즐거운 비명에 벌칙의 시간이 다시 시작됐다. 점점 강도를 높여가는 농담에 마론과 리아는 얼굴을 붉히며 힘껏, 아주 힘껏 동시에 소리쳤다.

"제발 이제 그만 용서해 줘!!"

정말 호흡이 척척 잘 맞는 두 사람이다.

이른 봄날
맛있는 간식(?)이
곁들여진
평화로운 점심시간 티타임
(제목:간식(?))

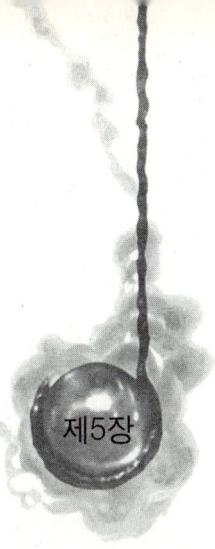

제5장

소년과 소녀는 화해했다. 아마도…….

소년과 소녀는 화해했다
아마도······. 1

    샤스타는 하루 네다섯 시간의 수업을 혼자 진행해야 된다. 이것도 전부 무계획으로 마법 특수반을 만든 올리브 교장 때문이다.

    하지만 '불만있나' 하고 물으면 '별로' 라는 대답이 나온다.

    다시 마법 공부를 가르칠 수 있다는 점에 비해 그 정도는 하찮은 패널티에 불과했다. 그렇게 기분 좋게 시작된 수업은 두 문제아(?) 덕분에 절대 잊어버릴 수 없는 수업이 돼버렸다.

    결코 좋은 추억 쪽이 아니다.

    두 문제아는 당연히 마론과 리아다. 물론 둘의 기분을 이해 못하는 것은 아니다. 더구나 두 사람의 기분을 어떻게든 풀어주는 것도 교사가 해야 할 일이다. 하지만 손도 쓰지 못했다. 아니, 둘이 자력으로 해결하기 전까지는 아무도 손쓸 도리가 없을 것이다.

그렇게 생각하니 마음이 무거워지고 자연히 마지막 남은 오후 수업을 들어가는 발걸음도 무거워졌다.

"자, 수업을 시작하겠습니다."

샤스타는 힘없이 교실 문을 열고 들어가며 마찬가지로 힘없는 목소리로 말했다. 그런데,

반의 분위기가 달랐다. 숨 쉬기도 힘든 압박감이 사라져 있었다.

그리고 마론과 리아는······.

"잠깐, 마론. 이거 어떻게 된 거야?!"

"뭐가?"

"방금 전 수업, 필기를 하나도 안 했잖아."

리아의 지적대로 마론의 노트는 새하얗다. 참고로 방금 전 수업은 파티 예절 교육 시간이었다.

"무슨 이야기인지도 모르겠고, 마법사가 파티에 갈 일도 없는데 배워서 뭐 해?"

"바보 같은 소리 하지 마! 공을 세운 마법사는 왕을 알현할 기회도 가지는데 그때 실수를 하게 되면 어쩌려고 그래? 그랬다가는 사프란 마법 학교의 이름에 먹칠을 하게 된다고! 잔말

말고 내 노트, 특별히 빌려줄 테니 어서 배껴."

"필요없다고 했잖아! 난 귀족이나 왕족을 위한 공을 세우기 위해 마법사가 되려고 하는 게 아니야! 어디까지나 힘없는 사람들을 도와주고 싶기 때문에 마법사가 되려는 거야! 그러니 예절 교육 따위는 필요없어! 도대체 어째서 마법 학교에서 이런 예절 교육 따위를 가르치는 거야?"

"이런 예절 교육? 마론 너, 예절 교육을 쭉 받아온 우리들을 무시하는 듯한 그런 말투는 그만둬!"

"무시한 적 없어! 너야말로 말 부풀리지 마! 무슨 과대망상증 환자냐?!"

"아얏! 지금 욕했지?!"

"욕한 적 없어! 과대망상증 환자라고 말했을 뿐이야."

"그게 욕이야!"

싸우고 있다. 정상적으로 싸우고 있었다.

싸우는 게 뭐가 정상적이냐고 묻는다면 대답하기 곤란하지만, 어쨌든 지금 마론과 리아는 '정상적인' 싸움을 하고 있었다.

그리고 반 학생들은 오전보다 여유있는 모습으로, 아니, 재미있는 구경거리라도 보는 눈으로 두 사람의 싸움을 구경하고 있었다.

그리고 제라늄은 학생들을 선동해서 '마론과 리아 중 누가 이길까?'를 내기 진행 중이다. 저건 그만두게 해야 될 듯

소년과 소녀는 화해했다. 아마도······ 325

하다.

샤스타는 한숨을 쉬며, 하지만 살짝 여유있는 표정을 지으며 성큼성큼 걸어서 제라뉴에게 갔다.

그리고 마력을 살짝 손에 담아서 한창 내기에 열을 올리고 있는 제라뉴의 머리를 톡 하고 쳤다. 친 거는 '톡' 이지만 마력이 담겨 있기 때문에 맞은 제라뉴에게는 '쾅' 이라는 충격이 전해졌다.

"크아아악!"

제라뉴의 처절한 비명 때문에 마론과 리아는 겨우 말싸움을 멈췄다.

"제라뉴, 시끄러워!"

"우린 바쁘니까 조용히 해요."

그리고 다시 말싸움을 시작했다. 샤스타는 기가 막히다는 표정을 지었다. 제라뉴은 아픈 머리를 문지르며 샤스타의 표정을 보고는 다 이해한다는 듯 말했다.

"쟤네들, 한번 싸우기 시작하면 눈에 뵈는 게 없는 것 같더라고요. 선생님이 이해하세요."

"이해고 어쩌고는 넘어가서, 제라뉴 군, 그럼 당신은 그 점을 이용해서 친구를 내기 대상으로 삼는 건가요?"

엄한 샤스타의 말에도 제라뉴은 기죽은 기색이 없었다.

"에이, 돈 같은 거 거는 것도 아닌걸요. 그냥 누가 이길까 맞히는 퀴즈 게임 같은 거예요."

"상품은 뭐죠?"

"저와의 일일 데이트권입니다! 뭐든지 OK! 원하신다면 SM도 해드려요. 아, 참가하시겠습니까?"

"당장 그만두세요!"

샤스타는 두통이 일어나는 머리를 손으로 짚으며 엄하게 말했다. 역시나 샤스타의 예상대로 제라늄은 올리브와 똑같은 인간이었다.

"그전에 말릴 생각부터 해야 되는 거 아닌가요?"

"쟤네들, 점심시간부터 내내 쭉 저런 상태인걸요. 말리는 것도 지쳤어요. 어느 옛 성인이 말씀하셨죠. '말리지 못할 바에는 즐겨라!' 라고요. 저는 그 말씀을 지킨 것뿐이에요."

샤스타는 어이없는 표정으로 물었다.

"그런 말 처음 듣는데? 그 옛 성인이 누구죠?"

"싸움 구경하는 지나가는 행인 X요."

또 한 번 샤스타는 마력을 담아 제라늄의 머리를 '톡' 하고 쳤다. 물론 제라늄에게는 '쾅'으로 전해졌다.

"아야야얏! 그, 그럼 행인 Y로 바꿀까요?"

톡! 쾅!

"아야야야얏!! 잠깐만요! 행인 Z로 바꿀게요!"

샤스타의 눈썹이 약간 떨렸다. 그래서인지 이번에는 '톡'이 아니라 '툭' 하고 쳤다. 그리고 그 충격은 '쿠웅'으로 바뀌어서 제라늄에게 전해졌다.

"으아아아아악!"

제라늄은 비명을 지르며 쓰러졌다.

그러자 마론과 리아는 제라늄 쪽으로 돌아보며 동시에 소리쳤다.

"제라늄! 조용히 하라고 했잖아!"

그러나 그 자리에 있어야 될 제라늄은 바닥에 쓰러져 있었기 때문에 두 사람의 눈에는 자동적으로 샤스타의 모습이 눈에 들어왔다.

"자, 그럼 차근차근 이유를 들어볼까요?"

샤스타는 어쩐지 즐거운 기분에 씨익, 웃으며 말했다.

"네."

"네."

두 사람은 순식간에 얌전해졌다. 그 모습을 본 반 학생들은 어쩐지 독사 앞의 개구리 두 마리가 연상됐다.

"과연 그렇게 된 거로군요."

이번 싸움은 앞 시간에 있었던 예절 교육 시간에 마론의 성의없는 수업 태도와 필기도 하지 않은 태도가 문제였다고 리아가 주장했다. 그리고 마론은 자신은 마법을 배우기 위해 이 학교에 온 것이고, 힘없는 약자를 도와주는 마법사가 될 생각이니 예절 교육 따위는 필요없으니 리아가 간섭할 필요가 없다고 주장했다.

그리고 판결은 내려졌다.

"이번에는 마론, 당신의 잘못이 큽니다. 이유야 어쨌든 학교는 배움의 터입니다. 그곳에서 필요없는 교육이란 없습니다."

"그, 그렇지만……."

"물론 당신에게 필요없는 교육도 있을 겁니다. 개성을 가진 한 사람 한 사람의 개인을 전원 만족시키는 공부란 없겠죠. 하지만 선생님들은 학생들을 위해서 열심히 가르칠 준비를 하고 교단에 서는 것입니다. 그런 노력을 생각하면 자신에게 필요없다고 해서 무시하는 것은 학생으로서 예의가 아니겠죠?"

"네."

마론은 순순히 자신의 잘못을 인정했다.

"그럼 모처럼 리아 양이 신경을 써주는 거니 호의를 받아들여 노트를 빌리도록 하세요. 그리고 서로 싸운 것을 화해하는 것도 잊지 마시고요."

마론과 리아는 샤스타가 시키는 대로 잘 따랐다. 아침과는 천지차이가 나는 둘의 행동에 샤스타는 겨우 한시름을 놓았다.

좀 늦긴 했지만 드디어 다시 교단에 서서 학생들을 가르치는 행복감을 맛보았다. 지난 몇 년간이나 원했던 일이다. 하지만 어쩔 수 없는 사정으로 떠나야 했던 교단.

드디어 다시 이 자리에 돌아왔다.

그리고 어려운 시험을 합격하고 올라온 학생들답게 대부분 이해가 빠르고 샤스타의 수업을 잘 따라와 줬다.

그렇게 문제없이 샤스타의 기념할 만한 진짜 첫 번째 수업은 아무 문제 없이 지나갈 뻔했다.

수업이 끝날 때쯤,

"내일 수업 프린터를 나눠 줘야 하니 수업이 끝나면 반장은 날 따라오세요."

"네."

"네."

마론과 리아는 동시에 대답하고 서로를 어이없는 표정으로 쳐다봤다.

그 모습에 샤스타는 아차! 하고 혀를 찼다. 누가 반장인지를 안 정해줬다는 것이 이제야 생각났다. 그러나,

마론과 리아는 인상을 구기며 서로를 노려보고 있었다. 여기서 누구를 반장으로 임명해야 되나? 누굴 임명한다 하더라도 한쪽은 틀림없이 불만을 터뜨릴 것이다. 그리고 그것이 겨우 사이가 좋아진, 아니, 완전히 좋아졌다고 보기는 어렵지만 그래도 어쨌든 아침보다는 좋아진 두 사람 사이를 갈라 버리게 될 일로 발전할 수도 있다.

그렇다고 이대로 놔둘 수도 없는 노릇이다.

"반장은 당연히 나겠지. 안 그래, 리아 부반장?"

"어머나, 무슨 농담을 하는 걸까나? 당연히 내가 반장인 게

당연하잖아, 마.론. 부.반.장?"

두 사람은 동시에 벌떡 일어났다. 동시에 반 학생들은 흥미진진한 표정으로 관람 모드로 들어갔고, 제라늄은 서둘러 내기 판을 꺼냈다.

탕!

그러나 그보다 한발 먼저 샤스타가 교탁을 쳐서 학생들의 주목을 끌었다. 하지만 주위를 끈 것과는 달리 샤스타는 굉장히 자신없는 표정으로 말했다.

"가, 가위바위보로 결정하는 건 어떨까요?"

"에에?!"

학생들은 재미없다는 표정을 지었고, 마론과 리아는 납득 못하겠다는 표정을 지었다.

"모든 일은 평화적으로 해결해야 되는 거예요. 여러분도 그렇게 생각하죠?"

샤스타는 필사적이었다. 겨우 돌아온 교단에서의 첫날 수업 중 그나마 정상적으로 진행한 마지막 시간까지 엉망으로 만들면서 끝내고 싶지 않았다.

"그렇다고는 해도 저 둘은 전혀 납득 못하겠다는 표정인걸요?"

제라늄의 말에 학생들이 고개를 끄덕였다. 마론과 리아는 제라늄의 말대로 절대 납득 못하겠다는 표정으로 서로를 노려보고 있었다. 어제의 일은 어떻게 해결됐다 치더라도 둘은 여전히 앙숙이다. 그런데 다른 한쪽의 아래에 있는 듯한 느낌을 주는 부반장이란 직책을 달가워할 리가 없다. 그것도 가위바위보라는 방법으로.

"그렇다고 말싸움으로 결정짓는 것도 우습지 않나요? 그리고 어차피 진짜 반장을 정하기 전까지 임시 반장 직인데 그렇게 열을 낼 필요는… 아, 그렇지! 그럼 내일 반장 선거를 하는 것은 어떨까요?"

그 말에 마론과 리아가 납득한 표정을 지었다.

"마론, 도망갈 생각 말고 반드시 입후보해."

"그쪽이야말로 귀찮다는 변명 따위로 입후보 안 할 생각하지 마."

이것으로 내일 반장 선거에 마론과 리아의 입후보는 기정사실화되었다. 그리고 내일 또 누군가 입후보를 해주고 표가 갈려서 반장과 부반장이 정해지면 드디어 마법 특수반에 재미없게도 평화가 올 것이다.

"자, 그럼 아까 말하던 것인데 반장은……."

마론과 리아는 즉시 서로를 노려봤다. 샤스타는 즉시 말을 정정했다.

"반장 겸 부반장인 두 사람은 저를 따라와 주세요."

샤스타는 간신히 첫날 수업을 무사히 끝마칠 수 있었다. 다시 돌아온 교단에서의 첫날, 이날은 샤스타에게 잊을 수 없는 추억의 날일 것이다.

여러 가지 의미를 포함해서 말이다.

그리고 다음날 샤스타의 바람은 산산이 부서졌다.

일단 입후보자는 단 두 명. 마론과 리아뿐이었다. 둘은 소신을 가지고 학급을 위해 일하겠다는 연설을 했다. 그리고 투표가 시작됐다. 이때까지는 문제가 없었다. 공정을 기하기 위해 투표함 개봉은 바이올렛과 디옴이 했고, 결과는……

마로니에 루드베키아:19표

리아트리스 헤본 에르미야라스:19표

거짓말처럼 딱 반으로 갈려 동표였다.

"꽤 하는군, 리아."

"너도 마찬가지야, 마론."

마론과 리아는 웃으면서 서로를 칭찬했다.

그런데 어째서 둘만의 공간에는 찬바람이 쌩쌩 부는 것일까?

한편, 제라늄은 남 몰래 책상 아래에서 주먹을 쥐고 '예스!'라고 속으로 외쳤다. 이 투표는 그가 조작한 것이다. 그렇게 한 이유는 물론 재미를 위해서다.

잘했다, 제라늄!

이 사실을 알 리 없는 샤스타는 어떻게 해야 될지 골머리를 않고 있었다. 이대로 재투표를 해봐야 결과는 뻔하니 재투표의 의미는 없다. 그런데 문제는 자연스럽게 둘이 알아서 해결하기 시작했다.

"승부하자, 마론!"

"뭘로?"

"이번 중간고사 성적으로 정하는 거야! 반장으로서 반 아이들의 신임을 얻는 결과는 방금 전 투표로 동점이라는 것이 증명됐으니 남은 것은 실력을 겨루는 수밖에 없잖아? 안 그래?"

"호오, 그래서 마법 공부로 승부를 하자는 건가? 내 실력을 잘 알고 있는데도 굳이 시험 결과로 하자는 것은 자신이 있다는 거겠지?"

"흥! 비록 수석을 놓치기는 했지만 나 역시 공부라면 지지 않을 자신이 있어. 오히려 이번 기회에 입학 시험에 졌던 빚까지 갚아주겠어!"

"좋았어! 그 승부, 받아주마!"

마론과 리아는 샤스타를 쳐다보며 말했다.

"선생님, 저희들……!"

"승부하기로 했습니다!"

여기서 샤스타가 뭐라고 할 수 있겠는가? 그저 '열심히 하세요'라고 격려해 줄 수밖에…….

"그럼 그동안 임시 반장은……."

샤스타의 말이 끝나기도 전에 마론과 리아는 서로를 경계
하기 시작했다.

"임시직이니 제발 평화롭게 갑시다."

샤스타는 골치 아픈 머리를 부여잡고 한숨을 쉬었다.

그리고 결국 임시 반장 직은 가위바위보에 의해 마론으로
결정됐다. 그때 분해하며 마론을 노려보는 리아의 모습은 학
생들의 기억에 두고두고 남을 정도로 무서웠다고 한다.

소년과 소녀는 화해했다 아마도……. 2

　봄이 끝나가고 이른 여름이 찾아올 때쯤 폭풍과도 같은 중간고사가 끝났다.

　결과는 놀랍게도 리아의 승리였다.

　그러나 정작 승부에 이긴 리아는 마음껏 퉁퉁 불은 얼굴로 삐쳐 있었다.

　"졌다. 완패야, 리아 반장."

　"놀리는 거야?"

　리아는 사나운 기세로 마론을 째려봤다.

　"놀리다니? 종합 성적 1등은 리아, 그리고 2등이 나인걸. 그러니 솔직하게 졌다라고 말한 것뿐이야."

"그래, 종.합. 성.적.을 보면 내가 1등이지. 하지만 마법 과목은 하나같이 참패잖아? 마법 과목 올 만점인 반.장. 마.론."

그렇다. 종합 성적, 즉 마법과 관계없는 예절 교육과 예법, 역사, 지리학 등등에서는 리아가 우세였다. 물론 마론도 나름대로 선전했지만 평민과 똑같은 몰락 귀족인 마론에게 귀족들이 익히는 예절과 예법 교육에서 좋은 점수를 따는 것은 무리가 따랐다.

그러나 마법 과목에서는 마론의 독무대였다. 마법 전 과목 만점. 그것이 마론의 마법 성적이다. 반면 리아는 여섯 문제를 놓치는 바람에 마론에게 진 것이다. 그러니까 마법 과목에서만 말이다. 그런데,

"잠깐, 전에는 마법과 관계없다고 하더라도 열심히 배워야 된다고 잔소리를 해놓고서 어째서 승부에서는 종합 성적은 관계없다는 거야?! 누가 뭐라고 해도 반장은 리아야. 네가 이긴 거라고!"

"난 어디까지나 입학시험에서 진 빚을 갚는다고 했잖아! 입학시험에는 당연히 딴 과목은 나오지 않았어. 그러니까 마법 과목으로 다시 한 번 진 나는 확실히 진 거야. 더 이상 날 비참하게 만들지 말아줘, 마론 반장."

"그건 그거고, 내기와는 별도였어. 너야말로 사람 비참하게 만들지 말아줘, 리아 반장."

"난 별도라고 말한 적 없어! 마론이야말로 가련한 소녀의

프라이드를 어디까지 깎아내릴 참이야?!"

"별도가 아니라고 말한 적도 없잖아! 그리고 보통 자기 입으로 가련한 어쩌고 말하냐? 제라늄도 아니고 말이야!"

"캬아악! 방금 해서는 안 되는 말을 했어! 나랑 제라늄이 닮았다니, 그딴 폭언은 당장 취소해!"

"닮았다고 말한 적은 없어!"

"비슷한 말이었어!"

어느새 말싸움은 원래 목적이었던 '누가 이긴 것인가?' 와는 다른 주제로 흐르기 시작했다. 평소처럼 제라늄을 끌고 들어가서 간접적으로 잔인하게 씹어버리는 일로 이미 일상으로 굳어져 가기 시작한 일이다.

"어째서 항상 마지막에는 나를 들먹이며 잔인한 말을 해대는 거야?"

그리고 제라늄은 평소대로 구석에서 훌쩍거렸다.

"그거야 제라늄이 두 사람을 가장 많이 놀려댔으니 은연중의 복수가 아닐까?"

디옴은 쓴웃음을 지으며 제라늄을 위로했다.

"평소 재미있게 놀린 반동이라고 생각하면 샘샘이잖아? 자, 그만 이리 와서 홍차 마셔."

바이올렛은 제라늄의 컵에 홍차를 따르며 말했다.

"오늘도 좋은 날씨네요."

데이지가 홍차를 음미하며 말했다. 옆에 앉은 페튜니아가 고개를 끄덕였다.

"네, 평화로운 오후. 한 잔의 맛있는 홍차. 그것만으로도 행복한 기분이 가득해요."

"평화로운은 빼는 게 좋을 것 같은데?"

페튜니아의 옆에 앉은 로우즈가 쓴웃음을 지으며 마론과 리아를 쳐다보며 말했다. 마론과 리아가 여전히 열을 올리며 한 판 대결 중이었다.

그날 이후 마론과 리아의 사이는 사이좋은 앙숙이 됐다. 어울리지 않는 단어의 조합인 것은 알지만 저 둘의 사이를 달리 표현할 말이 떠오르지 않으니 이걸로 참아주길 바란다.

아무튼 사이좋은 앙숙이 된 이후로 데이지와 페튜니아, 그리고 로우즈 셋이서 즐기던 티타임에 마론 등이 끼어들게 되었다.

원래는 마론 등은 낄 생각이 없었지만 다음날 점심시간이 끝날 무렵에 페튜니아가 찾아와서 '기껏 여러분들 몫까지 준비했는데 왜 안 왔어요?' 하며 울먹이는 사건 덕분에 오후 티타임에 오는 것이 마론 등의 자연스런 일과가 되어버렸다.

그리고 최근에는 바이올렛이 페튜니아에게 홍차 끓이는 법을 배우고 있었다. 오늘은 그 실습을 실험하는 첫날이자 중간고사 결과가 나오는 날이었다.

한편, 열심히 말싸움을 하는 두 사람의 주제는 다시금 누가 반장이 되어야 하는가로 돌아와 있었다. 아마도 전날 했던 제라뉴의 장난에 대한 응징은 이미 끝난 것 같았다.

마론과 리아의 교묘한 합동 공격에 정신이 너덜너덜해진 제라뉴이 한숨을 쉬며 바이올렛이 따라준 홍차를 마셨다.

"그나저나 오늘은 유난히 오래가는군."

"그거야 반장이 누구인지 결정해야 되니까. 쉽게 결말이 안 날 것 같아."

"그렇긴 하지만 저러다 영원히 안 끝날 것 같은 생각도 들어서 두렵다. 아, 이 홍차, 맛있어. 실력이 좋아졌네?"

"후후후, 고마워."

빈말이 아니었다. 정말로 요 근래 바이올렛의 차 끓이는 실력은 엄청난 성장을 보였다. 한번은 페튜니아가 '이제 안심하고 졸업할 수 있겠어요'라고 할 정도니 스승인 페튜니아와 비슷한 실력으로 성장했다는 소리다.

그나저나 페튜니아님, 아직 졸업하시려면 반년 넘게 남았습니다만…….

"저기 데이지 씨, 슬슬 말려야 하지 않을까요?"

디옴이 걱정스런 표정으로 말하자 데이지는 곤란한 표정을 지으며 말했다.

"정말로 어쩔 수 없는 아이들이네요."

한숨 쉬며 일어난 데이지는 한창 열을 올리는 마론과 리아에게 다가갔다.

싸움이 끝날 것 같지 않을 때 둘을 말리는 것은 항상 데이

지의 몫이었다. 데이지는 말로 하거나 억지로 중간에 끼어들
어서 말리거나 하지 않았다. 그저,

"마론 씨, 리아 씨."

그렇게 부르며 손을 들어 보일 뿐이었다.

"헉!"

"히익!"

그러면 신기하게도 마론과 리아는 비명을 지르며 싸움을
중단했다.

"자, 모처럼 바이올렛 양이 차를 만들었는데 친구로서 맛
있게 마셔줘야죠? 그렇게 생각하죠?"

"네."

"네."

마론과 리아는 순순히 고개를 끄덕이며 수긍했다.

그것을 보며 제라늄은 마론과 리아가 '첫 덮침 축하합니
다(명명=제라늄)'가 있던 날에 데이지에게 무슨 일인가 당해
서 기절한 것이라는 것을 추측할 수 있었다.

하지만 마론과 리아에게 그날 무슨 일이 있었는지 물으면
둘 다 똑같이 '기억 안 난다'라고 대답했다. 거짓말도 아닌
정말로 기억을 못하고 있었다.

그런데도 저런 반응을 보인다는 것은 몸이 그때의 공포를
기억하고 있다고밖에는 생각할 수 없다.

궁금증을 이기지 못한 제라늄은 기회를 봐서 슬쩍 데이지

에게 물어본 적이 있었다. 하지만 돌아온 대답은 '메이드이니까요' 라는 수수께끼 같은 대답과 천연의 미소뿐이었다.

의혹은 점점 짙어져 갔다. 아니, 영원히 풀릴 것 같지도 않다.

"반장을 정하는 것은 서로 둘 다 이겼다고 우기는 판이니 평화롭게 가위바위보로 결정해요. 그럼 아무도 불만 없죠?"

"에에?! 잠깐만요!"

"그런 안일한 방법으로 승부를 결정지을 수는 없어요!"

두 사람이 불만을 표했다. 그러자 데이지가 웃으면서 손을 들었다.

"가위바위보! 다시! 가위바위보! 다시! 가위바위보!"

두 사람은 누가 먼저랄 것도 없이 가위바위보를 시작했다.

그리고 몇 번의 무승부 끝에 리아가 이겼다.

"와아! 이겼다!"

"제길, 졌다!"

비록 억지로 시켜서 한 승부라고는 해도 승부라는 이름이 붙은 이상 어느새 진심으로 대결했던 것 같다. 리아는 이겨서 정말로 기쁜지 폴짝폴짝 뛰었고, 마론은 좌절 모드 상태로 온몸으로 실망감을 드러냈다.

폴짝폴짝 뛰던 리아는 바이올렛에게 달려가서 바이올렛의 두 손을 잡고 위 아래로 마구 흔들며 외쳤다.

"바이올렛, 나 이겼어! 마론에게 이겼어! 오늘부터 내가 반장이야!"

"추, 축하해."

바이올렛은 웃음이 터져 나오려는 것을 꾹 참으며 말했다. 마론과 같이 있는 리아는 정말 여러 가지 모습을 보여준다. 때로는 이렇게 예전이라면 상상하지도 못할 그 나이 또래의 귀여운 소녀의 모습이 되기도 한다.

그 덕분일까? 처음에는 엄청난 신분의 차이에 가까이 하기 꺼려하던 같은 반 학생들도 하나둘씩 리아의 곁으로 모였고, 어느새 리아와 반 친구들은 스스럼없이 대화하는 사이가 됐다. 친구라고는 자기 혼자뿐이었던 리아가 많은 친구를 사귀기 되었다.

덕분에 바이올렛은 한편으로는 약간 씁쓸하기도 했지만 그래도 잘됐다는 마음이 컸다.

그리고 리아를 이렇게 변화시킨 것은 누가 뭐라 해도 마론의 공이 가장 컸다.

뭐, 본인은 그걸 모르고 있는 것 같지만…….

'고마워, 마론. 언젠가는 이 빚 꼭 갚을게.'

바이올렛은 여전히 좌절 모드 중인 마론을 쳐다보며 마음속으로 다짐했다. 언젠가 마론이 정말 곤란해하는 일이 생기면 꼭 도와주겠다고.

샤스타는 빠른 걸음걸이로 복도를 걷고 있었다. 마법 특수반이라는 게 생기기는 했지만 그래도 사립 사프란 마법 여학교였던 학교는 교양있고 예의 바른 아가씨를 양성하는 학교라는 점은 변함이 없다. 그래서 늘 시끌벅적한 마법 특수반과 달리 일반 반이 있는 복도는 조용해야 하고 뛰어서는 안 된다. 물론 그것은 선생님이라도 예외는 아니다.

하지만 지금 샤스타의 표정을 보면 아무도 지적을 할 생각이 안 들 것이다.

늘 엄숙한 표정 아니면 화난 표정—주로 올리브 교장이 관련된 일—만 짓고 있던 샤스타 교감 선생님이 웃고 있다.

그것도 아주 즐겁고 환하게 웃고 있다. 빠르게 걷는 발걸음까지 묘하게 즐거워 보인다.

이것은 이 학교 재학생인 2, 3학년들에게는 혁명적인 사건이다.

자신이 단지 걷고 있는 것만으로도 학교의 새로운 전설을 만들고 있다는 것을 알 리가 없는 샤스타의 목적지는 교장실이었다.

"교장 선생님!"

샤스타는 문을 힘있게 열면서 올리브 교장을 불렀다. 마침 자리에 앉아 있던 올리브는 기겁한 모습으로 놀라서 일어났다.

"왜, 왜 그러나, 샤스타 군? 오늘은 아직 아무 짓도 안 했네!"

도둑이 제 발 저린다고, 미리부터 떨고 있는 올리브를 보며 샤스타는 한숨을 쉬었다.

"아직이라는 것은 있다가 무언가를 하실 생각이란 말인가요?"

"아니, 꼭 그렇다는 것은 아니고……."

"오늘 용건은 따지려고 온 것이 아니니 안심하세요."

"그런가? 그렇다면 다행이고. 그래, 무슨 일인가?"

"마법 특수반 학생들의 입학시험 답안지 가지고 계시죠?"

샤스타는 눈을 빛내며 물었다. 마법 특수반의 입학시험은 멋대로 치러진 시험이라 채점은 교장인 올리브가 했다.

그 질문에 올리브는 다 알겠다는 듯한 웃음을 지었다. 올리브는 책상 서랍에서 종이 다발을 부시럭거리며 꺼내서 확인하고는 한 장의 종이를 꺼내서 샤스타에게 건넸다.

"어째서 한 장만 주시는 거죠?"

"자네가 보고 싶어하는 학생의 답안지는 그것일 테니까."

올리브는 씩 웃으며 말했다. 샤스타는 답안지에 적힌 이름을 보고 고개를 끄덕이며 미소를 지었다.

"정답이세요."

올리브가 준 입학시험 답안지에 적힌 이름은 '마로니에 루드베키아'였다.

샤스타는 천천히 답안지를 보다가 어느 한곳을 주목했다.

"교장 선생님, 이 공식은?"

"맞아. 그녀가 만든 공식이고, 오직 그녀만이 쓸 수 있는 마법이야. 그러나 마로니에 학생은 그 문제를 푼 거지. 정식으로 책에 나오기는커녕 배워도 쓰기 힘든 마법 공식을 몇 가지 힌트만을 가지고 풀어버린 거네. 단, 그때 시간을 너무 많이 잡아먹었는지 마지막 두 문제가 백지 상태더군. 그래서 제라늄 군과 온시디옴 군과 점수가 똑같았던 걸세."

올리브가 굳이 설명하지 않더라도 샤스타도 충분히 예상할 수 있었다. 샤스타가 굳이 이것을 확인하러 온 이유도 바로 마론의 예상을 넘는 천재성 때문이었다.

마론은 마법 수업 중에 그 어떤 학생보다 빛났다. 보통 잘하는 것과 못하는 것이 갈리기 마련인데, 마론은 마법이라는 이름만 들어가면 뭐든지 해냈고, 이해가 빨랐다.

학생답지 않다고 말하면 마론에게 실례가 될까, 아니면 찬사가 될까?

아마도 웬만한 마법사의 실력으로는 마론을 가르칠 엄두를 못 낼 것이다. 아니, 실제로 급히 몇 명의 마법사를 선생님으로 데려왔는데 마론에게는 가르칠 게 없다는 푸념을 들었다.

하지만 샤스타에게는 최고의 학생이다. 욕심 같아서는 마론을 데리고 1:1 개인 지도를 해주고 싶을 정도이다. 아마도 자신이 그냥 마법사의 입장이었다면 당장에 마론을 개인 제자로 뒀을 것이다.

"만약에 시간만 충분했다면……."

샤스타는 마론의 답안지를 보며 중얼거렸다. 그 말을 들은 올리브는 장난스런 웃음을 지으며 말했다.

"수석은 마로니에와 또 한 명, 그 둘뿐이었겠지?"

"또 한 명이라고요?!"

샤스타가 놀라서 소리쳤다. 올리브는 장난스레 웃으며 또 한 장의 답안지를 샤스타에게 건네줬다.

이번 답안지에 적힌 이름은 리아트리스 에르미야라스였다.

그리고 그녀 역시 올리브와 샤스타가 말했던 '그 문제'를 풀었다.

다만 그 문제에 마론과 달리 더 시간을 잡아먹었는지 뒤에 다섯 문제의 해답란이 백지인 채였다.

"그 문제를 푼 실력으로 뒤에 다섯 개의 문제를 풀지 못할 리는 없겠지. 만약에 시간이 무제한이었다면 틀림없이 리아트리스 양도 수석이었을 거야."

샤스타는 이미 올리브의 말을 듣고 있지 않았다. 확실히 그녀의 마법 성적이 안 좋은 것은 아니었다. 하지만 한정된 시간을 잘 이용하는 것도 마법사로서 갖춰야 될 실력.

아무리 생각해도 실력은 마론이 위였다. 하지만 그 문제를 풀었다는 것만으로도 충분히 샤스타의 흥미를 끌고 있었다.

"교장 선생님."

"뭔가?"

"저 지금 처음으로 교장 선생님이 마법 특수반을 만들어줘서 감사해하고 있습니다."

샤스타의 표정은 진심이었다.

올리브는 흡족한 표정을 지으며 말했다.

"그렇다면 이번 내기, 도와주는 거겠지?"

"그건 거절합니다."

여전히 샤스타의 표정은 진심이었다.

"어째서? 내기에 지면 샤스타 자네는 글록시니아 마법 학교로 가야 된다고! 그렇게 아칸더스의 다이아몬드 마법 반지가 탐이 나던가?!"

"영문 모를 소리는 저쪽으로 치우세요!"

그렇게 소리친 샤스타는 문득 장난을 치고 싶은 기분이 들었다.

"뭐, 글록시니아 마법 학교도 괜찮은 학교죠."

그렇게 말하며 샤스타는 짓궂게 웃었다. 기분도 좋겠다. 평소의 복수라도 할 셈으로 농담을 한 것이다.

"샤, 샤스타 군, 여기는 자네가 가르칠 보람이 있는 천재가 두 명이나 있네!!"

"마로니에 군과 리아트리스 양은 장학금 입학을 조건으로 데려갈 수도 있어요."

올리브는 충격받은 표정으로 굳어버렸다가 울음을 터뜨리

며 샤스타에게 매달렸다.

"으허허허엉! 샤스타 군! 내가 무조건 잘못했네! 버리지 말 아주게! 엉엉엉!"

"자, 잠깐만요! 농담이에요! 농담인 게 당연하잖아요? 치마 좀 놓으세요!!"

샤스타는 곤혹스런 표정으로 치마가 내려가지 않게 꼭 붙잡았다. 하지만 거의 매달리다시피 하는 올리브의 무게에 언제 치마가 내려갈지 알 수 없는 노릇이었다.

"샤스타 군! 날 버리지 말아줘!!"

"안 버린다고 했잖아요! 어서 치마를 놔주⋯⋯!"

그때 올리브 손에 잡힌 치마가 쑥 내려갔다.

"아앗!"

샤스타는 짧은 비명을 지르며 굳어버렸다.

"아!"

올리브는 침착하게 당황하지 않고 샤스타의 치마를 올려주곤 손수 단추를 잠가줬다. 그리고 '커흠' 하고 헛기침을 하며 뒷짐을 지고 돌아섰다.

치마가 뒤집힌 리아를 앞에 두고 당황하며 패닉에 빠진 마론과 너무나 다른 연륜의 깊이가 느껴지는 의젓한 대응이다.

"분홍색은 이제 자네 나이에 어울리는 색이 아닌 것 같네만⋯⋯. 하지만 역시 젊음은 기분부터지. 입는 속옷부터 신경을 쓰는 사람이 진정한 젊은 사람이라고 생각하네. 자네가 늘

젊어 보이는 이유를 알 것 같구먼. 나도 본받도록 노력하겠네. 하하하하하하!"

불에다가 석유통 던지는 행위는 별로 의젓하지 않은 대응이지만……

것보다 자폭 마니아?

"그래서 유언은 그걸로 끝?"

샤스타는 창피함과 분노로 시뻘게진 얼굴로 손을 들어 보였다. 그 손에는 샤스타의 얼굴보다 더 시뻘건 불꽃의 덩어리가 타고 있었다.

"사, 살려주게!! 사, 사, 사사사사사, 사람 살려!!"

"시끄러워! 이 변태 교장! 죽어버려어어어어어어!!"

그리고 교장실은 폭발했다. 리아와는 차원이 다른 침착하고 강도 높은 응징. 이것 역시 연륜의 깊이가 느껴지는 의젓한 응징이다.

아님 말고.

다음날, 그렇게 좋았던 날씨가 거짓말처럼 흐려지고 빗방울이 하나둘 쏟아지더니 곧 굵은 비가 쏟아지기 시작했다. 본격적인 여름이 오는 것을 예고하는 비일까?

콰르르르릉!

그런 것 치고는 천둥, 번개까지 치는 게 운치가 없어 보인다.

아나나스 왕국의 단 두 개뿐인 마법 양성 학교 중 하나인 글록시니아 마법 학교.

그 학교 건물의 어느 방에서 머리가 희끗희끗한 중년인이 비가 오는 창밖을 쳐다보고 있었다.

『2권에 계속…』

"자, 잠깐만! 정말 끝이야? 내 소개는? 신 캐릭터가 등장했는데 어떻게 생겼는지부터 시작해서 나이랑 기타 프로필을 차근차근 소개해 줘야 되는 것 아니야?! 잠깐! 거기 편집팀! 아직 *필름 뽑기 하지 말아줘! 하다못해 이름이라도, 이름 소개라도 넣고……! 잠깐 기다려! 스톱!"

*편집부 주:책을 만들기 위해 필름을 만드는 것으로, 필름을 만드는 곳에 원고를 넘긴다는 것은 더 이상의 원고 수정은 없다는 뜻이 됩니다.

『그러니까 1권 완벽하게 끝. 2권에 계속…』

처음 뵙는 분에게는 반갑습니다.

그리고 오랜만에 뵙는 분은 오랜만입니다. 안녕하세요?

잠수만 타던 제가 드디어 돌아왔습니다.

돌아보면 참 오래도 잠수를 탔습니다.

거의 기분에 따라 컨디션이 들쑥날쑥하던 저는 한때는 정말 이 바닥을 떠야 되나 하는 생각이 들 정도로 글이 안 써지는 나날이었습니다.

하지만 어떻게 하니까 되는군요.

무엇보다 청어람 출판사 안에서 글을 쓰게 된 것이 컨디션 회복에 큰 역할을 했습니다.

분위기 자체가 글을 써야 되는 분위기라 분위기에 취해 쓰다 보니 잘 써지더군요.

너무 잘 써져서 처음에는 믿기지 않았고, 다시 찾은 글 쓰는 재미에 지금 후기를 쓰면서도 입이 귀에 걸릴 정도로 기뻐하는 중입니다.

글에 대해 이야기하자면 작년 한참 만화 애니계에서 백합이 유행하고, 그에 편승해서 남자가 여장 혹은 실수로라는 형태로 여학교에 입학하는 스토리의 에로계가 몇 개 나왔습니다.

그중 두 개를 해보고 '학교를 마법 학교로 바꾸면 재미있겠다' 라는 생각이 나면서 설정을 잡게 되고, 그렇게 해서 탄생한 것이 이 사립 사프란 마법 여학교였던 학교입니다.

현재 디자인 편집팀에게 제목이 길다고 한숨 쉬고 있는 중인데 과연 책이 나갈 때 어떤 형식으로 나가게 될지는 아직 모르겠습니다.

개인적인 바램으로는 사립까지는 빼더라도 나머지 제목은 그대로 살리고 싶습니다.

처음 제목 정할 때 스토리 라인 생각할 때 딱! 하고 생각난 제목이거든요. 무슨 신내림이라도 받은 것처럼 '이 제목이다!' 라는 생각에 지은 제목이라 여간해서는 바꾸기가 싫더군요.

그렇게 작년 여름 시작했지만 컨디션 난조로 난항을 겪다가 앞에서 말한 대로 출판사에서 글을 쓰게 되면서 간신히 컨디션 회복에 성공했습니다.

그리고 쓰면서 평소 하고 싶었던 패러디를 조금씩 사용해봤습니다. 그런데 연재를 할 때 아는 분들이 별로 없더군요. 나름대로 유명한 거나 쉬운 걸로 한다고 했는데 너무 마니악

했을까요?

뭐 연재분은 보시는 분이 많지 않았으니 이제 책으로 나가면 혹시라도 알아보시는 독자 분이 계실지도 모른다는 희망을 가져봅니다.

그리고 또 하나, 눈치 채신 분이 많겠지만 이번 사립 사프란 마법 여학교였던 학교를 쓰면서 등장 인물 이름만큼은 고생 안 했습니다.

제목의 사프란부터 시작해서 1회용 캐릭터를 뺀 전 주요 등장인물의 이름은 전부 꽃 이름입니다. 나름대로 꽃말도 성격에 맞추고 싶었지만 그것까지는 역부족이었습니다.

꽃말이 맞다 싶으면 꽃 이름이 왠지 아니다 싶은 게 꽤 됐거든요. 그렇지만 마로니에(꽃말:천재) 루드베키아(꽃말:정의)는 정말 잘 어울려서 마음에 듭니다.

뭐, 마론이라는 캐릭터는 여자 같은 이름이라 싫어한다는 설정이지만요(웃음).

이렇게 이름도 예쁘고 꽃말까지 마론이라는 캐릭터를 잘 나타내는 캐릭터가 앞으로 연재분에 많이 탄생하도록 노력하겠습니다.

지금 현재 저는 컨디션 최고조로 마구마구 쓰고 싶은 생각뿐입니다.

[간다, 편집부! 원고 수정할 인원은 충분한가?]

라는 기분이랄까요.

*편집부 주:충분하다 못해 넘치니까 원고나 빨리빨리 넣어주세요.

책 안 써서 오랫동안 속을 썩인 부모님, 군대 가 있는 동안에도 끊임없이 '형 책 좀 써!' 라고 날 위로(?)해 준 동생 경우. 기다려 줘서 너무 고맙습니다. 우리 가족들 모두 사랑해요!

홈피 만들자라고 내가 말해놓고 연재를 안 하고 게으름을 피우는 바람에 고생한 지상넷 멤버들 제노, 이그, 아낙, 에셀, 모험가 요즘은 입장이 역전됐구나. 어쨌든 땡큐. 그리고 지상넷 신 멤버 귀차니즘 신애는 좀 더 자주 게시판에 와서 친해졌으면 좋겠어. 마엘 누나와 마녀 누나도 따끔한 충고 고맙습니다. 그리고 이제 게으름 절대 안 피울 거니까 믿어주세요.

오랜만에 만난 X알 친구 영수와 동한이도 고마워.

예쁜 그림을 그려주신 YASASI 준님과 늘 재미있는 이야기로 재미있게 놀고 있는 미도락가 여러분도 감사합니다.

그리고 날 청어람으로 불러준 백준이 땡큐. 글을 쓰는 동안 옆에서 들어주거나 조언을 아끼지 않았던 초우 형님, 성수 형님, 광수 형님, 박웅 형, 운용 형님, 그리고 성재도 정말 고맙습니다.

조금 일이 안 풀렸을 때 불만 들어줬던 혜림 씨 고마워요. 그리고 대구까지 가서 늘어놓은 푸념 다 들어준 몽이랑 수진

이도 땡큐.

마감을 미뤄서 속을 썩인 편집팀 여러분과 담당 기자인 지윤 씨와 원고 봐주신 하나 씨와 규진 씨에게도 감사와 함께 죄송합니다. 앞으로는 속도 높여서 꽉꽉 쓸게요. 요즘은 잘 쓰고 있어요(요즘은 말이죠).

제목 때문에 골치를 썩고 계신 디자인 팀 여러분과 책이 나오도록 물심양면으로 도와주신 청어람 직원 분들과 사장님에게도 감사드립니다.

그리고 오랫동안 기다려 주신 모든 독자님들에게,

기다려 주셔서 정말로 감사합니다. 보답으로 더욱 열심히 글을 쓰겠습니다.

그럼 다음 2권 후기에서 다시 찾아뵙겠습니다.

*사립 사프란 마법 여학교였던 학교의 최신 소식은 지상넷(jisang.net)에서 보실 수 있습니다. 많이 놀러와 주세요.

무한 상상 · 공상 세계, 청어람 신무협&판타지

『신마대전』,『투마왕』의 작가 김운영
세간에 화제를 불러온 최신 기대&화제작!!

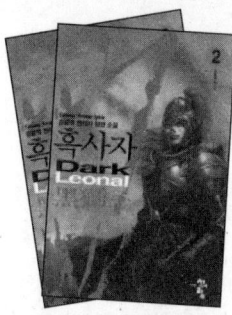

흑사자(黑獅子) / 김운영 지음

세상에는 수많은 강자가
존재한다.

『흑사자』
(黑獅子)

한 자루 검으로 거대한 마물을 능히 상대할 수 있는 소드 마스터.
마나를 자유롭게 다루어 온갖 신비한 힘을 발휘할 수 있는 대마법사.
신의 선택을 받아 기적 같은 신성력을 행하는 고위성직자.
단신(單身)으로 국가의 운명에까지 영향을 미칠 수 있는 자들도 있다.
그러나 이들도 어렸을 때에는 약했다.

인간인 이상, 태어나서 십몇 년간은 성인의 힘을 이길 수 없다.
강해진 자들은 하나같이 오랜 세월 동안 남들이 이해하기 힘든
노력과 경험을 쌓아온 자들이다.

그러나 난 달랐다. 난 어렸을 때부터 강했다.
내게는 그 어떤 수련도 경험도 필요없었다.

난… 사자다.

FANTASTIC ORIENTAL HEROES

무한 상상 · 공상 세계, 청어람 신무협&판타지

『초일』,『건곤권』,『송백』!! 신무협 소설의 성공 신화!
작가 백준!! 그가 쓰는 새로운 강호!

청성무사(靑城武士) / 백준 지음

강호를 뒤덮은
마도의 피바람을 잠재워라!

『청성무사』
(靑城武士)

"우화등선하거라… 나의 마지막 소원이다."
사부의 소원이 무섭다.
떠나버린 사매가 야속하다.
하지만 소초산은 개의치 않는다.

망해버린 청성의 마지막 장문인 소초산!
그러나 망한 문파에서도 천하제일인은 나온다!

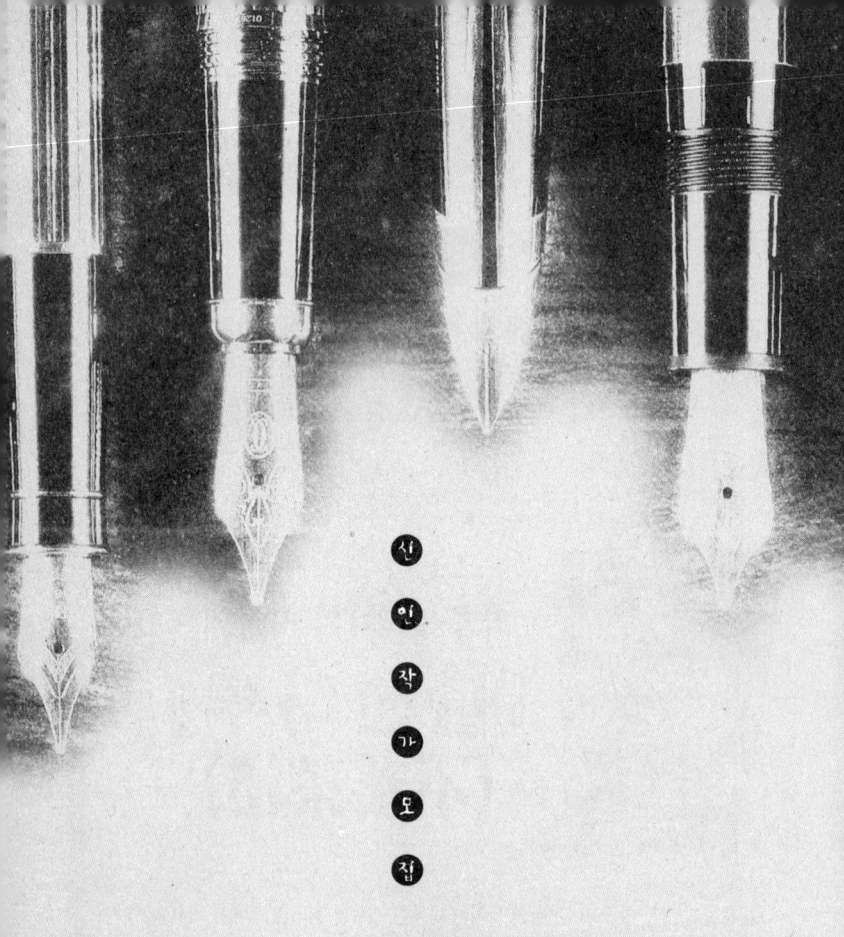

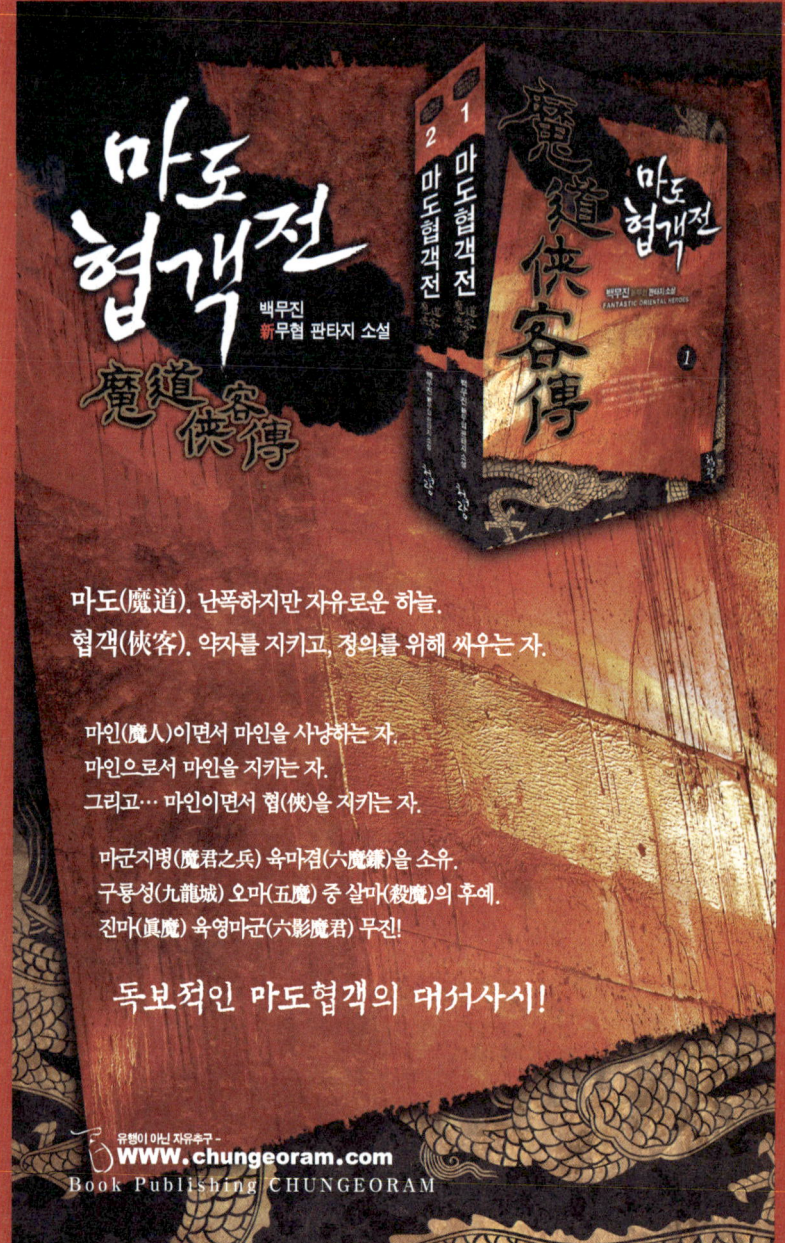

마도(魔道). 난폭하지만 자유로운 하늘.
협객(俠客). 약자를 지키고, 정의를 위해 싸우는 자.

마인(魔人)이면서 마인을 사냥하는 자.
마인으로서 마인을 지키는 자.
그리고… 마인이면서 협(俠)을 지키는 자.

마군지병(魔君之兵) 육마겸(六魔鎌)을 소유.
구룡성(九龍城) 오마(五魔) 중 살마(殺魔)의 후예.
진마(眞魔) 육영마군(六影魔君) 무진!

독보적인 마도협객의 대서사시!